阿娅達妮娃 著

代序
被隱蔽和忽略的

宮敏捷

二〇二二年上半年，也就是學生春夏讀書季那段時間，小說家西西——本名尹金花——發了三四部短篇小說給我。每一部我都用心看了，且認真把每一部的閱後感受寫下來發給她，以示喜歡。「真的喜歡？」她問。得到肯定答覆後，她又陸續發來五六部。一部小說，一個鮮活又立體的核心人物，和一個超越我們大多數人生活經驗的故事。從攫取人物的某一個日常生活片段出發，通過深挖其背後隱藏的深意，去還原人物的人生際遇及所面臨的困境。故事背景無一例外，都是香港的窮鄉僻壤。許多人聚居在一個鐵皮蓋頂的大雜院，相互間也只隔著一層鐵皮，像他們進進出出都踩在腳下的葱綠小草一樣，沒沒無聞又頑強生長。

我喜歡看此類小說集，敘事空間封閉，人物相互認識又各自精彩。此類小說集，創作時間由遠及近，且有代表性的有愛爾蘭作家詹姆斯・喬伊斯的《都柏林人》、美國作家舍伍德・安德森的《小城畸人》、英國印度裔作家V.S.奈保爾的《米格爾大街》。中國小說家蘇童的香椿樹街系列，也帶給我這樣的閱讀感受。再問她要，說都裝在心裡的，沒寫。吃不好，睡不好，天氣又熱——用她的話說：「白天夜晚，都像待在汗蒸館裡，蚊蟲又多，全身都能咬起包來。」——不想寫。她都想搬離那個地方了，也就是小說裡寫到的大雜院。

我這才知道她去了香港陪孩子讀書，與日後成為她筆下人物的一群人生活在一起。他們有大陸人、香港本地人，還有許多外國人。她的普通話不好，又不會說英語和粵語（反倒居住在一起的外國人都還能說流利的粵語），也不會打麻將，很難融入他們；最多就是買點零食、水果，比如花生、瓜子、蘋果、橘子、西瓜之類的，當他們在院子裡打麻將時，提出去一起分享。她還害怕鄰居們知道，她接近他們，瞭解他們，還會把他們的故事寫下來。那便會受到排斥，引發難以想見的問題。

「吃人的嘴軟，」我說，「他們會接納你的。再說了，他們不過是你的人物原型而已，故事和人物名字都是虛構的。」「名字是虛構的，」尹金花說，「故事卻不是，很多小說，我幾乎是把他們的口述整理一下就得了。」「這是非虛構了？」我問。「不是，」尹金花說，「都是寫小說的，你一定知道我的意思。」我明白了，事關文本結構與敘事邏輯，虛虛實實間，虛構還是非虛構，就交給讀者自己去判斷了。

唯一不變的是，這些能讓小說家尹金花感觸良多的人物和故事，一樣也能感動我們每一個人。不然她的創作欲望不會如此蓬勃和一發而不可收拾，乃至於暑假期間，與孩子返回深圳住在隔離酒店時，她仍在爭分奪秒地創作。從時間上推算，一個星期她便能完成一部短篇小說創作。

〈美人魚〉中，一對恩愛的夫妻，丈夫因業務需要，沒有和妻子一併帶孩子去峇厘島旅遊；且孩子在峇厘島玩浮潛時，被暗流帶走，消失在大海裡。同失愛子的兩個人，忽略了彼此的創傷而不能相互慰藉，甚至很快分道揚鑣，斷絕了一切聯繫。由此又將創傷帶給了另外兩個人，也就是丈夫的第二任妻子和妻子的第二任丈夫。〈智齒〉中，作為敘事的玉華，有一顆智齒，疼得臉都腫了，「都好長時間了，一直忍著沒去拔掉」。而她的家族，也長了一顆「智齒」，就是她的叔叔。他已有了一雙兒女，卻拋家棄子，跟一個男人逃到香港生活，了無音訊地生活了幾十年。玉華的智齒可以拔掉，而家族的智齒卻不能，且讓一個家族帶著「恥辱」疼了幾十年。〈半夜遛狗的女人〉中，打工妹嫁香港老男人，他在香港有一棟三層村屋，卻被他在公海的賭船上輸了，一家三口還有他們家的狗，一起被人趕了出來。他自己去停車場當保安，她呢，一個離開深圳後再沒上過班的包租婆，也要去酒店打雜，一家人才能勉強過活。〈在山頂做什麼〉中，一個和前夫離婚後，帶著小女兒去到香港，住在貨櫃箱裡的安徽女人，與她因不能生育被婆家趕出家門的小姑子，相互扶持又相依為命地活著。〈元朗女孩〉中，女孩的父親打零工，收入極少。繼母又好賭，還輸光了家底。十九歲的她只得終止學業，一人打三份工，養活自己、弟弟、妹妹及繼母的娘。〈不如跳舞〉中，男孩的母親是印尼人，父親因工殘廢，不能自理，正在讀大學的他，只得勤工儉學養活家人；而從深圳去香港上大學的女朋友，不喜歡香港，尤其不喜歡住香港的小房子，已經申請了外國的大學博士學位。〈貓去哪了〉中，叫阿貞的女人，年輕時藏過一條乾媽男人的內褲，一藏就是十幾年，沒承想，自己卻因這條內褲離了婚，還害得打小一起長大的閨蜜，跟男朋友分手後尋了短見。〈樹上是麻雀還是烏鴉〉中，離異的四川女人，嫁了離異的香港男人。自己生養的留在內地的兒子跟自己不親，繼子繼女跟她更無感情。香港男人是個魚販，感染了海洋創傷弧菌死了，而他被截肢的指關節處，又另長出一個手指來。〈蜘蛛〉中，女人委身於一牆之隔的男人，他在自己背上紋了蜘蛛，還在胯下紋了一條蛇。他還喜歡養蛇，而他的妻兒，都是被蛇咬死的。當然，這都是女人與他做愛之後驚恐地瞭解到的。〈烏溪沙有什麼〉中，深圳的打工妹給一個香港人做了「小」，生了孩子後，男人卻消失了。為了生活，她又做了另一個男人的「小」。為有名有分，還能在香港工作養活自己，經人介紹，另找一個香港老男人假結婚拿身分證。最後卻真成了這個老男人的遺孀，得到了他一輩子的積蓄。〈猜到就告訴你〉中，在港陪讀媽媽，遭到老公的背叛，她以為對象是自家公司新招的翻譯，她的猜測是對的，但事情卻又比她預料的還要複雜，對她的傷害也更大。〈鸚鵡不會告訴你〉中，敘事人燕燕是奔著去香港才嫁的男人，她的閨蜜也是，兩個人都心心念念，嫁過去才知道，香港也有窮人，她們嫁的就是，比內地的窮人還窮，且她們因不能在香港務工而更加地無助，徹底成了男人的附庸。〈閉上你的眼睛〉中，女人嫁給在深圳開工廠的喪偶的香港男人，住到他香港的家裡去，卻不被婆婆待見。丈夫留在深圳，又找了其他女人，連生活費都不再給她。只得離婚，一個人在走私場合驚心動魄打零工，養活自己和女兒。〈星期天〉中，印尼大學生追隨媽媽做幫傭的腳步，來香港打工。本地人的工資，是他們的三倍還要多，而他這個群體的人，在香港還有很多很多。不管他們在香港生活了多少年，都是一個外國人，早晚有一天，還是要回到自己國家的。〈借來的名字〉中，女人到香港打黑工，照顧一個已婚的女植物人，且跟植物人老公好上了。植物人死後，男人讓她直接用死去妻子的身分證在香港生活，她也就不是她了。〈鐵海棠〉中，表姐為躲賭債，偷渡到香港打黑工，不承想新冠肺炎疫情來了，她不能做免費核酸，感染了也不能去醫院治療，只得又偷渡回大陸，卻在此過程中再也聯繫不上了。

以上小說人物的群生相，帶給我的第一印象是，這不是香港，或者說，這樣的故事，不像是會在香港發生的，連他們的生活環境，都是讓人匪夷所思的。這樣的環境，香港以金庸為代表的武俠文學和以梁鳳儀為代表的財經文學不會寫，長期在香港的報紙副刊刊載的小資文章也不會寫，或者說，香港的作家們，似乎從來就沒有關注到。從內地移民香港的作家，基本寫的還是內地自己曾經生活過的地方，也一樣關注不到。從來就沒有人像尹金花一樣告訴我們：「香港除了有維多利亞港灣，有軒尼詩大道，有山頂別墅，還有鐵皮房。那些隱藏在繁華都市最隱祕角落裡的鐵皮房，有建在高架鐵軌下，有建在半山腰，有建在以樹木做掩護的公路邊。」（〈智齒〉）有公屋住就已經很不錯了，那些「靠政策給補貼的難民，靠社會綜援的香港老人，也有從內地到香港上學的學生」（〈星期天〉），這一龐大的群體，「有家境好一點住得上月租酒店的，也有在學校附近住宅小區租房的，有租公寓

的。家境不太好的就不得不各顯神通，有租劏房[1]的，還有租偏僻的村屋和鐵皮房的。」（〈智齒〉）

這才是香港，或者說，這才是更為真實的香港。而在大多數人的記憶中，香港是亞洲四小龍之一，世界金融中心，連空氣都散發著金錢的味道；或圍繞著金錢，無數雙看不見的手，已將它打造成一個刀光劍影的江湖天地。由此又延伸出一個又一個故事，並藉由影視作品大肆傳播，迷離了所有人的眼睛。與改革開放後，大批富商前仆後繼地赴大陸投資，給大陸人傳遞的信息完全不是一回事。

這種藉由閱讀尹金花小說集帶給我的觀念衝擊，也必然會衝擊閱讀過其作品的每一個人；加之文學作品一旦寫就，經過刊載或出版，便會負載社會屬性，對社會乃至於組成社會的人群產生更大的影響。恰逢其時的是，尹金花書寫這些作品的前兩三年中，香港社會經歷了眾所周知的一場又一場風波，最深層的社會原因，恰恰就是香港的低收入群體被壓抑太久，且長期看不到出頭之日造成的。一如火山，地火運行太久，總是要找一個出口噴薄而出的。我在看了尹金花四五篇小說之後，就把這一想法告訴了她，說她的敘事，切中了香港的發展癥結和社會痛點，把香港社會長期被隱蔽和忽略的一面，不經意間，捅破了一個窟窿，裡面的人看見了陽光，外面的人聞到了氣味，已然具有了非凡的社會深意與價值。

---

[1] 劏房，粵語「劏」為「剖開」之意，劏房即將原本的居住空間分隔成更小的、有獨立洗手間的房間出租，類似於分租套房的概念。

當然，這些都僅限於這本小說的社會屬性；從小說的敘事藝術上來說，已出版了《深圳沒有金絲鳥》、《誰能成全你的愛情》、《陽光正好》等幾本書籍的尹金花，一樣展示出了自己以往被隱藏和忽略的一面來。相較於先前出版的作品，這本集子裡的小說，她的表達已更加自信、自由和充分。具體來說，她不再追求故事的完整性和趣味性，以便將更多的筆墨，用以表現文本的引申意義；敘事的機鋒與閱讀的張力，不是緣由作家的情節構思，而是生活本身及人性的無限可能相互疊加實現的，每一部小說的敘事空間就得到了無限的伸展。這種敘事思維的轉變，帶給了這本小說集與眾不同的氣質。加之前面便已強調過封閉敘事因素，《不如跳舞》雖是一部小說集，但敘事的視點和環境是固定的，小說人物之間也是相互熟識的，短篇的集子便也有了長篇的氣勢與韻味，其生命力便會比小說的社會屬性更加持久。

細心的讀者還會發現，這部小說集明裡共由十六部短篇小說組成，每部短篇小說，講述一個核心人物的核心故事；但文脈之間，卻又暗含了第十七個核心人物的核心故事，也就是說，這部小說集，其實是由十七部小說組成的。多出來的這一部，便是小說家尹金花本人的。我們只要把〈智齒〉、〈半夜遛狗的女人〉、〈元朗女孩〉、〈蜘蛛〉、〈猜到就告訴你〉、〈鐵海棠〉等作品，關於陪讀媽媽的部分抽出來，便能把尹金花身為小說家又是陪讀媽媽，在大雜院生活的點點滴滴拼接出一個完整的故事來。她的身分是真實的，疫情是真實的，感受也是真實的。但為服務不同的故事主題，她又為自己虛構了不同的經歷，以便讓自己化實為虛，潛沉和遊走其間，用冷靜又客觀的筆調向讀者娓娓道來。

這種敘事藝術的創新，既超越了過去的自己，也超越了她身邊的許許多多作家；或許，這就是她用筆名西西出版了那麼多本小說後，改用新的筆名阿婭達妮娃出版此小說集的意義吧！

二〇二二年十一月八日深圳

代序

她是個有故事的人

蔡益懷

說故事的人，都是天生的。

在讀過《不如跳舞》這個集子後，我更堅定了這個執念。

記得有一天課後，金花對我說，她寫了一個香港的故事集。老實說，我聽後沒太放在心上，或許潛意識中的另一個聲音掩蓋了她的話。我一向認為，文學是有根的植物，所有卓絕的書寫都是建立在生活的土壤上，是一種人生經驗開出來的花朵、結出來的果實。我知道金花客居香港沒幾年，自然暗生疑問：她寫的香港故事會有多少在地意識與經驗？畢竟，我看過太多跟此城不搭調的「香港故事」。不過，一看到她的文字，所有的疑慮瞬間消失，代之而來的是驚喜，我訝異於她的出手不凡：她寫出了一部不一樣的香港傳奇！

說到傳奇，自然會想到張愛玲。這個二十世紀的中國文學才女，到香港讀大學，因遇到戰火而中斷學業，回到上海便寫出了一部關於香港的《傳奇》。那是一部現代都市人生的傳奇，揭示世態的炎涼、人生的倉皇，一問世就成為香港文學的一個座標。這之後，香港的故事人相繼登場，講出各自的人間故事，黃谷柳、侶倫、舒巷城、劉以鬯、西西、亦舒、李碧華、黃碧雲等等，都有他們自己的都市傳奇。而今天，來自中國內地的尹金花（巧的是筆名也是西西），同樣寫出了這個都市鮮為人知的故事。

她以自己寄居的鐵皮屋社區為基點，展開紀實書寫，揭示都市暗角的真實景象，讓人看到一群卑微小人物的蒼涼人生。這些故事中的人物，各有不堪審視的人生履歷與隱情。〈烏溪沙有什麼〉的女子小北，為了一張香港身分證而假結婚，最後才知道原來所嫁之人是情夫的父親。〈智齒〉中的「叔父」本是有家屋的人，因與一個戴金絲眼鏡的斯文港男廝磨，東窗事發，離鄉背井三十年，終老於鐵皮屋。〈樹上是麻雀還是烏鴉〉中的阿芳，一個來自四川的女子，在東莞打工，嫁給一個老鄉，那個混賬男人一身臭毛病，還把梅毒傳給她。男人死後，婆家罵她害死兒子，往她頭上扣屎帽。她後來跟了一個開魚檔的香港男人，將他的一雙兒女當親生的疼。男人因劏魚染菌身亡，她打電話給一對遠在英國的兒女，終意識到彼此的疏離。〈閉上你的眼睛〉中的顧曼楨離婚後為了照顧女兒，沒有出去工作，學做代購走水貨，因一場新冠疫情而斷了生計，做起「倉管員」。這是一份見不得光的工作，上船要關手機上交，還要戴黑色眼罩，因為「忘記自己上的哪條船，才有錢賺」。有一晚被警察快艇追緝，經歷了一次風口浪尖的逃跑。經歷很魔幻，只有拿到手的港幣實實在在。〈半夜遛狗的女人〉講述另一種人生，慨嘆命運弄人。故事中的湖南女子，不與院子裡的人來往，被視為神經病。她原本是衣食無憂的闊太，因為丈夫上賭船輸光幾千萬，被攆出小洋樓而寄居陋室。這些卑微庶眾的人生說來算不得多麼曲折離奇，但他們在社會邊緣掙扎苟活，本身的際遇與因緣已顯人生的詭奇與無常，不轟烈也動魄驚心。

作者置身其中，以「我」的視角觀察他們的生存狀態，傾聽他們的訴說，沒有居高臨下的俯視，也沒有道德訓誡。她只是出於一種女性的心念與意識，誠心誠意地走向他們，促膝而談，又忠實紀錄，她做的是見證，寫的是一份底層社會人生的證詞、備忘錄。她不評論，也不月旦，然而對筆下人物不乏設身處地的理解。寫到「叔父」的離家，她讓我們聽到了他的心聲：「如果我不走，我內心的痛苦會淹沒掉我自己。」看到「半夜遛狗的女人」，文中這樣說：「終於知道為什麼女人的臉色總是陰暗無光，不願意搭理人，這道坎不容易過。」金花或許不是思想家型的作者，沒有甚麼高遠的主題意識，然而僅這樣一種心地，已讓她的文字顯現出難得的文學品質。

風格即人。金花是一個本然的故事人，沒有甚麼花巧的敘述技法。她的書寫是一種樸實的記錄，不見特別的技藝，不過，從這些中還是不難看出收放有道的筆致。〈不如跳舞〉是一篇相當見筆力的作品，故事中的阿元與女友分分合合，他與她的情感互動，以及與父母、阿嬤的關係，都表現得很有分寸，隱而不露，頗見藝術旨趣。

德國哲人班雅明（Walter Benjamin）將講故事的人分為兩類，一是異鄉來客，如水手、商旅之人，二是安居本鄉的人，如老農、工匠，他認為他們都是講述故事的大師，因為他們的故事都建基於經驗，不是一種閉門造車的臆想。我十分理解本雅明所講的道理：離開了生活的土壤，故事定然是蒼白的，乃至會走向衰亡。

金花的創作可謂集二者特質為一體。作為一位他鄉之客，她能夠寫出一部貨真價實的香港傳奇，正在於沒有把自己當外人，相反是沉潛其中，從生活中攫取故事。她不獵奇，只再現生活的原生態。一個天生的故事人，用心，有情，有此本色何愁沒有好的文學收成？保持狀態，金花。

二〇二三年一月三日香港

目次

烏溪沙有什麼

小北想盤下那個店鋪，和水哥明裡暗裡提了三次。小北沒有錢，只能靠水哥。店鋪在屯門，老闆娘秀姐和小北很熟，小北的衣服大多都在她家買或者訂製。小北身上穿的香雲紗旗袍就是秀姐親手裁縫，說要關門了，就當送小北一個念想。小北竟然有點不捨得，誰讓小北只喜歡穿旗袍呢，就連香港專賣旗袍的店也沒幾家了。

小北一直住在屯門，這地方離深圳灣近，方便往返深圳，是跨境雙城生活的首選。小北的「老公」是香港人，開貨櫃車，那時候小北才來深圳沒多久便被「老公」看上，租住深圳的崗廈村，直到女兒環環出生。

環環要到香港上學，小北在姐妹們慫恿下使出渾身解數給「老公」吹枕頭風。小北終於如願以償，「老公」在屯門給她和女兒環環買了一套兩居室的房子，母女倆在香港這才有了安身之處。也幸虧出手及時，要不母女倆的事被大婆知道，就竹籃打水一場空，「乜都冇」。房子買後沒多久，大婆果然知道了小北和環環的存在，上門鬧過幾次。「老公」成了縮頭烏龜，再也不出現，連每個月固定給環環的生活費都斷掉了。「老公」是土生土長的香港人，大婆卻是越南華裔，罵起人來一著急就說誰也聽不懂的越南語。大婆和大婆的孩子住在祖屋，大婆老早就想給兒子買一套商品房。她暗自慶幸當初「老公」買房，她甜言蜜語哄他團團轉，房產本上才得以寫了她一個人的名字。

「保住房子就行，『老公』就算了，有了房子，憑你胸前的大波，你們母女倆在香港不愁吃喝。」秀姐正拿著一塊新面料在小北身上比劃，手不經意碰觸到她飽滿的胸部，打趣她道。秀姐比小北大七八歲，是見過世面的人，說的話也在理，要不她就不會一股腦地將那些家長里短的事，說給剛認識沒多久的秀姐聽。做小本來就不是能上檯面的事，心裡到底是沒有多少底氣的。

秀姐的旗袍店已經開了好多年，大多數旗袍都是從深圳南油、東莞虎門和蘇杭一帶發貨過來，還有一些是秀姐自己裁縫。有些老顧客喜歡訂製，都說她手藝好，做的旗袍比現成的更貼身得體。秀姐的店裡就不得不放一塊裁剪案板和縫紉機，這讓她的服裝店看起來顯得與眾不同，更像一個小作坊。這行做久了，便積攢了人氣和朋友，畢竟現在的人穿旗袍的少，來來去去都是旗袍愛好者圈子裡的人。小北是來香港後才穿的旗袍，那時候小北還不會說粵語，誤打誤撞進了秀姐的店。小北身材好，凹凸有致，是穿旗袍的料，只要小北在，就是店裡的活招牌。有事沒事，秀姐都喜歡小北來店裡晃蕩一下。

秀姐是個好命的女人，正兒八經地嫁了香港人，還生了一兒一女。秀姐嫁過來後，本來是和公婆一起住的，恰逢村裡又分宅基地，老公申請到了一塊，兩口子一合計建了一棟小洋樓。雖不靠近地鐵站，出門二十米卻是個巴士總站，出行倒也方便，獨門獨院的，鬧市裡取靜。說是村屋，那可是別墅，連管理費、停車費都不用交的。村裡都是熟人親戚，有事大家互相幫襯，日子過得讓小北只有眼饞的份。不像自己，說是嫁給「老公」了，卻是沒有名分的，連單程證都申請不了，住香港還只能託女兒環環的福辦理的探親簽，三個月就得回一趟深圳辦簽證。

「老公」消失後，小北尋思著找點事做。秀姐的旗袍店倒是缺人，小北又是心靈手巧的人，看秀姐裁剪衣服，偶爾打打下手，一個月就全學會了，做出來的旗袍又添加了現代服飾的元素，典雅又時尚，秀姐讚不絕口。要不是被人舉報說小北打黑工，小北還繼續在秀姐的店裡幫忙。秀姐也不敢讓小北在店裡幫忙了，這一次是僥倖找了水哥幫忙才脫了險，真的查出來被定為打黑工，不只是小北，秀姐也會被牽連，罰款、坐監、被逐出境，那就得不償失了。但小北有事沒事還是願意去秀姐的店裡玩，試穿店裡的旗袍，手癢了就從秀姐那拿塊布料回家自己裁剪。小北沒見過水哥，心裡對水哥敬了三分。

「你做代購吧，閒著也是閒著。」秀姐和小北說起店裡的一個老顧客，跨境陪讀媽媽，每天往返深圳、香港，接送孩子上學的空閒時間做代購，賺不少。

小北早就暗自琢磨，「老公」不再管她和環環的死活，只能靠自己了。小北沒有香港身分證，在香港打不了工，回深圳，也是心不甘情不願。她本沒打過兩年工就認識「老公」，現在又生了孩子，要文憑沒文憑，還要分神照顧孩子，真要找工作沒有一點底氣。

小北真的學做了代購，不做不知道，一做嚇一跳，這麼多跨境媽媽們做代購養家。每天在商場裡大包小包拎購物袋，拉購物箱，推行李箱搶購奶粉、買藥膏、選化妝品的都是代購，過關時代購已經成了一道奇特的風景線。做代購發不了大財，小錢倒是能賺到的，母女倆的生活倒也安頓了。這兩年新冠疫情不能正常通關，代購幾乎全停了，幸虧有水哥照顧，要不真要喝西北風。

說起來，水哥還是秀姐介紹小北認識的。剛開始做代購時是真的難，沒有客戶，拿貨也老老實實去專櫃拿，偶爾開一單，賺的匯率差價都不夠來回車費和快遞費。水哥生意做得大，開了好幾家藥鋪；說是藥鋪卻是什麼都賣，奶粉、化妝品、洗髮水、風濕止痛藥……。小北第一次進水哥的藥鋪，滿滿當當的貨品，應有盡有。

「代購都是從我這拿貨，誰去專櫃，傻呀。」水哥抽雪茄，嫌香煙勁不夠大。水哥除了抽雪茄就是喝茶，每天都要喝幾大壺濃茶，牙齒不知是被煙熏的還是被茶水泡的黑黑黃黃，和小北說普通話，舌頭老轉不了彎的樣子。

「說粵語，小北又不是不會粵語。」秀姐和水哥熟絡，開起玩笑時常是葷的素的互相搭配，她拍了拍水哥的肩膀，嘿嘿笑後說道。

「那不行，我要尊重小北，就要說普通話的。我老豆[1]祖籍福建，也不是天生就說粵語的啦。」

---

1 老豆，即爸爸，在廣東話裡用來稱呼父親，甚至當面也這樣稱呼，如向客人介紹自己的父親，習慣說：「這是我的老豆。」

水哥喜歡抽完雪茄後就喝茶，用濃茶先漱一大口，然後湊到小北面前，張開嘴巴問：「還聞到雪茄味嗎？」小北搖頭，水哥就當著店員和顧客的面張開雙臂做擁抱的動作，小北嚇得連連後退，一下子就撞到了水哥藥鋪裡的貨架。一貨架的護膚品倒在地上，嚇得她的小臉都白了。水哥眼疾手快把她從地上扶起來，手剛好攬住她的胸，她又羞愧又無奈。水哥鬆開他的手，誇張地笑起來，說小北不像生過孩子的人，倒像個少女。她的臉上飛出兩朵紅雲，彎腰從地上撿起一瓶雅詩蘭黛，不知所措地望著已經笑得前俯後仰的秀姐和水哥。

「這款賣得好，比專櫃便宜一百多港幣呢。」水哥的手接過小北手上雅詩蘭黛的小棕瓶精華液，手就和小北的握在了一起，水哥的手勁真大，小北不再掙扎。

和水哥好，小北是半推半就的，水哥也是有家室的人，老婆、孩子都移民英國了，遲早有一天，他也會移民去英國，這是後來和水哥好上時，秀姐說的。

「英國有這麼好？香港人都喜歡移民英國？」小北知道秀姐一直在辦移民手續，故意問道。

「標配唄。你看我們潮汕人，哪家都有個親戚在香港，現在香港人要是沒個親戚在英國，面子上都過不去的啦。」秀姐說到自己是香港人時很自豪，小北心裡就不服，在深圳時被人叫做北妹，來了香港，被人叫做大陸妹。

「我家環環是香港人。」小北喜歡把這句話掛在嘴邊，秀姐就笑她，要不哪天真的嫁給香港人，弄個香港身分證吧。

小北就不說話了，她何嘗不想真正嫁給一個香港人，過幾年就可以拿香港永久居民身分證呢？不小心做了小，又被拋棄，拖兒帶女，哪這麼容易？又不是滿天下都是急著結婚給她名分的香港人。

秀姐的旗袍店掛出「旺鋪轉讓」很久了，一直無人問津，就連小北都替秀姐著急了。秀姐要去英國陪讀，轉讓店鋪實在是沒辦法的事情。

「你的店不做了，以後我去哪買旗袍呢？」小北又在秀姐的店裡拿了三條旗袍，半開玩笑地說道。

「要不，你接了去，繼續賣旗袍嘛。」秀姐笑道。秀姐笑起來時，眼角的魚紋尾就變深了。小北就感慨，認識秀姐轉眼間十幾年了，秀姐都開始變老了。

小北不是沒動過心思，之前做代購倒是賺了不少錢，早兩年花光所有的錢全款在深圳買了一套新房，買了新房後疫情就來了。疫情封關，代購沒辦法做了，手頭也沒有積蓄，哪有錢盤下秀姐的店？

小北欠水哥的情還沒還清，幾年前水哥幫小北找了一個香港人去登記假結婚，終於如願以償拿到單程證，順利辦了香港永久居民身分證，小北現在算是個真正的香港人了。那個給他名分的香港人小北見過一面，戴一頂黑色的鴨舌帽和黑色的口罩，她看到他身分證上的年齡，可以做她爸爸了。

「這麼老了，好嗎？」她問水哥。

「又不是真的，你不就想要香港身分證嘛？」水哥那天戴了一副寬邊墨鏡，把半邊臉都擋住了。她看不到水哥的小眼睛，但她知道水哥的小眼睛這會正瞇成一條縫看她呢。

她穿了一條紫紅暗花旗袍，拍照片時，那個香港人才把口罩摘下，鴨舌帽是水哥在他耳邊低聲說了好幾句話後才肯摘。那是一個光頭，頭上好幾處傷痕，像趴著的小蛇或者蚯蚓觸目驚心。

她有點後悔了，從椅子上站起來想逃走。

「就拍個照，沒事呢，不拍照人家不給辦結婚登記的啦。」水哥安慰她，她咬緊牙，硬著頭皮又坐到椅子上。

結婚證照片上，一個年輕的女人咬緊嘴唇，一個光頭的老年男人面無表情就像在拍遺照。她在心裡發著狠，反正是假的，拿到香港身分證再來辦一次手續，兩不相欠。她不知道水哥給了那人多少錢，錢的事，她不問，水哥願意給她花錢，她有什麼好問的呢，她又沒錢還。水哥走在他們中間，三個人並排著去登記。她拉著水哥的手，把他的手放在她細細的腰上。水哥拿開了，水哥一手搭在那個老年男人肩膀上，一手牽著她的手。她心裡就有點不樂意了，又不是真的，怕什麼呢。

「照片上的人如果換作你，我會很願意呢。」她小聲向水哥撒嬌。

「你又想多了。」水哥拍了拍她的臉，不置可否地笑笑。

她要找結婚登記上的人離婚，水哥總是含糊其詞。秀姐安慰她沒事，她又不吃虧，早離晚離的事，不離說不定還可以分點遺產。這話小北就不愛聽了，一開始秀姐也是知道的，她就衝著拿香港身分證，要不誰會和一個陌生男人結婚呢，還是一個比自己大三十多歲的老頭。

小北來香港也十來年了，做了代購後，怎樣的人沒見過？也是不肯吃虧的人，水哥都說她是個小人精。不精能在香港混？孤兒寡母的。環環一滿十八歲，小北就悄悄地將香港、深圳的房子都過戶到環環名下了，那個假結婚還是讓她心裡直發忧。

小北的假結婚是水哥一手操辦的，果然真的如水哥當初承諾的，那個男人絕不會亂來，更不可能讓小北行夫妻之事。水哥說這話時正趴在小北身上吸奶，吸得小北酥酥的。小北畢竟是個結了婚的人，和水哥在一起時，心裡就有種莫名其妙的感覺，偷情大概就如此吧？以前和「老公」在一起的時候她是未婚單身，現在和水哥在一起，她是個已婚媽媽了，她問水哥，找個有夫之婦是不是更刺激？

「你還真想假戲真唱啊？要不我跟他說說，你搬過去和他住。」完事後，水哥點了一根雪茄漫不經心地開她的玩笑。

「呸，烏鴉嘴。」她的粉拳打在水哥肩膀上，知道水哥不提，她這婚是不好離的，她根本不知道和她結婚的人住哪，香港的身分證上又沒寫地址。

她還想讓水哥幫他盤下秀姐的旗袍店呢，她可不想在這節骨眼上惹水哥不高興。這婚也都結了這麼多年了，和秀姐說的一樣，早離晚離，急啥呢，也沒人拿她怎樣，她又不急著和別的人結婚。水哥是不可能和她結婚的，秀姐說水哥就是放不下香港的老父親，要不早就去英國享天倫之樂了。水哥沒說不幫小北盤下秀姐的旗袍店，但水哥就是故作深沉，小北都快沉不住氣了。水哥這兩年的體力其實已經不如從前，每次都要先吃兩顆藥，最近水哥乾脆就不行，藥都懶得吃，錢給得也沒從前爽快了。

小北和水哥已經有大半個月沒見面了，小北去藥店找水哥，店裡的夥計都說水哥家裡有事。家裡有事，電話也不接個，不就是不想幫她盤下秀姐的旗袍店嘛。小北不樂意了，又不圖他的名分，這點錢也不想出，水哥是不想和自己好了？她心裡不暢快，又沒法找到水哥發洩，她不知道水哥的家在哪，水哥在香港有好幾套房子，她都去過，唯一沒去過的是他的祖屋。水哥不讓她去，說又不是夫妻，她要是跟他去，算什麼呢，會被人說三道四的。到底不是真的夫妻，十幾年的情人，真的到頭來什麼都不是。電話一關，再也找不到了。

小北沒別的地方可去，香港就這麼一點大的地方，又沒有固定的工作，想回趟深圳，關都過不了，只能去找秀姐。秀姐和她說家裡的東西都在收拾打包了，就等把店盤出去，她就去英國。她是真羨慕秀姐，她好不容易才弄了張香港永久居民身分證，秀姐就不屑於待在香港要去英國了。這一氣就恨起水哥來，他不是不接她電話嘛，她乾脆也把電話給關機。水哥找不到小北，找到秀姐店裡時，小北正拿軟尺在一個女客身上量尺寸，見水哥進來，招呼也不打，秀姐衝水哥叫聲「稀客」後趕緊給水哥泡茶。

「還貼著『旺鋪轉讓』呢？這條街有十個店鋪在轉讓。」水哥坐在秀姐平時裁縫衣服的椅子上，蹺著二郎腿，拿眼看了小北卻是對秀姐說。

「這不今年實體店生意不好做嘛，房租不減，沒人愛逛街了。」秀姐的眼睛瞟向小北。

「轉給我家小北，價格就不要這麼高了。我都問過了，你店租年底就到期，沒幾天了，還要啥轉讓費，今年什麼行情你當姐姐的又不是不知道。」水哥打著哈哈，小北心裡一驚，喜悅就寫在臉上了，不過還是回了水哥一句：「誰是你家人？」

「到底是自家人，還是向著自家人說話。」秀姐朝小北意味深長看了一眼，隨即打了水哥一拳，水哥便哈哈大笑。兩人都岔開了話題，只有小北心裡還是七上八下的。

水哥到底還是幫小北盤下了秀姐的旗袍店，小北心裡的疑慮就全消了，挽起水哥的手一起出門去吃宵夜。水哥要帶小北去一個新地方吃宵夜，烏溪沙。小北沒去過烏溪沙，對烏溪沙卻是耳熟能詳，屯馬線一頭連著屯門一頭連著烏溪沙。每次上地鐵，小北總要看清楚地鐵是開往屯門還是烏溪沙。

「烏溪沙有什麼好玩的？」小北故作興致很高的樣子問水哥。小北的心情是真的好，想到自己馬上代替秀姐當旗袍店的老闆娘，心裡美滋滋的，臉上的笑容一直掛著，這時候別說去烏溪沙吃夜宵，去烏溪沙替水哥哭喪她都樂意的。

「哭什麼喪，幫我打一架差不多。」水哥嘿嘿地笑。

「烏溪沙有什麼？這麼晚了，又遠。」她還是忍不住問。

「去了就知道了。」水哥朝她神祕地笑笑，她便不做聲，坐上水哥的車。從屯門到烏溪沙，有種翻山越海的感覺。水哥將音樂開得很大聲，一個從來不聽普通話歌曲的人，卻一直單曲循環播放筷子兄弟的〈父親〉。她想換首別的歌。「不要動。」水哥手握方向盤，聲音悶悶的。看在水哥幫她盤下秀姐旗袍店的分上，她乖乖坐在副駕上一動不動，耳朵都聽出老繭了，只好把眼睛瞟向窗外，看那一排排倒退的樹，就像以前用磁帶聽音樂時倒帶一樣。

水哥的車開進一家靠近海邊的露天燒烤場，有人迎上來，和水哥握手，帶他們在一個已經燒旺了炭火的燒烤臺前坐下。夜晚的燒烤場已經沒幾個人了，風大，晚上的露水也大，只有幾盞吊燈在風裡搖晃。

「你要來一瓶啤酒嗎？」水哥將烤好的生蠔裝進碟子，遞給她時問道。

「你喝吧。一會回去時我開車。」小北搖頭，對水哥說道。

「喝吧，喝酒壯膽。」水哥已經給她倒了一杯冰啤，她感覺她真的需要一杯冰啤，不是壯膽，是口渴了。

「今晚我們不回去了，吃完我帶你去一個地方。」水哥看了她一眼。

小北低頭吃燒烤，喝啤酒。水哥吃得少，一直在看她吃。她在水哥面前可以任性一點，像個孩子，誰讓水哥比她大呢。

「好啊，我們晚上在烏溪沙住？海景房嗎？」小北細心地剝一隻烤熟的蝦，喝了點酒後，心情果然好多了，她盡情地呼吸海邊的空氣。

「我帶你去見一個人。」水哥沉思片刻，對她說道。

「什麼人？」小北的酒杯停在嘴邊，她喝了兩瓶啤酒，頭有點暈乎了，開始聽不明白水哥的話。

「你一直想見的人。」水哥摟著她，把她手中的半杯啤酒倒灌進自己的肚子裡。小北叫道：「一會不用開車嗎？」

「不開車，就在附近，走路就可以。」水哥繼續喝，兩人互相較勁似的，又叫了兩瓶啤酒。燒烤爐裡的木炭變暗了，水哥不讓繼續加炭，兩人已經吃飽喝足，互相攙扶著離開。水哥的酒量好得很，今天還沒放開喝，就已經有點醉了。

水哥帶小北走出燒烤場，沿著海邊走了一陣後向大路走去。小北平時就是個路痴，這會喝多了，只能跟著水哥走，路都不看，腳都走疼了，還沒到。他們沒有在酒店門前停留，也沒有在住宅區停留，水哥拉著她的手，從大路拐到一條偏僻的小路，連路燈都沒有，一直婉轉直上。小北小聲問：「我們要爬山嗎？」

「山上涼快，好醒酒。」水哥答非所問，似乎早有準備，從褲兜裡掏出手電筒。小北踢到了一塊小石子，腳痛得厲害，賴著不想走。

水哥不像從前那樣依著她，拉起她繼續往前走，她只好忍著腳痛，看在旗袍店的分上，和水哥認識了這麼多年，水哥也從不做出格的事，她在心裡安慰自己。

「我們要見的人住哪？」走了一小會，小北回頭看不見來時的路了，彎曲的山路被樹叢擋住，沒有月光，沒有路燈，只有小北喘著氣的聲音。水哥走得很快，小北不敢怠慢，緊緊跟在水哥後面，小聲問道。

「就到了。」水哥在黑暗裡回答她。

「這山上有人家嗎？」小北難受得很，剛喝下的啤酒在胃裡翻江倒海般，蹲下來吐個沒完。

水哥的手電筒在眼前晃來晃去，吐過後，小北感覺好多了，也清醒了一些，心裡卻是迷茫的。

「有，山上住了很多人。」水哥輕嘆一口氣，小北頓時愣住了，想轉身下山，卻被水哥拉得緊緊的。

不知什麼時候，水哥拉她坐在一塊水泥地板上，地上冰冰涼涼，他不知道水哥這唱的哪齣戲。

「我們要坐在山上看日出嗎？」她看了看手機上的時間，離日出還早著呢，還有好幾個小時。水哥讓她不要說話，說打擾到別人可不好。她安靜下來，仔細傾聽四周圍的聲音，夜晚的樹叢並不安靜，草叢裡窸窸窣窣的，哪來的人？不過是草蟲。

水哥從隨身的背包裡掏出一個打火機和香火，她聞到香火的味道時才恍然大悟，這是一個墳墓。她從小就是怕鬼的人，不禁打了個冷顫。

「小北，你一直要找的人。」水哥向她招招手，她看到了墓碑上鑲的小小的照片，嘴巴張開卻發不出聲音；她的結婚證照片，照片上的男人頭頂光禿禿的，一臉冷漠地看向鏡頭，她的牙齒在輕咬嘴唇，像是家裡剛死了人。

「小北，你的名字在這裡。」水哥手指墓碑上的字。

「不，水哥。」小北驚恐地叫道。

「我該叫你一聲後媽，你不要叫我哥了。」水哥甩開她的手，冷冷地說道。

「你明知道是假的。」小北的心裡像被什麼東西掏空了一樣，他的墓碑上妻子一欄刻了她的名字，兒子一欄是水哥，這多詭異。

「我被人丟棄在原來的烏溪沙碼頭，他把我抱回家。你知道一個男人帶一個兒子，很難娶到老婆。他一輩子沒有女人，他最大的心願是到那一邊能有一個明媒正娶的老婆。」水哥磕了三個響頭，小北兩腿發軟，她望向遠處的燈火，遠處的燈光讓她感覺到溫暖。

「他跟我有什麼關係，為什麼要把我的名字和照片刻在他的墓碑上，我不是誰的妻子，我不是任何人的妻子，水哥，這十幾年，我只是你的情人。」小北終於歇斯底里地哭叫起來，她用手使勁摳那塊水泥墓碑，手指破了，鮮血塗在墓碑上，她的名字更鮮豔了。

「我要離婚。」小北痛哭流涕。

「他死了。」水哥提醒她。

「那是假結婚，是假的，你們不可以把我的名字刻在上面。」小北絕望了，對著水哥咆哮道。

「結婚證不是假的，你的名字不是假的，照片也不是假的。」水哥停頓了一會悠悠說道：「旗袍店的鋪子，我找房東買下來了，寫的也是你的名字。這是我爸的意思，他一輩子的積蓄，都用在這上面了。」

「瘋子。」小北一巴掌打在水哥身上，摸黑朝山下走去，任何一個人遇到她，都會覺得她像一個剛剛喪偶的女人，一臉的悲傷。

智齒

叔父死了，電話是叔父的同居男人打來的。接電話時，玉華坐在客廳一邊刷手機看視頻，一邊用手捂冰袋冷敷左半邊臉。兒子早睡著了，要不是智齒發炎，疼得她睡不著，平時這個時間點她已經關機上床。

「你可以過來送送他嗎？」電話裡老男人的聲音帶著哭腔。她能想像得出來，在那間破小的鐵皮房裡，叔父碩大的屍體躺在他們窄小的床上顯得多麼龐大。要不是因為害怕和無助，他也不會把電話打到她這。她下意識看看窗外，租住的是村屋，窗外剛好對著一片小樹林，黑夜裡冷風吹打樹葉，驚醒了棲息在樹上的鳥兒，鳥鳴聲似在哀叫又像是夢吟。一個好好的大活人，怎麼能說倒下就倒下了呢，她希望這只是叔父使的詐，騙她去看看他，逼著她把他的消息對家族的人說一說，再尋求大家的諒解？叔父這輩子都在欺騙，欺騙家族所有的人，甚至欺騙他自己。

「你可以過來送送他嗎？」老男人又小聲地重複了一句。她的嘴巴一張一合卻沒有聲音，直到聽筒裡傳來一陣盲音，她才喃喃地說道：「你自己多保重。」對方的電話早就掛斷，聽不到了。

玉華下意識地看了手機上顯示的時間，凌晨兩點十五分。冰袋早就被她焐熱了，這會智齒沒這麼疼了，臉還腫得厲害。她艱難地吞嚥口水，疼痛讓她變得清醒而又煩躁不安。她打開出租房的大門，天氣預報說今晚降溫，冷空氣從山上颳來，冷颼颼的。突然有個黑影朝自己撲來，她嚇了一跳，趕緊躲閃回到門裡，又是對面鄰居家的大黃狗。她搬到這個院子已經大半年，和對面鄰居的女主人卻連正面都沒打一個，有好幾次晚上睡醒上洗手間，透過廚房的窗戶，她都能看到她總是半夜三更出門遛狗。

疫情後，香港和大陸已經兩年沒有正常通關了，兒子起初只是在深圳的家裡上網課，五年級要呈分試[1]，通關還是遙遙無望，她不得不加入陪讀的隊伍。說是陪讀，她還是有些私心的，她想找機會見見叔父，當然，她才不會傻到在家族群裡提起叔父。

叔父是他們家的一個禁忌，三十年了，沒有人再提起過他，包括前兩年已經領了百歲老人政府補助金的老祖母。他們都知道叔父還沒有死，叔父還活著，而且活得很滋潤，要不他就不會從二十年前開始，雷打不動地，一到過年就從香港給老祖母匯來一筆不小的生活費。

她已經想不起來叔父的模樣，她更不可能從父親年老的時候去想像叔父現在的樣子，叔父唯一的

1　呈分試是香港教育局根據校內考試的成績去編排全香港小學生的排名，呈分試不是全香港的統一考試，每所小學需要將每位學生五年級下學期和六年級頭兩次考試的成績呈交給香港教育局，教育局會根據每位同學的三次考試的成績來決定升中的派位組別，組別越高，可以派到Band 1中學、英文中學或心儀中學的機會就越高。

親哥哥已經在他離家出走的第十年病死了。母親說是被叔父活活氣死的，叔父的事讓作為長兄的父親一輩子在村裡抬不起頭。

叔父離家出走後，嬸娘一個人養大了兩個堂妹和一個堂弟，兩個堂妹都考上大學離開了兩江鎮，堂弟玉武讀中學與人打架被學校開除，一直在家務農。三十年後，在香港元朗洪水橋叔父的鐵皮屋裡見到已經年老的叔父時，她不得不驚訝遺傳學太神奇了，堂弟和叔父簡直是一個模子裡印出來的，連眉宇間落寞的神情都一模一樣，已經三十好幾了，還沒找到結婚對象。

她在香港已經落好腳，安定好後才去見的叔父。叔父的地址是她從叔父寄給老祖母的匯款單上抄下來。這幾年叔父的地址一直沒怎麼變，一直住在一個叫元朗洪水橋鍾屋村的地方。她留意到叔父寫的門牌號卻總是模棱兩可，有一年寫A73號，有一年又寫成B73號，這兩年一直都寫A78號，她不知道是叔父老糊塗了，還是叔父一直在這個叫鍾屋村的地方不停地搬遷換房子。

以前想起香港，她就想起了維多利亞港灣璀璨的煙花夜景。每到香港，幾乎無一例外地都是直奔各大商場的名牌包包和高檔化妝品專櫃。她做夢也沒想到，每次去兒子的學校開家長會時，坐在從深圳灣口岸往元朗方向的大巴上，從窗外看到沿途公路邊匆匆閃過的低矮鐵皮房裡，竟然三十年如一日地長期住著人，更沒想到她的叔父就住在其中的一間。

是的，直到她以陪讀媽媽的身分到香港要租房子時，才發現自己在深圳領的那點薪水想在香港租好一點的房子，簡直是天方夜譚。陪讀媽媽隊伍裡，有家境好一點住得上月租酒店的，也有在學校附近住宅小區租房的，有租公寓的。家境不太好的就不得不各顯神通，有租劏房的，還有租偏僻的村屋和鐵皮房的。她先是在酒店訂了一個月的月租房，小小的標間[2]，交房租時心疼不已。一個月一萬塊錢的房租，再加生活費和兒子的輔導班費用，省吃儉用沒有兩萬塊錢打不住。她辭了工作到香港陪讀，只出不進讓她惶恐不安。後來才通過朋友介紹，住到了這個大雜院，說是大雜院一點不假，半山腰的一塊農業用地，被房東用鐵皮圍起來後搭建了好幾棟兩層樓高的鐵皮房，挨挨擠擠住了十幾戶人家。她租了一樓的一房一廳，房租倒是真便宜，才三千五百港幣，是月租酒店的三分之一，唯一不好的是鐵皮房隔音不好，樓上樓下左鄰右舍說話、放屁、沖馬桶聲聲入耳。好在兒子小，喜歡熱鬧，放學回家可以和院子裡的小朋友一起玩，倒有伴了。

現在，她知道香港除了有維多利亞港灣，有軒尼詩大道，有山頂別墅，還有鐵皮房。那些隱藏在繁華都市最隱祕角落裡的鐵皮房，有建在高架鐵軌下，有建在半山腰，有建在以樹木做掩護的公路邊……，它們見縫插針地安插在你假裝看不見的地方，並且十分頑強地成長，鐵皮房門口晾曬的內衣褲在風中招展，像逢勃生長的樹枝。

她頗費周折找了一上午，中午時才找到叔父。正午的太陽明晃晃的刺得她腦袋疼，出門時她忘了帶遮陽傘，已經入秋了，北京都下了今年的第一場大雪，南方卻還燠熱難當。她站在叔父家門口的龍

2 標間的設施有兩張床、一個衛生間、彩電、空調、飲水機、家具、熱水淋浴。

眼樹下，眼皮一直不停地跳，門口高高地堆著一堆木頭，像極了小時候老家門口打完稻穀後堆的草垛。一隻橘貓趴在木柴上閉目養神，看到她，立即警覺地站起來，睜大眼睛盯她看，那一黃一綠的大眼睛讓玉華忍不住伸出手想撫摸一下牠身上的毛，異瞳貓卻連連後退轉身跳到屋頂上去。屋頂上，一個披著白色長頭髮的男人，穿著一身白色的衣服，拿著竹掃把在掃樹葉。

她這才注意到梯子上還站著一個瘦小的男人，也一樣的長頭髮，卻是灰白的，穿著灰色的長衣長褲，一手扶著梯子一手托著一個大籮筐。兩個男人全程不說話，卻很默契地掃好裝筐，或空或裝滿落葉的籮筐在兩個男人的手上變換，站在梯子上的男人吃力地將裝滿樹葉的籮筐搬到地上，屋頂的男人用目光關切地看地下的男人。

他們太專注掃落葉了，根本沒注意到旁邊站一個陌生的女人。她默默盯著屋頂的白頭髮男人看了很久，他們家族的人髮質都一樣，早早地生白髮。老祖母的白頭髮像雪花一樣白，去年她在老家的院子裡替老祖母用稻草灰過濾的水清洗頭髮時，捧著老祖母沒有一點雜質的白頭髮感嘆不已。真想不到，不過才六七十歲的叔父，頭髮竟然也和老祖母一樣白得一絲不雜。

叔父停止了手中的工作，把掃把遞給灰白頭髮男人，緩慢從梯子上爬下來。他比年輕時胖多了，臉上倒沒有皺紋，幾塊不規則的老年斑像是印在臉上，擦也擦不掉。他的臉上並沒汗水，灰頭髮男人卻從屋裡拿出一條暗黃的磨了毛邊的舊毛巾遞給他，他擦了擦臉。她看見他擦了臉後眼睛有點紅，她假裝沒看見，眼睛卻不知道該往哪放，只好繼續朝屋頂張望，尋找那隻長著異瞳的橘貓，而那隻貓卻不知跑哪去了。

「大丫，二丫小時候長得和你最像。」叔父搓著手，打量了她一眼。

二丫是叔父的大女兒，玉華輕輕嘆了口氣。

「我胖，她瘦。」她還是沒找到那隻貓，她極少見到異瞳貓，都說異瞳貓會有一隻耳朵聽力有問題，聽力有問題的貓在野外很難生存。

來之前，她有很多話要問叔父，見了面卻無從問起。有一陣子，她甚至覺得恍惚做夢，這是她的叔父嗎？除了體型、相貌和家族的男人有幾分相似外，她與他已經沒有任何可以聊的話題。從他離家出走的那一天，他就和整個家族失去了聯繫，沒有人關心他，他也不關心別人。紅白喜事沒有他的份，甚至沒有人想過要和他說一聲，就連他的親哥哥去世，他也無從知曉。他的離家出走，他的失蹤，在相當長時間裡，給家族的人帶來的只有羞恥，他那鮮為人知的祕密公諸天下的那一刻，他不得不與他的家庭決裂。他不再出現，他帶來的恥辱隨著他親哥哥的死去慢慢被淡化時，村裡人已經不再談論他時，他卻自作多情地給老母親寄回了一張匯款單。玉華清楚的記得，二十年前他寄給老祖母的第一張匯款單，就像一顆炸彈在村裡爆炸。人們知道他還活著，他逃到了香港。起初人們還喜歡坐在村口的榕樹下竊竊私語，小聲談論他是不是還和那個男人在一起。但現在誰還會關心他呢，他不再年輕，也已經七十了。

她在他的鐵皮屋坐了一會，說是鐵皮屋，其實不過是一個廢舊的貨櫃車廂改造的，屋裡沒有洗手間，沒有水籠頭，好在村裡的公廁就在旁邊二十米遠的地方。一個不寬的木板床占據了半個屋子，她朝床上看了一眼，兩個枕頭並排挨著擠在床頭。床不是標準的雙人床，舊床墊倒是席夢思床墊，比床大，鋪在床上像是一件不合適的大衣套在瘦小的身體裡。

他和叔父坐在屋子裡的一小會功夫，灰頭髮男人已經去公廁打了一桶水回來，電熱壺在灶臺上冒著熱氣。水燒開的聲音「咕嚕咕嚕」響，房間裡頓時有了生機。灰頭髮男人小心翼翼從灶臺上的一個鐵罐裡掏出一小塊普洱茶餅扔進電熱壺裡，一會兒功夫，混雜著老年人氣味的屋子就飄起了茶香，她的腦子也清醒了一些。

剛剛她感覺大牙又疼了一下，心情也變得糟糕起來。來香港陪讀幾個月，通關的消息或真或假地傳得滿天飛，卻沒有一次是真的，這讓她總是容易陷入到絕望之中。她還是沒辦法靜下心，待在香港做一個合格的陪讀媽媽，沒完沒了的疫情讓她的生活經歷了翻天覆地的變化，好好的一家四口不得不三地分居。女兒走的是國際路線，開學前已經從蛇口碼頭前往波士頓。送走女兒第二天，她也隻身帶上兒子前往香港上學。兒子是雙非[3]港寶，疫情前每天坐校車往返香港、深圳，是典型的跨境學童。疫情後，香港內地不能正常通關，兒子和大多數的跨境學童一樣陷入了沒學上的尷尬地步。女兒一直走國際路線，國際學校燒錢太厲害，她有點怕了，當跨境生在通關無望選擇回深圳上國際學校時，她

[3] 雙非，即中國大陸孕婦到香港生的孩子（父母皆非香港居民），他們出生即自動取得香港的永久居留權，並享有香港社會資源及福利。

們始終在家上網課，堅決不讓兒子再走國際路線。五年級下學期就要呈分試考試了，她和老公商量後，咬咬牙辭掉工作，留老公一個人在深圳守著他們的家。當飛行員的老公也不能一直守在深圳，還是滿世界地跑。這年頭，疫情關頭，最危險的職業除了醫生，就是國際航班工作人員了，老公每飛一地，她的心就揪得緊緊的。

叔父給她倒茶時不小心手微顫了一下，玻璃茶杯摔在地上，碎了一地，茶水濺到她淡藍色碎花裙子上，濺到叔父白色的棉麻褲子上，留下暗紅色的水印。她趕緊從桌子上撕扯紙巾擦拭吸乾地板上的茶水，她叫叔父把褲子換了，時間久了怕洗不掉。

「大丫，沒事的。」叔父已經又給她倒了一杯新的普洱茶，她卻不感覺到口渴了，當著叔父的面還是輕輕地抿一小口，然後端著杯子，用很輕的聲音嘶嘶吸氣。

「燙著了？」叔叔關切起來。

「不是，」玉華說，「牙齒疼。」繼而解釋說：「長了顆智齒，都好長時間了，一直忍著沒去拔掉。」

說著，玉華將杯子放回靠床邊擺放的簡易飯桌。她瞅見飯桌上藍色的陶瓷碗裡盛了半碗白米粥，粥煮得太爛，涼透後呈黏稠狀，猛一看還以為是半碗白色的漿糊。她想起從前兩江鎮叔父家大門的對聯和年畫，想起從前叔父在家時，每到過年就領著他們這些小輩貼對聯、黏年畫。叔父從來不會去買膠水，而是用家裡種出的糯米煮熟後，不停在碗裡攪拌做成漿糊。叔父做的漿糊有一股米香，她喜歡聞米香的味道。叔父拿一把毛刷子將對聯和年畫糊在門框上，一糊就一年。

叔父沒有問她怎麼會在香港，就像她沒有問他什麼時候到的香港。二十年前叔父給老祖母寄回第一張匯款單時，村裡人都說叔父一定是偷渡到了香港，要不叔父憑什麼本事到的香港，還能人模狗樣地在香港生活？叔父的男朋友是個香港人，叔父不能和他結婚，只有和女人結婚，叔父才可以以夫妻名義待在香港。村裡最有文化的人還裝模作樣地在舊報紙上翻，說沒有哪一條新聞是男人可以和男人結婚的，大陸不行，香港也不行。她討厭村裡人意味深長的壞笑，討厭他們明目張膽地說他們家的壞話，但那些不堪入耳的話還是會傳到她耳朵裡。

她要去學校接兒子放學了，她住的地方有點偏，從兒子的學校回到家，要坐巴士，從巴士站走二十分鐘才能到家，這一路除了貓多還有狗。兒子怕狗，除了散養的狗在路上亂逛，更怕一路走回來時圈在家裡的那些狗，早早就聽到有人路過的聲音，狂吠不已。

她從叔父的鐵皮屋裡走出來時，颳起了一陣風，樹葉紛紛落下，她撿起一片乾淨的黃葉，攤開手掌，將樹葉放在手掌心上。她的手掌紋路細密，算命的說她生活波折不斷，從手掌心的紋路就可以看得出來。樹葉的紋路細看也不簡單，複雜著呢，大的紋路下細細小小的紋路從中間鋪展開來，脈胳相連。她拍了一張照，又回頭對著叔父的小屋拍了一張。她發現屋頂上又有新的落葉落在叔父已經掃過的地方，她想等她走後，叔父還會爬上那把舊的木頭梯子，繼續將屋頂的樹葉打掃乾淨。

叔父和男人一起走出門口送她，直到走後她才想起來，灰頭髮男人好像沒說過一句話，他只是默默默地做事，始終陪在叔父身邊。

「這些木頭用來燒火嗎？」她看到木頭裡有一圈乾枯的木耳，不知道長了多久，又乾了多久。叔父的灶臺下一瓶藍色的液化罐，灶臺上還有電飯鍋，她確定叔父平時燒水、做飯用的是煤氣和電。

「只是喜歡木頭的香味。」叔父朝她笑了笑，露出不整齊的牙齒，這是她見到叔父後，叔父第一次笑。她也笑了，這些木頭堆放的時間太久，風吹雨淋的，有的已經腐爛，但從前，剛從山下砍下來的時候，一定是有香味的。

她發了個朋友圈，那片金黃的落葉和那堆木柴，她想了很久，卻配了幾個不搭邊的文字：「智齒又疼了。」

第一個在她朋友圈留言的是叔父的兒子玉武，自從她來香港以後，很少與她往來的堂弟總會在她發朋友圈時第一個給她點讚或留言。偶爾在家族群裡，大家聊得正歡時，堂弟會冷不丁地問一句：「大姐，香港又要颳颱風了？」

她沒有在朋友圈回覆堂弟，只是在很多朋友的問候和各種為智齒出主意後，她在朋友圈統一回覆了一句：「等通關後，回深圳第一件事就是拔掉智齒。」她早就聽說香港的醫療很昂貴，特別是牙科，沒有香港身分證，沒有香港門診醫療保險，要拔掉一顆智齒，沒有幾千港幣怕是下不來。這智齒已經長了二十多年，幾乎每年都會發作幾次，她卻遲遲沒有下定決心拔掉。在她的潛意識裡，身體裡長出來的都是有用的，拔掉怪可惜。她又想起了父親，誰又能知道父親竟然是闌尾炎活活給疼死的。

父親有著家族人的共性：頑固，死活不肯上手術臺，不管別人怎麼跟他說闌尾不過是人身上多餘的尾巴，是人沒進化掉的藏在體內的尾巴，他還是不肯切掉，最後活活疼死。

叔父身材魁梧，當過兩江鎮的民兵排長，生產隊沒農活時他就帶領民兵在鎮上中學的操場操練，很是威風。據老祖母說，託人給叔父做媒的姑娘從兩江鎮的鄉道都排到省道了，叔父好像一個都沒看上眼，直到鐵姑娘嬸娘的出現。那時候的嬸娘也是民兵排裡的女兵，嬸娘就是衝著叔父而加入的民兵團，不過很快地，嬸娘和叔父結婚後就退出了民兵團，沒多久，民兵團也解散了。嬸娘是兩江鎮最能幹的媳婦，早早地剪了長辮子，梳起齊耳短髮，土地分到戶後，嬸娘種莊稼，種菜，養豬，養雞，叔父家很快脫穎而出，成了兩江鎮上最早的一批萬元戶之一。

當上萬元戶的叔父有機會去了一趟縣城，從縣城回來，叔父就變得魂不守舍，再也不肯跟嬸娘下地幹活，每天找機會往城裡跑。叔父跟嬸娘說要進城做小買賣，嬸娘對叔父百依百順，叔父從前對嬸娘的好、對嬸娘的疼愛，嬸娘看在眼裡。嬸娘從信用社取出了那一萬塊錢交給叔父，那都是嬸娘起早貪黑種的菜，半夜去菜市割好挑到兩江鎮，一分一分攢起來的。

那個男人剛開始出入叔父家時，嬸娘還不好意思，她從沒見過長得這麼白淨的男人，鼻梁上架一副金絲邊眼鏡，斯斯文文的，要不是說話時喉結一動一動的，嬸娘還誤以為叔父從縣城帶回來一個黃花大閨女。

叔父愛喝酒，愛喝酒的男人農閒時就會在家釀酒，一般都在冬天沒事做時。破天荒地，叔父卻要在農忙搶收稻穀種晚稻的時候釀酒。

「人家香港老闆要嘗我們自家釀的酒哩。」叔父起初只是低聲哄嬸娘，嬸娘不依，叔父就不幹了，在院子裡又是摔又是踢，連翻地的犁耙都被摔壞了。村裡人都說叔父當了萬元戶後說話聲音也粗了，動不動和嬸娘意見不合就高三調。嬸娘白了村裡人一眼，只有嬸娘知道，去過縣城的叔父是真的變了，叔父已經很久沒有進過她的房間，他的房間裡時常住著那個從縣城跟來的香港男人。她沒辦法在陌生男人面前同叔父吵架，也沒辦法在陌生男人面前只穿條背心就進叔父的房間。

叔父的酒釀好了，酒香四溢，村裡的老人都過來嘗一碗，讚不絕口，說這是喝到的最地道的自家釀米酒。要搶收夏稻後種晚稻，時間不等人，耽誤一天晚稻的收成就會差很多，嬸娘一個人在田裡忙得一口飯都來不及吃。喝醉酒的叔父和那個香港男人雙雙倒在床上，赤裸的身子，嬸娘的眼睛停留在自己男人和那個男人的陽具上，羞紅了臉。

叔父第二天就離開了兩江鎮，那兩罈酒一直放在酒窖裡沒有人動過。有人說在縣城見過叔父和那男人手拉著手進出電影院，還有人說那男人懷了叔父的孩子，說的人故意左右瞅瞅壓低聲音說得有板有眼，末了眼睛瞇成一條線，說親眼見到叔父帶那男人去了婦產科。

直到十年後，叔父從香港給老祖母寄回第一張匯款單，家裡人才知道叔父早就離開兩江鎮，跑去香港了。那一年父親過世，八十高齡的老祖母手裡捏著郵差送來的綠色匯款單，那上面的方塊字、阿拉伯數字，她一個也不認識，但一點也不妨礙她久久地將匯款單放在枕頭邊上每晚看了又看，沒有人敢說什麼，包括嬸娘。

堂弟玉武和人在學校打架，把別人的手打斷了。老祖母把匯款單遞給嬸娘，讓嬸娘去把錢取出來給人家往醫院送去。

「救人要緊。」老祖母面無表情，那張匯款單好像就是為了替玉武還債而來。後來的每年，叔父的匯款單寄到，老祖母就讓嬸娘幫取出來。嬸娘不幹，只有第一次著急用錢，她不得不接過匯款單去郵局，那天她的臉色如烏雲密布般，可以擰出水來，誰敢跟她說句話她就會不停地抹眼淚。孩子長大後，嬸娘不再在家裡罵叔父，那個讓她在兩江鎮羞辱生活的男人，早就被她在心裡千刀萬剮死了無數遍。

叔父不在兩江鎮，叔父卻是兩江鎮的傳說，人們談起叔父時還會津津樂道。三十年後，叔父的兒子玉武在兩江鎮開了家肉鋪，還在兩江鎮買了地皮建了一棟三層小洋樓，卻沒有哪個姑娘願意嫁給玉武，連男人們都離他遠遠的。

不孝有三，無後為大。玉武到了婚嫁年齡後，嬸娘一次次給玉華打電話，能不能帶玉武去廣東，廣東姑娘多，廣東姑娘來自五湖四海，沒有人會問起玉武那臭不要臉的老爹，更不會有人懷疑玉武和他老爹一樣喜歡男人。

「大丫啊，你嬸娘就這個心願了。」嬸娘幾乎是哀求道。玉華試過和玉武談談，連初中都沒畢業的玉武到廣東能做些什麼呢？玉武自己不想離開兩江鎮。

「姐，我娘淨瞎操心。」玉武的肉鋪生意做得風生水起，要不是叔父每一年雷打不動的匯款單，兩江鎮的人幾乎都要把他淡忘了。玉武堅持不再接叔父的匯款單，但老祖母比他還固執，拄著拐杖去郵局是她老人家一年難得出的一趟門。老祖母始終不肯搬到鎮上去住，還守著老宅，只有一年一次去郵局取叔父給她匯來的錢才去鎮上住幾天。

「大丫，我做夢都害怕從香港寄來的匯款單，那哪是匯款單，那是一把尖刀。」嬸娘知道玉華後來在香港生了兒子，兒子在香港上學，幾乎每天往返香港後，找她說了幾次。她知道嬸娘的意思，但她能有什麼辦法呢？香港這麼大，她去哪找叔父？即使她找到叔父，她可以跟他說不要再給他的老母親匯款了嗎？嬸娘只要收到老祖母的匯款單，就拍照發微信給她，她只能苦笑，這是她們之間的祕密，她不去揭穿，她也不說開。

她從學校接回兒子。兒子都快有她高了，長得不像老公，像她，高顴骨，他們家族的人都高顴骨。高顴骨的人不能太瘦，臉太瘦就不好看了，兒子偏偏很瘦。她總是憂心忡忡兒子的未來，兒子卻不能體察母親的心思，有說有笑地和她說起學校有趣的事。兒子笑的時候和叔父還挺像，只是叔父胖，兒子瘦。

玉武打了那一架後被學校開除，嬸娘要去學校求情再給玉武一次機會，玉武卻死活抱住嬸娘的手，再也不肯去學校。

「他們說洗澡的時候我偷看他們的雞巴，說我是同性戀，應該住女生宿舍。」玉武放聲大哭。

嬸娘揚起的手沒有落在玉武的臉上。初中住校後玉武個長得快，已經躥出老高，模樣越發像當年他老爹，只是又高又帥的玉武變得鬱鬱寡歡，沒有人願意和他玩了。

「你個天殺的劉克完，禍害我一個就夠了，還要禍害自己的兒子。」嬸娘邊哭邊咒罵叔父。叔父的名字劉克完，家族的人已經不屑提起。

這些事情叔父都不知道，玉華想跟叔父說說他走後的往事，始終沒有說出口。她後來又去看過叔父幾次，每一次都是短暫地停留。除了第一次她去時叔父的同居男人在，後面幾次她都提前給叔父打了電話，那個男人都不在家。

她在叔父的床上看到一本舊相冊，趁叔父出門上洗手間時好奇翻開，叔父年輕時真好看，那個男人也好看，兩個人勾肩搭背的親密照卻讓她胃裡一陣難受。她在叔父進門前快速合上相冊，再看到叔父時，覺得叔父變得陌生了許多。她再也不能忍受在叔父的鐵皮屋裡和叔父聊天了，那個窄小的床，那對枕頭總讓她臆想叔父和那男人在一起時的情景。她心裡一陣難受又不得不自責，偷窺別人的祕密並不是一件光彩的事情，即使是自己的親人，她還是坐在床邊的椅子上，卻不自然地搓了搓手。

「你後來想過我嬸娘嗎？」最後一次去見叔父，玉華終於問道。她沒有在家族群裡透露她在香港見了叔父，只是偶爾會在朋友圈發一個見叔父時走回出租屋的心情，還有那隻異瞳橘貓做的背景圖。

「如果我不走，我內心的痛苦會淹沒掉我自己。」叔父沒有正面回答她，這讓她很不舒服。

「那嬸娘和孩子呢？他們在你走後很長一段時間沒有走出來。」她突然就生氣了。

「大ㄚ，你們不懂，如果我繼續欺騙你嬸娘，繼續欺騙所有的人，也就是欺騙我自己，這裡不同意。」叔父右手握成拳頭打了自己的心臟，他的臉因為激動憋得通紅，他的呼吸變得沉重。

她不再說話，他也不再說話，空氣裡流淌著尷尬的氣息，她想起身走了，叔父卻從床底下拿出一個塑料袋子。

「送給孩子的新年玩具。」叔父遞給她的時候，握了握她的手，這是他第一次握她的手，他手裡的倒刺讓她不舒服，她假裝要看禮物，抽出了自己的手。

叔父給孩子買的禮物是一套魔方。她從塑料袋裡拿出禮盒提在手上，替孩子謝了叔父，她這才想起來，她一次也沒帶兒子來看過叔父。

晚飯後，她和兒子一起拆開叔父送的禮物，兒子沒學過魔方，她也不會拼。

兒子性子急，左轉右轉也拼不回來。兒子一急，她便跟著急，魔方教程太抽象，她沒看懂。母子倆從網上下載視頻觀看，她看著老師的手三下兩下就將魔方復原了，眼花撩亂。她的牙又開始隱隱作痛了，著急上火總會讓她身體不適，兒子卻像著了魔一樣，非要把魔方學會。她走出出租屋，和對門的女鄰居撞了個滿懷，女鄰居紅著臉小聲邀請她進屋坐坐。她怕狗，謝過了鄰居，一個人坐在門口發呆。客廳裡，兒子還開著視頻跟老師一步一步學著拼魔方。

兒子終於學會了拼三階魔方，小有成就。

「媽媽，你來打亂，打得多亂我都不怕，我很快就可以拼好復原了。」兒子得意地說道。她幫他將復原的魔方打亂，兒子一邊背口訣一邊拼，很快又復原了，這才心滿意足地去睡了。

她看著兒子進房間睡覺，心裡一頓，生活被打亂了，還能再拼回來嗎？

兒子睡著後，她繼續胡思亂想，直到那個電話響起。叔父突然地去世，讓她心裡湧出無限的悲痛。下午她問叔父的話，叔父沒有回答她，永遠也不會回答她了。

叔父是突發腦溢血死亡，叔父在香港沒有朋友，只有她一個親人，她還是沒辦法把叔父的同居男人當成他的親人。

她在家族群裡發了叔父去世的消息，許久都沒有人說話。

她生氣了，生玉武的氣，也生自己的氣，更生叔父的氣。家族裡還是沒有人說話，這也不奇怪，大半夜的，他們都在睡覺呢，有幾個人睡覺還會看手機？又不是每一個人都半夜牙疼睡不著覺。

「姐，我想去香港送送他。」過了很長的時間，玉武才通過微信私發信息給她。她簡單地回了：「好，等你。」

玉武在辦簽證的時候遇到了困難，他沒辦法證明在香港死去的人是他的父親劉克完，辦不了簽證，而叔父在香港一直是沒有身分證的。自從封關後，旅遊簽、商務簽早就停了，只有探親簽還能辦理。

「姐，你替我送送他。」玉武在微信裡說道。

「他是你父親。」玉華回了一句。

「姐，知道呢。」玉武始終沒有叫過他一聲爸，哪怕只是在微信裡和她聊天。

嬸娘給她打了個電話，卻是告訴她一個好消息，過了年玉武就結婚了，問她能不能回來參加婚禮。她沒有說能，也沒有說不能。她說了又不算，從香港回深圳還封關，回一趟家要隔離個把月，誰折騰得起？她還想問問嬸娘，叔父的骨灰要不要帶回老家，嬸娘早就掛了電話。

玉華和叔父的同居男人坐在空蕩蕩的鐵皮屋裡，桌子上是叔父的遺像，同居男人堅持將叔父的遺像擺在桌子上。玉華驚訝地發現叔父遺像相框是雙面的，背後是他和男人的合影，那時候叔父還年輕，頭髮還沒白，男人鼻梁上還架著一副金絲框眼鏡。玉華幫著他，或者是他幫助玉華，兩個人簡單地為叔父辦了一個喪禮，但直到叔父一捧深灰色的骨灰，封裝在一個青花瓷盒子裡，兩個人都不怎麼說話，各自專注於分內的事。或許也因為此，玉華發現，忙忙碌碌中，自己的智齒竟然不疼了。

貓去哪了

上海阿婆的貓不見了，這已經不是什麼大新聞，一大早地，幾個院子裡的鄰居都傳遍了。上海阿婆拄著拐杖敲打水泥地板的聲音「篤篤篤」響，沒幾個人受得了她那尖尖的從嗓子裡擠出來的罵人聲。

「是那隻白色的貓？」

「上海阿婆就一隻貓。」

「昨天晚上打完麻將回家，我還看到牠倚站在路燈杆旁，不會被流浪狗欺負了吧？」

麻將房裡，幾個女人開桌前閒聊，不知誰先開的頭，上海阿婆的貓成了打牌前奏曲。有人點了一根香煙，麻將室沒有窗戶，只有抽油煙機「轟轟」往外抽風，通風效果並不好，很快室內就煙霧繚繞了。

「不就一隻貓嘛，院子裡多的是流浪貓，再養一隻就是了。」剛搬來院子的新牌友淡淡說道，幾個人就都不說話了。茶壺裡的水燒開後，牌友們給自己的茶杯裡倒茶的倒茶，上洗手間的上洗手間，八卦的八卦，一會開牌就沒閒功夫了。

她們已經是好多年的牌友了，誰家裡有點屁大的事都瞞不過，也沒必要瞞，都住在這一帶的寮屋，又不是高樓，誰家早餐喝的綠豆漿還是黃豆漿、晚上炒的是牛肉還是豬肉都一清二楚著呢。上海阿婆從前也是她們的牌友，自從中風偏癱後，左手老是抖動不得勁才不上桌，偶爾閒著沒事還喜歡到麻將房走走。這兩年說要舊改重拆，誰也不捨得走的，外部看著只是鐵皮、木板釘製的房子，住著倒也舒服，至少能見著陽光，晒衣服、被子啥的在院子裡或者路邊支一根竹竿就可以了，比附近沒有陽臺的公屋還要舒服。

幾圈下來，有人就開始急了，手氣不好，連輸幾把，心裡慪慪的，一個勁在心裡自責不該一大早就談論上海阿婆，沾上晦氣了。這麼子想時，鼻子就聞到了上海阿婆家被褥潮濕的渾濁氣味，對，還有貓的氣味。上海阿婆住在這裡已經幾十年了，從什麼時候開始住的，沒有人知道，所有人都比她來得晚。她們住的房子都是正兒八經的寮屋，只有上海阿婆住著一個獨門獨院的兩層小樓，還是磚牆結構的小樓，前些年樓頂漏水，還讓人做了一層鐵皮雨棚。

他們的房子其實都沒有房產證，在政府那都沒登記，卻不妨礙他們一直居住，從幾十年前就開始。要追溯，可以追溯到五六〇年代，他們的父輩甚至爺輩從內地偷渡過來，還有一些是印尼華僑回來避難的，實在是沒地方去，見著一片空地，剛好沒有人管，就弄些鐵皮、木板建了簡單的屋棚。屋棚都改朝換代多少次了，就連有些屋主都換過幾代了，也有的屋主自己不住這裡了，出租出去，便宜嘛，總是有人租的。新來的租客跨境陪讀，內地賺的工資到香港花，一個子兒都不響就沒了，這不比從香港拿工資回內地花，都得緊著點用。

「你住她樓上，真不知道？」有人捅了捅新來的女人，她朝煙灰缸裡按了按小半截沒抽完的香煙，沒理會牌友的問話。快速地按了自動麻將桌中間的開關，洗好的麻將被送上桌，四個女人眼睛都盯著手上翻的牌，沒人再談論上海阿婆的貓。

「看到我家小雪嗎？」上海阿婆的拐杖在門口敲了兩下，沒人吱聲，她朝門裡吐了口痰，又敲了三下，還是沒人吱聲。

「你們把小雪藏起來了？」上海阿婆要不是中風了，倒也是一個模樣端莊的老太太，這會卻披散著灰白的頭髮，沒有梳，也沒有紮成一個老太太們喜愛的髮髻。

「又亂說，誰會藏你家的貓？」這時候，麻將房的女主人不說話都過意不去了，她自己今天沒上桌，只有三缺一時她才會上桌。

「阿貞，你沒藏過？我看你連男人都敢藏哩。」上海阿婆不依不饒又揭人家的短。有人小聲掩嘴笑，又不敢笑出聲來，畢竟是女主，還是資深牌友，面子總是要給的。

「你找，看我是藏在胸罩裡還是褲襠裡了？」被叫做阿貞的女人已經不年輕，過了年就「五張」了。阿貞前幾天剛剪了個短髮，學年輕女孩在前額挑染了幾縷褐紅色髮絲，幹練又活潑，要不是脖子上的皺紋，打個粉底，真看不出年齡。

「小雪要是在，不會放過你的。」上海阿婆憤憤地罵完轉身走了，阿貞氣得臉都白了，又拿小雪說事，小雪是上海阿婆壓在她頭頂的緊箍咒。

小雪是上海阿婆的貓，同時也是上海阿婆女兒的名字，上海阿婆的貓其實是小雪留下的。上海阿婆自小雪走後，一直把貓喚做小雪。小雪走了也有七八年了吧，那時候貓還是小貓，這一轉眼就成老貓了。阿貞的眼裡便莫名地有了霧氣，給牌友們的杯子又續滿茶後追了出去。

要說起來，阿貞以前認上海阿婆做乾娘來著，也就這樣，上海阿婆才敢肆無忌憚地罵阿貞。阿貞被罵習慣了，偶爾回罵兩句也早已成為家常便飯。只要上海阿婆不提那事，阿貞是無所謂的，上海阿婆偏要提，而且總是在人多的時候提，讓她對上海阿婆又氣又恨，貓丟了才好呢，那隻貓她早就恨得牙癢癢。

小雪是上海阿婆嫁到香港時從上海帶過來的，後來上海阿婆又生了一個女兒，比小雪小好幾歲，阿貞見過。阿貞和小雪同齡，小學、中學都一個學校還同一個年級，兩人總是相約一起上學、放學，一起爬山，一起約會男孩。上海阿婆嫁的是一個英國老男人，英國老男人在上海和香港做生意，就認識了。英國老男人在英國還有老婆，上海阿婆知道後就不樂意了，和英國老男人鬧了好幾次。上海阿婆住的兩層小樓是英國老男人從一個農戶手中買來，是英國老男人的祕密後花園。

上海阿婆和英國老男人鬧得最厲害的一次，上海阿婆將英國老男人的衣服從二樓陽臺全扔了出來，藍底紅花的褲衩被扔在路邊的樹枝上隨風飄舞，好多天，一直掛在樹上。阿貞看得入迷，原來英國老男人還喜歡穿帶花紋的三角內褲呢。英國老男人再次來時，卻是把小雪已讀小學一年級的妹妹帶走，說送去倫敦給那邊的大婆養。後來阿貞就很少見到英國老男人了，久不久偶爾才來一次，後來，乾脆不再出現。

「那老頭退休後搬回英國住了，香港的公司交給他兒子打理。」她和小雪在小雪家喝茶，上海阿婆家的點心常年不斷，沒事時她就去找小雪喝茶，聊八卦。她們中學畢業後都沒考上大學，都找了份工作。小雪家的客廳桌子上還擺放了一張英國老男人的照片，小雪已經學會抽煙，從包裡拿出一根香煙點著，卻沒有抽，惡作劇般地將裊裊的香煙插在英國老男人留下來的照片前。小雪那時候已經是一家醫院的護士，正和醫院裡的一個英國男醫生曖昧不清。

阿貞沒小雪那麼好的命，有英國老男人幫忙進醫院上班，阿貞只能就近進了附近的一家塑膠管廠做倉管文員。塑膠管廠裡都是男人幹的活，女員工寶貴得很，阿貞一個也看不上。她見過小雪的英國男醫生，打心眼裡喜歡上了，她也想找個英國男朋友。

小雪的妹妹被送去英國後，有一年回過香港，小雪已經失戀，那個英國男醫生只在香港實習了兩年就回英國。香港快回歸了嘛，好多英國人都在回歸前搬家走了。小雪不甘心，從香港追到英國，不知道發生了什麼事，悶悶地一個人從英國回來後，再也不願意與阿貞說心裡話。

阿貞結婚那年，小雪的妹妹從英國回來看過一次上海阿婆。小雪的妹妹長得和小雪還是不像，混血兒，頭髮是金黃色的，皮膚沒英國人那麼白，臉卻是秀氣的，和上海阿婆年輕時還有點像。小雪的妹妹不住在上海阿婆家，住在中環，同父異母的哥哥家。也就那一次，阿貞才見到了英國老男人的兒子，和英國老男人像一個模子裡刻出來一樣。阿貞的臉紅了一下，想到了樹上掛了好幾個星期的褲衩。那時候阿貞已經和寮屋裡另一個新移民結婚，生了女兒後，又離婚了。這婚結得沒有一點意思，兩人都是塑膠管廠的員工，男人比她大十歲，要不是進塑管廠，她竟然不認識男人。

男人是一個人在香港，新移民，搶了塊空地自己搭建的寮屋。離婚後，男人搬離了這一帶，把寮屋留給她和女兒。

「結個婚就是不用和父母兄弟擠一起了，多了一個女兒。」阿貞自嘲地對小雪說。

小雪對結婚沒興趣，小雪在醫院的工作挺辛苦，經常上夜班，一直和上海阿婆一起住。

小雪的妹妹很快又回英國了，小雪妹妹的哥哥倒是經常來家裡，就像當年英國老男人經常從港島到新界郊區看上海阿婆一樣。

「他是來看小貓。」上海阿婆在家裡的一樓開了個麻將房，每天麻將聲不斷。

「小貓有什麼好看，不如叫他來和我們摸兩圈吧？」

「自摸。」

……

在上海阿婆家打麻將的總是女人，固定的就那四五個，有時候還會有人從外面過來打。開一桌不夠，上海阿婆就買了兩三臺麻將桌。都知道上海阿婆開了間麻將館，她的抽成比別人家的低五十塊，還會做各種上海點心，來的人就更多了。小雪不打麻將，小雪不上班時會到麻將房給他們煮茶倒水。小雪的煙抽得凶，也不吝嗇，好煙總是拿出來一起抽，阿貞就是那時候學會了抽煙。阿貞離婚後也愛上了打麻將，不打麻將做什麼呢？找男人不靠譜，一個女人家家的帶著個女孩，心裡總是懷疑男人心存不軌的，女兒都出落成個大閨女了。

小雪真的養了一隻小貓，是小雪妹妹的哥哥送的，也就是那個英國男人，說是有一天公司門口看到的小奶貓，八成是母貓生養太多小貓，棄養了一隻。英國男人很喜歡小貓，卻拿小奶貓一點辦法都沒有。小奶貓不知道是餓了還是病了，低弱的叫聲像是嬰兒啼哭，英國男人把小奶貓放到辦公桌上的小紙盒裡，卻不知如何是好，情急想到了小雪。小雪是醫院的護士嘛，護士照顧病人，也一定會照顧小貓吧？

小雪也是一點經驗都沒有，兩人從冰箱裡拿出維他奶用勺子餵，小奶貓是真的餓了，卻笨笨的不知道怎麼吃，急得小雪只恨不得掀起自己的衣服餵了。小雪沒生養過，乳房挺拔得很，像個小姑娘。還是英國男人聰明，跑到寵物店買了奶瓶，又在店員的幫助下買了羊奶粉。小奶貓吸吮飽後，小雪被英國男人抱在懷裡親吻，好像英國男人也餓了，而她是他救命的奶水。

上海阿婆對小雪抱回家的貓很是生氣，那個英國老男人的兒子讓她更是惱火，貓是他的，她好像找不到理由拒絕他來看他的貓。

「你把貓帶走，帶回家自己養。」上海阿婆趁小雪不在家時，怒氣沖沖地對英國男人發火。

「我要娶小雪。」英國男人的懷裡抱著白色的貓，似乎聽不懂上海阿婆的話。

「誰都可以娶小雪，就你不行。」上海阿婆真生氣了，拿起牆角的掃帚就扔過去，嚇得懷裡的小貓嗚喵一聲跑了。

那小貓從二樓跑到一樓又跑出院子，阿貞正從街市買菜回來，阿貞是上海阿婆家的常客了，貓是認識阿貞的。還是小貓崽，黏人的時候，見到阿貞湊到她腳邊不走了。阿貞將自行車停好，把小貓抱起來放進自行車後的籃子裡，籃子裡裝了半籃子青菜、茄子、牛肉，和半斤新鮮的基圍蝦[1]，隔著塑料袋還活蹦亂跳呢。阿貞推自行車上坡拐個小巷子就到了自家門，英國男人被上海阿婆趕出來後也追了上來，小白貓興奮地用爪子去撕扯塑料袋裡的蝦。

「不可以生吃。」英國男人嘴裡不停地說著。阿貞笑個不停，她時常買了小魚小蝦回來，看到流浪貓就丟一兩條。

阿貞在鍋裡燒了半鍋水，丟了幾隻蝦進去煮。英國男人像做錯事的孩子，侷促不安地坐在她的客廳裡。她的客廳有個魚缸，女兒養了幾條小金魚，小白貓不安分起來，隔著玻璃想抓魚，急得團團轉。蝦煮熟了，英國男人蹲著幫小白貓剝蝦。他已經發福，穿著一條牛仔褲，一蹲下來，牛仔褲都快包不住屁股了。阿貞目瞪口呆，英國男人的內褲露出了大半截，藍底紅花，他也穿了一條藍底紅

1 基圍蝦（學名：Metapenaeus ensis）又名砂蝦、沙蝦、麻蝦、近緣新對蝦、獨角新對蝦、刀額新對蝦，屬於對蝦科新對蝦屬，是利用主要分布於廣東省珠江河口一帶的叫做「基圍」的養育池養殖的河口蝦。

花內褲。

阿貞的臉泛起了潮紅，心跳得厲害，那條被上海阿婆扔掉掛在樹枝上英國老男人的內褲和英國男人身上的這條是那麼像，真是有其父必有其子。她鬼使神差地進了臥室，換了一條薄薄的家居服，從箱子裡拿出一個塑料袋，裡面有一條藍底紅花的男人三角褲，只是有些年頭了，被太陽晒得褪了色，多次水洗後也起毛了。她藏了很多年，她的男人就因為她這條莫名其妙的內褲與她離婚，就算離婚她都不願意扔掉。

「你神經病啊。」男人最後一次和她說話時，狠狠地把那條藍色紅花的內褲扔到她臉上。

英國男人和阿貞面對面站著，那條老舊的三角大褲衩被阿貞從塑料袋裡拎出來，橫在她和英國男人中間。

「你什麼意思？」英國男人手上的毛很長，他的手伸過來，卻沒有敢碰那條內褲。

「還給你的。」阿貞笑，突然就覺得很委屈。

「還給我？」英國男人後退了兩步，不小心踩到小白貓，小白貓尖叫一聲，同時尖叫的還有小雪。

「小雪。」兩人都不約而同地朝門口張望。阿貞慌亂中將那條三角褲塞進自己的胸罩裡，胸部便怪異地鼓起來

小雪是真的動了嫁給英國男人的念頭，要不是上海阿婆攔著，她早就嫁了。他只是小雪的妹妹同父異母的哥哥，跟她沒半點血緣關係，上海阿婆就轉不過彎，死活不同意。英國男人把身上的內褲脫

下來給小雪看，小雪也不信了。

「我沒脫過內褲，在這在這，你看。」英國男人當著街坊的面脫下牛仔褲，一樣的藍底紅花，卻不是三角褲衩，是平角褲，他父親喜歡穿三角褲衩，他從不穿，只穿平角。

「她說了還給你，她還藏在胸罩裡，不是你的為什麼要還給你？為什麼不敢讓我看見，還藏在胸罩裡？」小雪吵起架來沒有上海阿婆厲害，耍潑起來卻毫不遜色，使勁地撕扯英國男人的內褲。

天下人都知道了，阿貞的胸罩裡藏著男人的內褲。

「我說有一次上洗手間，看到她的內褲怪怪的，前面還開個襠，原來是男人的內褲。」那些傳言總是比現實還要魔幻，阿貞倒是理直氣壯起來，從此只買男人的內褲穿。小雪卻不願意了，那陣子，她一直受抑鬱症困擾，如此一折騰，沒扛住，尋了個短見。她就不明白了，又不是沒失戀過，都三十多歲的人了，還因為一條內褲抑鬱了。阿貞曾想向她解釋，卻因小雪的抑鬱不了了之，而她其實根本沒法解釋清楚。那些年少時站在屋簷下偷偷隔著門窗，看上海阿婆和英國老男人親熱的畫面，在她的腦海裡揮之不去。

小雪走後，小白貓留了下來。上海阿婆的麻將房不開了，阿貞倒是在自己家開了麻將房，女兒讀大學後嫌住得遠，平時住學校宿舍，偶爾才回趟家，她早就不在塑管廠幹了。

上海阿婆中風，還是小白貓跑她家叫的她。那真是一隻神貓，大清早地，咬她的褲管不放，她只好跟著。這兩年，上海阿婆一見到她就罵，每次出門走出巷子，都要經過她的家門口，小心翼翼地，不敢弄出聲響，怕躲在門口的上海阿婆彈珠般的罵聲朝自己射過來。

「不要以為你救了我，我就原諒你。」上海阿婆出院回家，坐在輪椅上，她在後面推著默不做聲。

「小雪，我回來了。」上海阿婆不只是左腿、左手使不上勁，說話也老費勁了。中風後遺症，醫生說回來多練練，能恢復多少不確定，生活自理怕也有困難。

「小雪早走了，這死老太婆，故意叫給我聽呢。」阿貞心裡咯噔一下，卻見小白貓跑了出來，跳到上海阿婆腿上。

「小雪，想奶奶了吧？」上海阿婆把臉埋在小白貓身上，阿貞驚得一愣一愣的，原來是這個小雪啊，這名字用在白貓身上一點也不委屈。她沒見過比牠更白的毛，身上一點雜毛都沒有。

上海阿婆不住二樓了，爬不了樓梯，阿貞找人幫忙把二樓的房間收拾出來，替她找了房客出租出去。她恢復得還挺好，練習走路後丟掉了輪椅，拄著拐杖又能自己用電飯鍋煮飯了。人又開始硬朗起來，脾氣也更強硬，不許阿貞再進她的家。氣得阿貞買了菜回來就掛在她門口，那些菜有時掛了兩天也沒人取，有時半小時就被取走。那白貓倒是時常見到，有好幾次阿貞發現掛在牆角的臘肉、臘魚少了一塊兩塊，都是白貓幹的好事。她跟蹤過白貓，牠叼了臘肉就往家裡跑，沒多會，上海阿婆家的廚房裡就傳出煮臘肉的味道。

「這老太太，給她買的菜還故意扔掉，卻讓貓來家裡偷肉。」她又好氣又好笑，便總是故意放一些肉讓白貓偷回去。

白貓的膽子越來越大，除了去她家偷肉，還喜歡神不知鬼不覺地鑽進鄰居家的廚房，有幾次鄰居剛買回來放桌上的肉不翼而飛，便都知道了上海阿婆家的貓是神偷了。阿貞悄悄替別人又買了肉回來還上，卻也不能解氣的，不是每個人都是阿貞，不是每個人都能容忍上海阿婆無端的罵聲。

「誰傷了小雪，我詛咒他下地獄。」有一次，白貓又去偷肉，被人發現打傷了後腿，小雪就一瘸一拐地走了大半年。阿貞暗示上海阿婆，看好小雪呢，不要再離開院子了，這路上流浪狗越發多起來。

「流浪狗比人更壞嗎？流浪狗會藏男人？」上海阿婆白了她一眼，她像做錯事一樣扔下給上海阿婆買的魚蝦落荒而逃。

小雪受傷後，上海阿婆又讓她進家門了，她每次給她帶菜就說給小雪帶的。小雪愛吃的蝦，小雪喜歡吃的魚，小雪喜歡吃的雞翅。

小雪不見了，上海阿婆急，阿貞也急。小雪已經是一隻老年貓，身上的毛都沒以前這麼白了，不知道是不是路上灰塵大的原因。阿貞陪上海阿婆在巷子裡和幾個鄰居的大雜院裡尋找，沒有白貓的影子，就連平時見到的流浪貓也不知所蹤，好像全世界的貓在同一個晚上消失了。

「阿貞，你說你為啥要把俺那老頭的褲衩藏起來呢？」上海阿婆走不了很遠的路就累了，坐在門檻上用手捶頓自己的左腿。

「小雪會不會被送到寵物收容所了？」阿貞看手機，這一帶的野貓太多了，隔幾日政府就派人抓捕送去寵物收容所了，驛站發了好多照片，找有緣人去認領呢。

「我就尋思著，風又不大，掛在樹杈上的內褲掉哪了？」上海阿婆繼續說道。

「你忘了，那幾天颳颱風。」阿貞嘆了口氣，她不想繼續說這個事，都多少年前陳芝麻爛豆子的事了，女兒都談男朋友了，現在想起來，她自己都覺得荒唐。

好多貓呢，卻沒有小雪，阿貞正想關機，一張圖片倒是讓她心裡打了個寒顫。志願者拍了讓市民去領養貓咪的照片，一個模糊的身影似曾相識，她放大再放大，英國男人，那個英國男人還留在香港，手裡抱著一隻白色的貓。不是小雪吧？太模糊了，她認不清。小雪都這麼老了，是老貓了，即使被送到寵物收容所，也不會有人願意領養的。

「你聽，是不是小雪的聲音。」上海阿婆笨重的身體突然撲倒在地上，耳朵緊緊地貼在地板。什麼聲音都沒有，只有下水道的流水聲。阿貞困惑地看著上海阿婆，豎起耳朵，沒有貓叫，真的沒有。

樹上是麻雀還是烏鴉

那天早晨，阿芳開窗，聽到烏鴉叫，說給老公聽，他不信，湊到窗前看，稀疏的樹葉裡影影綽綽地掛著滿樹的麻雀，嘰嘰喳喳的，哪來的烏鴉？阿芳的眼病最近越來越嚴重了，不管看什麼都模模糊糊的感覺，隔著一層薄薄的霧紗，鏡子也不愛照了，有事沒事總喜歡坐在窗前發呆。

他們的房子在二樓，政府公屋，住了二十年了，不到五百尺，從前一雙兒女還在家住時，擁擠不堪。現在他們都長大成家了，離開香港到英國定居後，兩室一廳的房子就老兩口住著，倒也寬敞。一雙兒女都不是阿芳生的，是黃生和前妻生的孩子，阿芳嫁過來時，他們才七八歲，這一眨眼功夫，阿芳老了。

「要不去私立醫院做手術吧，咱不排這個公立醫院了，都三個月了還沒排期。」風有點大，黃生把玻璃窗關小一點，只留拳頭大的縫隙透透氣。

「不礙事，再等等。」阿芳的眼睛還是望向窗外，風吹得眼裡一直在淌眼淚，渾濁的淚液帶著淡黃的眼屎時常掛在眼角。手機在客廳沙發裡響了一下，她沒動，去年老母親過世後，她算定了這世界上不會再有緊急的事情找她了。手機又持續響了三下，她才慢吞吞離開窗戶，走到沙發上拿起手機按了接聽鍵。

「馬冬冬欠的錢你還嗎？」又是催債電話，這回換的是一個年輕男子的聲音，說話聲音急促又高，生怕她沒聽完就掛了。

她把電話掛了，恨恨地將手機扔回沙發上，手機在沙發上彈跳了兩下，又滾到彈簧凹陷的地方。那人不死心，又繼續打了好幾次，她都沒接。有什麼好接的呢？已經半個月了，催債的電話接連不斷，每次都是用不同的電話打來，每次都換不同的人跟她說話，大多時候是男人的聲音，偶爾有女人聲音，那些人見恐嚇她沒用，換過女人跟她講道理。

「馬冬冬是誰，欠了你們多少錢？」有一次，她假裝糊塗，問道。

「馬冬冬留的可是你的電話，這錢你是必須要幫他還。一天不還，利滾利，你懂的。」電話裡的人遲疑了一下後，用更高的聲音在電話裡咆哮道，她知道他們是真著急了。

她自始至終都不知道馬冬冬欠了他們多少錢，是欠一個人的還是欠幾個人的，電話那頭的又是什麼人，她實在搞不清楚。就連馬冬冬，她也聯繫不上，去年他外婆過世，他都沒回去。母親過世，在成都的哥嫂通知了她。老母親走得突然，前一天還好好的，吃了晚飯後摔了一跤，只是手背擦破了表皮，也沒出血，只是頭有點暈，吃了降血壓的藥後好點了，就沒上醫院。母親高血壓好多年了，常年吃著藥，稍不留神血壓就會急劇升高。哥說母親摔倒前接了一個電話，被嚇著了。哥的眉頭皺得緊緊的，馬冬冬沉迷網上賭彩後，家裡人就不得安寧。

母親的喪禮她沒能參加，從香港回來，在深圳的酒店隔離了十四天，母親的喪禮已經結束。那幾天她像困獸一樣待在隔離酒店，痛不欲生，恨死了這疫情。老母親把她養大，還替她照看馬冬冬。她的第一個男人是在東莞打工時認識的，臨縣的老鄉，又是同一流水線工友的表兄，不算知根知底，卻比硬生生地嫁個外省人強多了，吃飯、風俗習慣都差不多。結婚懷孕後，她回四川生馬冬冬，男人繼續在東莞打工，這才發現男人真是個混帳東西，要啥沒啥，倒是一身臭毛病，愣是把梅毒帶回來傳給她。

阿芳和男人離婚後，帶著兒子回娘家住。娘家的房子不大，她出嫁後她的閨房早就讓給親侄子住了，她就和兒子在母親的房間裡又放了一張床，常年蜷縮在母親家。這梅毒治療起來真不是一般地麻煩，錢花不少，還耗時，一年半載都根治不了，這讓她對第一個男人更是恨得牙疼。離婚時兒子判給男人的，男人以為用兒子就可以拴住她的心，把她拴在自己身邊，還哺乳期的孩子呢，哪個當娘的忍心拋棄？她沒要男人的一分撫養費，自己帶兒子在身邊養，男人卻沒來找她要回兒子，直到兒子六歲要上小學了，在娘家上學沒戶口，她才找了去。男人在她走後沒多久就死了，卻沒有人告訴她，就連那個工友也早已不聯繫。

「你可害死我兒了，染了性病給他，真要他的命，哪個男人的面子過得去？」前婆婆一直把她罵到門口，她想還嘴來著，愣是一句話也沒說出來，手裡還牽著馬冬冬呢。

那個混帳男人死了，顛倒黑白往她頭上扣個屎帽，她的心早就涼了，要不是為兒子的戶口，她是死活不會再踏進他們村一步的。馬冬冬的戶口沒能遷出來，一直掛在男人家。阿芳嫁香港後，和黃生商量把馬冬冬帶到香港，馬冬冬的戶口、身分證一直被前婆婆壓在手裡。「一人有一人的命，你自己好好地過你的日子，馬冬冬交給我。」老母親希望她能過上新的生活，抱著她的手淚眼婆娑。馬冬冬兩歲時，她就又回東莞打工了，馬冬冬一直由老母親幫忙照顧，她也只能過年工廠放假時回一趟家。

「我和外婆一起住，我不要媽媽。」馬冬冬那時候不過七八歲，和黃生家的女兒一般大，每次從香港打國際長途電話回四川，馬冬冬都不接，偶爾接也是她問一句他答一句，她的心每次都「咯噔咯噔」響。

黃生還想再和她生一個孩子，她不肯，雖然多次複查醫生都告訴她梅毒已經治癒了，她還是害怕，要是懷孕生孩子發現病毒復發，瞞都瞞不住。黃生只知道她有一個兒子，離婚後前夫死了，並不知道梅毒的事。馬冬冬初中畢業那年，她回了趟家，她想讓他讀普通高中，以後考大學，馬冬冬不願意，堅持去讀中專，他早就厭倦上學，她甩了他一巴掌，那時候，他已經比她高半個頭，嘴邊都長了淡黃的絨毛。

馬冬冬摔門而去，回了爺爺奶奶家。她除了六歲帶他去爺爺奶奶家要把戶口轉到母親家，再也沒帶他回過，他竟然認識路！她心裡一沉，她不知道這些年，馬冬冬是不是時常瞞著她和外婆去看爺爺奶奶。馬冬冬去讀中專，只有暑假、寒假才回來，卻不再把外婆家當自己家了，總是先回爺爺奶奶家放行李，偶爾才過來看外婆。兒大不由娘，她不好多說什麼，老母親家不寬敞，沒有多餘的一間屋給他，大小夥了，只能由著他。

馬冬冬中專畢業那年，她在香港攢了一些錢，在哥嫂的小區買了一套三居家，接老母親從村裡搬到縣城住，一間給馬冬冬留著，一間逢年過節她從香港回去時住。馬冬冬中專畢業後就到深圳打工，母子倆聯繫倒多了一些，畢竟深圳和香港就隔一條橋，過橋就能見面。馬冬冬不喜歡黃生，是那種冷漠的拒絕式，從不正眼瞧他，連聲「叔」都不肯叫，更見不得黃生的那雙兒女叫她做「媽」。

黃生和自己的弟弟在街市開了一家魚檔，生意好時，她會去幫忙，黃生不讓她去，說腥，賣魚不是女人幹的事，殺魚更難為她。後來兄弟倆帳務糾紛，散夥了，沒辦法，她不再只是幫忙，賣魚成了她每天的日常。

殺魚一般是黃生幹的，從水裡撈出一條魚，先用刀背拍幾下，有時候大一點的魚可不老實，以為已經死了，還能從案板上跳起來，跳到濕滑的地面上。每每這個時候，她就同情又無奈地幫黃生把魚從地板上撿起，旁邊等的客人已經著急了。黃生左手戴著橡膠手套，右手卻不好戴的，握刀不方便，右手食指的關節早就變形，硬生生地從第一個關節處像是長出了另一個手指。去看過醫生，拍了片，塗了藥，沒啥用，職業病，常年浸泡在水裡。

「過了年，把魚檔轉出去吧。」她撫摸他變形的手指，這魚檔的生意發不了大財，也餓不死人，沒有了魚檔，他們還真的不知道可以做點別的什麼營生。

「等等吧。」黃生不抽煙，卻愛喝茶，只要從魚檔回到家，就要喝功夫茶，潮汕人的習慣。她卻喝不習慣的，而且接受不了幾個潮汕人坐下來喝功夫茶時，那一小杯小杯的茶時常混亂沒有固定的主人。

「這你就不懂了，我們喝功夫茶，是將茶水吸入肚子，不是喝。你看，嘴與杯子不接觸的。」黃生給她示範，她學不會，偶爾和他們喝功夫茶時，也要自己單獨備一個杯子。

黃生的一雙兒女都是讀書的料，功課從來不用他們操心，很順利地中六畢業後一個考上了香港大學，一個考上了香港理工大學，本科畢業又雙雙去英國留學，還都讀了博士。這讓阿芳想起馬冬冬就心裡難受，她是多麼希望她自己生的孩子也能讀個大學，哪怕只是國內的二本[1]，只要他願意，她無論如何都會供他讀書。黃生也向他保證過，甚至動員他考到香港，這樣母子就可以在香港團圓了。

「馬冬冬是你兒子，也是我黃生的兒子，我的魚檔可以給他。」這麼多年的夫妻感情還是有的，黃生是真的愛阿芳。阿芳倒也知足，比起第一個男人，那要好很多倍的。她是真的把黃生的一雙兒女當親生的疼，剛當後媽時孩子小，黃生忙魚檔的生意無暇照顧，她給他們洗衣、做飯、買新衣裳，每天上學、放學接送，就連開家長會都是她去。黃生沒讀過幾年書，就認得算帳，考試卷都是阿芳簽自己的名字。她愧對馬冬冬，對黃生的一雙兒女卻是問心無愧的。

---

[1] 二本：指在普通高等學校招生全國統一考試結束後，處於本科第二批次錄取的院校，這些院校主要以尚未更名為大學的地方應用型本科學院為主。

「馬冬冬不來香港，即使要來香港，也沒身分證，別說你的魚檔白給他，幫你打下手都犯法。」阿芳嘆口氣，她剛嫁過來時，是可以帶馬冬冬過來的，馬冬冬不願意，老母親也怕馬冬冬跟她再嫁受委屈，這不，成年後的馬冬冬想來香港投靠她都做不到了。

「我讓社工姐姐幫忙問問，像我們這種情況，能不能讓馬冬冬來香港。」黃生安慰她，她不說話了，馬冬冬很不屑地跟她說過，打死也不會來香港。

老母親過世後，她在四川住了一個月，在縣城她買的房子裡。她把母親的遺物一一處理，試著聯繫馬冬冬，馬冬冬的電話總是沒有人接。她要把縣城的房子過戶給馬冬冬，她在深圳酒店隔離的十四天裡早就想好了。她給他的手機發信息，隔了好幾天，她已經從四川回到深圳要過關回香港了，才收到馬冬冬的信息「知道了」，信息簡短得她摸不著頭腦。她趕緊給他打電話，問他在哪，電話倒是接了，卻沒人說話。排隊過關的人在後面催促她快點，她想返回也來不及了，口岸不可回流她是懂的。

回到香港又隔離十四天，她就是在那時候發現眼睛不好的。之前眼睛就一直不好，吹不了風，看不了太陽，動不動就流眼淚，以為只是老花了。去社區眼鏡店配老花鏡，店員讓她去眼科醫院檢查。這不檢查不要緊，一檢查就是大問題。白內障，她害怕手術，拿了藥回來滴，越發嚴重了，魚檔徹底去不了。

她和黃生都沒有買商業醫療保險，不是沒保險意識，一年好幾千上萬塊錢，不捨得交。那些年兩邊的孩子、老人都要照顧，哪都要錢，能省則省了，還總是慶幸一年最多就感冒、拉肚子，自己買點藥就解決了。真有個大病啥，去公立醫院排隊，昂貴的私立醫院那都是有錢人才進的地方。

免費的香港公立醫院人山人海，急診掛號排隊看全科醫生後，才能轉介看專科醫生，來來去去也得一兩個月。小病早就自己好了，只有這種慢性病，一時半會死不了，還能耗得起。不等又能怎麼辦呢？除了等就是等，就算真的是急病，急診，叫白車過來，送到醫院還是等。漫長地等待，她認識幾個病友：一個說等了半年做了第一次手術，失敗了，重新排期，又排三個月；一個勸她再有點耐心，總會等到的。她們說到香港身分證享受的免費醫療時，還是掩飾不了那種作為香港人的優越感，這種優越感在她身上卻體現不出來，她甚至懷念老家縣城的小診所。

她的手機已經一天沒有響過了，她早上掛了電話後就把手機關掉，聽不見則心安，他們難不成會到香港來找她替馬冬冬還錢？她特意問了社工姐姐，深港關口還沒正常開通呢，有說法說香港立法會選舉投票前不會開通，也有說明年香港政府換屆前也不會開通，至少林太[2]在時開通是無望的。誰知道呢，她是不關心的，老母親死後她就不太關心了，回不回內地已經影響不了她的生活。

黃生那天晚上早早就收工從魚檔回家，她還沒做晚飯，他進門時她是真的聽到了窗外的樹上有烏鴉的叫聲，但這次她沒有跟他說。他從來沒這麼早回家，自己做生意，能守到最後一分鐘就不會提前

[2] 林太：指林鄭月娥（一九五七年—）女士，曾任香港特別行政區第五任行政長官。任期自二〇一七年開始，二〇二二年四月四日，林鄭月娥宣布因家庭原因和家庭成員的意見，放棄爭取連任，行政長官任期至二〇二二年六月三十日完結，她成為香港主權移交以來第二個不尋求及未有連任的特首（另一為梁振英）。

一秒鐘下班。

「你的手怎麼了？」她看到他一直捂著右手，那個本來就變形的手指關節被水泡後，脫了皮，她給他塗過凡士林，一點用都沒有。此刻，他變形的手指關節不只是凸出，而是紅腫像個大肉包。

「被魚刺刺傷了。」他伸出右手手掌，腫脹、紫紺明顯，細看卻只是小小的傷口，她從抽屜裡拿出消毒酒精給他淋上去。

「晚上想吃什麼？」她幫他包紮傷口時問道，眼睛卻不由自主地望向窗外。外面天黑了，窗外的樹枝在她眼裡黑黝黝的。她聽不到鳥鳴了，有個影子從窗外飛過，是烏鴉吧，她一驚，麻雀體型小，怎麼也不可能留下寬大的黑影。

「我想睡一會，手疼得厲害。」黃生要脫衣服換成家居服，發現手臂也腫了，費老大的勁手也伸不直。

她替他把外套脫了，換上一條棉質的家居服，還是不放心，讓他去看看醫生。

「明天再看看吧，又不是第一次受傷，這天冷的，濕氣大，手腫沒大礙，睡一覺就好了。」黃生進了臥室，她進廚房給他煮小米粥，想讓他睡一覺後起來喝，暖暖胃，晚上不能餓著睡覺。

小米粥還沒煮熟，黃生在臥室裡的呻吟聲像她聽到的烏鴉聲，她摸他的額頭，心裡一驚，這麼燙，受傷的手已由紅變紫變黑，再也抬不起來。

她給黃生的弟弟打電話，兄弟倆鬧不和分家各自經營魚檔後，多年不來往。在香港，阿芳是沒有別的親戚的，黃生生病，打給誰都不合適，只能打給黃生的親人。救護車是黃生弟弟叫的，她已經完全沒主意了，小小的傷口，病情卻發展得很快。這次黃生不用排期，一到醫院就進了急診手術室，又進了ICU病房，那可是像阿芳這樣的慢性病人，排期排到無望也等不到的待遇。

「海洋創傷弧菌[3]。」她第一次聽說這個病，黃生弟弟打了幾個電話，又在手機上搜索，把手機放到她跟前讓她看，字太小了，白花花的，她一個也看不見。

「阿嫂，簽字吧。」黃生弟弟把筆帽摘掉，遞給她，她還是不明白為什麼要簽字，怎麼一來就進了手術室，不是先打針塗藥治療嗎？

「大哥的手怕是保不住了，快簽字吧。」黃生的弟弟幾乎要哭了，她懵懵懂懂地在手術同意書上簽了自己名字：朱麗芳。

她坐在手術室外等待，身體抖得厲害，醫院冷氣開得太足，她走得匆忙，沒帶上厚外套。

「要不，給孩子們打個電話吧？」小叔子在她面前走來走去，晃得她眼睛疼，他看她一眼提議道。

「現在那邊是上午吧？」她似問非問，手機在手裡緊緊握著。這時她倒是希望聽到不同的聲音，哪怕是那個催債的要找馬冬冬的電話也行。也真怪，那個電話平時晚上睡覺前還會打來一次的，今天

---

3 海洋創傷弧菌（學名：*Vibrio vulnificus*）：是一種棲息於海洋中的細菌。如果傷口暴露在含有這種細菌的海水中，創傷弧菌會在傷口上繁殖，可能引發潰爛，甚至導致組織壞死。若食用了遭污染的海鮮，也有罹患腸胃炎的可能。

卻安靜了，她想會不會是今天一整天她關機後人家也洩氣了。

「讓他們回來一趟吧。」小叔子加重了語氣。她惶恐地看他一眼，心裡是怯怯的，他們回來該怪罪她了，沒照顧好他們的父親。

她拿著手機卻沒有撥打英國的電話，小叔子瞪她一眼，她看到了，心裡就委屈起來。她怎麼能告訴他，自從這一雙兒女去了英國，每次打電話回來，都是找黃生的；有時候黃生讓她接，她問他們過得好嗎，那邊支支吾吾並不爽快，急急掛了電話，要麼就說讓爸爸接電話。畢竟不是自己親生的，連自己親生的都不接電話了呢，她每每只能失落地站在窗前，數對面樹上的樹葉和鳥。樹葉總是比鳥多的吧，她還是想證明鳥比樹葉多。

黃生前妻離婚後嫁去了英國，她是後來才知道，全家人都知道，就她一個人不知道。她幫她養大的一雙兒女，大學畢業後申請去英國留學時說漏了嘴，她才知道了。為什麼要瞞著她呢？有必要嗎？她是在那一刻心裡就冷了。那是自己養大的孩子呢，卻要走了，離開香港，去找自己的親媽。

「真的沒你想的那樣，英國總比香港好吧？」黃生淡淡說道。

「香港不好嗎？香港不好，我為什麼要嫁到香港？他們在香港時還叫我做媽，現在電話裡連媽都不叫了。」阿芳眼淚流得像河一樣。

「我說了再生個孩子，你不願意，後悔了吧？」黃生心疼她，把她摟在懷裡。她是真的後悔了，卻已經過了五十歲，再也沒有回頭的機會了。

她深深吸了一口氣後才打的電話，先給女兒打，還沒告訴她黃生生病的事，那邊就要掛了，說上班呢，晚上給爸爸打。她給兒子打電話時，學聰明了，簡單明瞭，沒等兒子反應過來，她先掛了電話。沒五分鐘，女兒電話追過來了，再也不說上班忙不方便接電話了，問得倒是詳細，即使是在電話這頭，阿芳都感覺到自己是在被審訊。兒子、女兒卻回不來，真是要命的事情，他們已經移居英國，不再是香港人，疫情期間，簽證都不好辦。這可愁壞了阿芳，心裡卻是竊喜的，她其實很發怵面對他的那雙兒女，他們已經好多年不曾見面，沒有血緣關係的陌生感讓他們彼此抓狂而又尷尬。

黃生的手從肩膀處就被切割，截肢手術做得很順利。那個手術後的手被醫生端在一個手術鋁盆裡，護士端到手術室門口讓家屬看一眼。阿芳驚呆了，黃生的手流著黃色的膿汁，流得滿盆都是。看著已經沒了血色，黑黑的，她無法判斷是切下來後才變黑，還是在黃生的身上時就變黑了。

「等等，我再看一眼。」護士要拿走時，阿芳湊近那隻手仔細端詳，她不敢摸，護士也不允許，她要看看他的手指關節。真是奇怪了，那個手指關節沒有變黑，慘白慘白的豎立起來，那些脫掉的皮還在，像裂開的一個個小嘴張開著朝她叫。她想到了那些被黃生殺的水庫大頭魚，腦子露在外面，還一張一合地動著。黃生在ＩＣＵ待了兩天一夜就死了，病情發展得太快，全身肌肉都壞掉了，身上的器官從一開始就進入衰竭，輸血、氧氣瓶已經換不回他的命。

「我可以再看看他的手嗎？」她一點力氣都沒有了，心裡空空的，她向醫生苦苦哀求道。

她穿了無菌服，被帶入一個小小的房間，他的手從冰櫃裡拿出來端到她面前。他的手還好好的，她驚訝地發現從他那變形的手指關節長出了一節新的手指，那是一節只有大拇指大的小新手指，像是經歷了艱難的歷程終於才破繭而出，帶著沒有褪去的死皮。她滿心歡喜地從口袋裡掏出棉籤，給他新長出的手指塗上一層厚厚的凡士林，這樣就不會開裂變形了。

醫生要制止，已經來不及，她塗好了凡士林，頭也不回地走了出去。

鸚鵡不會告訴你

高個子女人從屋子走出來，左手拎一把棕色塑料椅子，右手提一張四方的紅色高腳塑料凳。午後的陽光暖暖的，風不大，適合晒太陽。她走得很慢，一條長長的披肩垂掛在身上，細細的流蘇快拖到地上了，肚子挺得老高，不得不低頭看路。她將椅子和凳子放在院子水泥空地上，卻不著急坐，走進巷子回屋又提了一個鳥籠，手裡還抓了一把帶殼的花生。籠子裡的紅嘴綠鸚在她那條暗棕色披肩反襯下，讓人不得不驚豔牠鮮豔的羽毛，紅得像火，綠得像翡翠，真是老天爺賞的衣裳更漂亮一些。鸚鵡對院子裡的一切充滿了好奇，叫個不停，被她訓斥一句，這才不吭聲。牠卻也不閒著，兩腳趾向前從食物盤裡抓了一顆花生，鳥喙強勁有力地啄掉花生殼，哧溜地把花生米嚥進肚裡。吃完花生後，鸚鵡心滿意足了，嘴裡歡快地叫道：「燕燕，燕燕。」

「有好吃的就叫我，就你小嘴甜。」女人小心地把自己的屁股塞進椅子裡，披肩被她蓋住隆起的肚子，她又給鸚鵡遞了一個花生。

「小七，叫我的名字，給你好吃的。」另一個身材小巧的女人住在院子大門旁的獨立小平房裡，聽到聲響也打開屋子的門走出來，一手抱一個長條形的木凳子，一手端一個白色的果盤，盤子裡裝了一些核桃、開心果、瓜子和葡萄乾，她故意蹲下來將果盤放到鸚鵡面前，逗牠玩。

「燕燕，燕燕。」叫小七的鸚鵡望著果盤裡的食物，撲打著翅膀激動地歡叫，似乎只學會用人類語言叫女主人的名字。

「叫我楊美麗就給你吃。」女人剝了一顆開心果放進自己嘴裡，故意逗鸚鵡。鸚鵡偏不叫她，左哼哼右唱唱自得其樂。女人只好作罷，將果盤放在高腳紅色塑料凳子上後，拿條藍色絲巾隨手紮起染成金黃的鬈髮。女人的心情很好，一條藍色碎花長裙子在背後繫了根長長的蝴蝶結腰帶，仔細看才看出她的肚子已經微微隆起。她皮膚白白淨淨的，和高個子女人略有點暗黃的圓臉一比，她的瓜子臉就顯得更白嫩了。大冬天的，腳上卻拖一雙紅色人字拖，十個腳趾甲剛剛才塗了指甲油明豔豔的，像個調色板，每個腳趾甲顏色各異，紅的、粉的、藍的、黃的、綠的、紫的……，倒不如她十個黑色的手指甲上細心描繪的藍色花紋圖案素雅些。

「你摸摸，寶寶動了。」燕燕把披肩從肚子上拿開，毛衣下的肚子圓鼓鼓的像隻大皮球。楊美麗伸出左手，左手上金色的手鏈叮噹響，脆生生的。她的手又白又柔軟，燕燕都忍不住捏一下才將它放在自己肚子上，肚子裡的小傢伙好像知道換了另一隻手，煩躁不安地踢來踢去，兩個女人都會心一笑。

「呱呱，呱呱。」鸚鵡突然就不再學人說話唱歌了，發出牠自己的叫聲，急促，尖銳，刺耳，把兩個人嚇了一跳。

「小七，怎麼了？」燕燕輕輕拍打一下鳥籠安撫鸚鵡，只見牠睜大驚恐的眼睛，一直往籠子裡鑽，籠子太小，又無處可退，把食物盤都打翻了。燕燕四下望望，才看到一隻白腳黑貓正在不遠處盯著他們。白腳黑貓本不是流浪貓，是楊美麗屋裡頭養的，這不懷孕了，說孕婦不能養寵物，貓就成自由貓了。前陣子貓的肚子突然鼓了起來，回院子裡覓食少了，懨懨的，後來才知道原來貓也懷孕了；又好些天沒見著，肚子倒是不鼓了，眼睛卻變得異常警覺。

「膽小鬼小七。」叫楊美麗的女人伸手進到鳥籠裡把鸚鵡的食物盤重新架好，又扔幾個開心果給鸚鵡吃後才站起身，朝白腳黑貓走去。白腳黑貓見了前主人，卻只是遠遠地看著不近身，楊美麗「呸呸」兩聲，回屋用紙巾包了兩塊雞翅扔給黑貓，黑貓叼起雞翅頭也不回地從院門的狗洞跑出去。

「也不知道跟哪隻野貓出去生了小貓，真的變成流浪貓了。」楊美麗將紙巾順手扔進院子草地裡的一堆樹葉上，用手撥了撥前額的劉海。

「下次牠帶一窩小貓回來看你，就怕你又不願意養了。」燕燕左手從果盤裡撿起一個核桃，右手拿起套了紅色手柄的金色核桃夾，輕輕一夾，取出核桃仁，掰一半分給鸚鵡，一半放進自己嘴裡細細地嚼。

兩個女人吃著核桃、花生米，又嗑嗑瓜子，有一搭沒一搭地說著話。院子裡的大鐵門一會開一會關，進進出出的，每一次都會弄出很大的響聲，卻沒人能打擾她們懶洋洋地坐著晒太陽。楊美麗笑稱這是兩個孕婦和一隻鸚鵡的下午茶時間，燕燕問鸚鵡：「是不是啊？」鸚鵡歡快地回應她：「燕燕，燕燕。」

燕燕的月分大一些，快要生了，才坐一小會就累了，不得不費力地從椅子上站起來活動筋骨。楊美麗還是早孕，肚子剛顯懷，寶寶還不會動，她坐著不動，用眼睛的餘光瞟一眼燕燕尖尖的肚子，低頭繼續逗鸚鵡說話。如果不是突如其來的一股濃煙，這個陽光明媚的午後顯得這麼美好。

突如其來的煙霧，在太陽快要落下的地方冉冉升起。剛開始，煙霧像是潮濕的樹皮在努力地燃燒卻總也燒不盡，只有滾滾濃煙，黑色的煙雲很快就把太陽遮擋住了。才過了幾分鐘，濃煙就由黑雲變成白色為主的煙捲，還伴著樹枝燃燒時發出的「劈劈啪啪」聲，似乎有火苗一起騰飛。燕燕叫楊美麗看，兩人並肩站在院子裡朝院子大門方向的煙霧望去，不約而同吸了吸鼻子，空氣中除了有一股樹葉的焚燒氣味，還夾雜著一些別的味道。楊美麗聞了聞自己的手，說：「肉的味道，燒烤雞翅的味道。」

燕燕看一眼院子裡的菜地，菜地是幾個最先住進來的租客開闢的，她們就時常去山上抱樹葉、草皮回到院子裡焚燒，土灰可以做肥料。有誰會在焚燒肥料時順便烤一隻雞呢？燕燕否認了楊美麗的說法。其實她從心裡是看不起楊美麗的，她就是一個花瓶，不沾地氣，住在這個大雜院裡，每天穿得花枝招展的，給誰看呢？

「我們出去看看？」楊美麗看著鸚鵡說話，卻是問燕燕。

燕燕用手掩了掩鼻子，又摸了摸肚子，搖搖頭說：「這麼大的煙味，對寶寶不好呢。」

兩人又重新坐了下來，卻沒有人說話，兩人像看風景一樣，久久地盯著院子外的煙霧眼睛都不敢眨。楊美麗還拿出自己的新款蘋果手機拍了個短視頻，要發到朋友圈。燕燕懷孕後，怕輻射，連手機都不帶在身上，反正閒人一個，平時也沒什麼大事。她嫁得晚，三十出頭才結的婚，結婚三四年一直沒懷上，好不容易懷上，寶貝得很，生怕有個閃失，不像楊美麗，年輕漂亮，折騰得起。

燕燕認識楊美麗好些年，她肚子裡的花花腸子有幾斤幾兩都逃不過她的眼睛，她深信在楊美麗面前，她還是有點威信的。她比楊美麗大五歲，剛開始楊美麗愛叫她姐，被她制止了，她才不願意讓別人把自己叫老；楊美麗卻口口聲聲叫她老公做姐夫，好像真是小姨子。院子裡的人都叫她老公做劉生，就她總是姐夫長姐夫短的，她卻不好說她，誰讓她多管閒事，自己嫁到香港，還把楊美麗也帶到香港嫁人呢。

老公是真的老公，明媒正娶的她。老公是香港人，沒嫁到香港前，她以為所有的香港人非富即貴，偏偏沒想到老公是香港的窮人。這也怪她自己一直高不成低不就的，三十好幾還沒嫁掉，嫁前也沒考察清楚，光聽媒人避重就輕介紹老公在香港的收入。媒人告訴她老公一個月在香港的工資一萬七八，卻沒告訴她是港幣，不是人民幣，彼時，港幣和人民幣的匯率已經零點八左右了。她沒問媒人老公是做什麼工作的，她見過工資上萬的也就工廠的主管、經理人和寫字樓的高級白領了，便沒敢問，怕自己一問就配不上人家了。那時候她還在東莞的工廠做普工，雖說是包吃包住，工資卻不高，加班加點一個月也才拿一千多塊錢。

老公是從香港到東莞和她相的親，相親時，她怕尷尬，把同宿舍的楊美麗叫上了。楊美麗年輕漂亮又會說話，不會冷場。也多虧了她機智地把楊美麗拉上，老公也是個話不多的人，穿著T恤、牛仔褲，一口港腔普通話時常詞不達意，一著急只好說粵語。她不懂粵語，楊美麗的粵語倒是很順溜，左一句右一句地充當了兩邊的翻譯。相親後回到宿舍，楊美麗比她還興奮，一直埋怨她們共同認識的媒人咋沒想到也給她介紹一個香港人。那時候的楊美麗剛從老家到東莞打工沒兩年，追她的男孩從車間排到辦公室，男朋友換得比衣服還勤。她不知道楊美麗是開玩笑還是真的，說要是她不想嫁給相親的香港人，她嫁，她想嫁去香港。

「他可是個大叔，你不嫌老，我還嫌老呢？」她呸了她兩口，笑道。

「大叔和蘿莉才好呢，大點有什麼關係呢，人家是香港人。」楊美麗壞壞地笑，她心裡閃過一絲慌亂，急急地回覆了媒人。

他們是閃婚，老公比她大七歲。老公倒是個爽快人，第二次見面就把彩禮錢給了。老公再來東莞時，楊美麗還是死纏爛打要當電燈泡。定婚後，她不住宿舍了，在外面租了個房子，方便老公過來看她。楊美麗嫌宿舍人多，順勢搬過來在客廳支一張小床和她一起住。老公忙，一個月難得從香港來看她一次，倒不妨礙。直到三個月後，兩人辦了結婚證，她才辦了探親簽搬到香港住。

老公在香港沒什麼顯赫的家世，只是香港最普通的打工仔，沒讀過幾年書，在工地上幹粗活，靠的全是體力，跟一個老闆跟久了，這幾年才提升當了個小主管。別看一個月到手的有一萬多港幣，在香港卻是最底層的低收入人群，要房沒房，單身時也不好申請公租房，上樓[1]輪不到他，只能租住最便宜的房子。要不是窮，老公也不會在香港娶不到老婆，只好學著身邊找不到老婆的港人託人回內地找。

老公平時住工地，卻一直租一個大雜院裡的一間鐵皮屋，貴倒不貴，房租、水電加起來五六千港幣，一房一廳，就是夏天熱了點。老公這人沒啥本事，卻養一隻紅嘴綠鸚鵡，租的房子說是週末回來住，不如說就是為了安頓這隻鸚鵡。她嫁過來後，理所當然地成了鐵皮屋的女主人，順帶照顧起了老公的鸚鵡。

自從她嫁到香港後，楊美麗幾乎每天都和她在微信上聊天，她沒好意思把居住的地方拍給她看，只拍了老公的鸚鵡。廠裡工友都羨慕她能嫁到香港，她怎能讓她們對自己失望？楊美麗的頭像竟然換成了她家的鸚鵡，似乎鐵了心要嫁到香港，叫她幫忙介紹對象。她剛到香港，人生地不熟，連粵語都不會講，哪認識其他香港未婚男人？更何況楊美麗年齡小，人長得漂亮，心高氣傲的，怎能隨便介紹一個男人給她？要是她知道她嫁的香港人根本不是她想像中的香港人，怕要埋怨她一輩子了。

老公對楊美麗的事情倒是很上心，說他那工地上全是單身小年輕，都愁著找不到媳婦呢。她懶得去撮合別人，天生嘴巴笨，乾脆就把老公的微信推給楊美麗。楊美麗真的嫁到了香港，還是老公介紹

1　上樓：在香港是指獲得分配公共房屋。

的，卻不是年輕的小夥子，而是一個喪偶無子的中年大叔。她隱約記得老公說過，工友老婆一直懷不上孩子，得抑鬱症死了。她埋怨老公給楊美麗介紹的男人太衰了些，根本配不上年輕漂亮的楊美麗。

「女人家家的，懂啥？」老公不屑與她理論，她便閉口不再說話。她嫁來香港後還沒拿到單程證，辦不了永久居民身分證，每年都要往返香港和湖南辦簽證。沒有身分證不能外出打工，全靠老公給家用，再加上結婚三年了還沒懷上，心裡更是沒底氣。

楊美麗和那工友的愛情她沒有多問，都是衝著嫁香港來的，哪有什麼愛情？要真的有，不過和她一樣先結婚後談戀愛。楊美麗和工友結婚後，老公找房東將院子門口放雜物的房間收拾了租給楊美麗兩口子。房子小是小了點，不在巷子裡，空氣倒是挺好的。這個大雜院不是真正意義的村屋，只是一塊農業用地，被房東用鐵皮圍成一個院子，一半用來建兩層樓高的鐵皮房，一條小巷子從空著的院子裡直通進去。房東倒是想全建成鐵皮房收租金，怕政府查違建，就留了一大半給租客開荒種菜，農業用地嘛，另一大半鋪上水泥供孩子們玩耍、晒衣服。這些都是燕燕後來住久了，和房東也混熟了才聽來的。

楊美麗住進大雜院，像金鳳凰掉進了雞窩。不是說別人就沒她好，住大雜院的鄰居都習慣了低調地生活，只有楊美麗幾乎每天都大張旗鼓地在院子裡秀她的身材，秀她的衣服和臉蛋。院子裡的女人將自己的老公盯得緊緊的，生怕閃瞎了老公的雙眼。她管不著劉生，本來就是老相識，又是楊美麗和工友的媒人，他更是樂得屁顛屁顛地當楊美麗的姐夫。

楊美麗搬進院子沒多久，她驚喜地發現自己懷孕了。老公嘿嘿地笑，說老天看在他積了功德的分上，讓老婆終於有身孕呢。懷孕後，她再也不敢讓老公和她同房，她對那事本身也沒多大興趣，又是高齡孕婦，更加小心翼翼，不敢動了胎氣。老公很少住在工地了，幾乎每天都回家，有時候她外出買菜逛商場回到家，見到老公已經躺床上休息了。工地的活累，即使懷孕，她也把所有的家務活都包攬了，不讓老公幫忙。但是對老公時常在她不在家時裸睡，心裡還是不樂意的，小巷子住了幾十來戶人家，大家熟了，有事沒事就會推門而入，推開門穿過客廳就能見到臥室。

「怕啥？除了鸚鵡，誰會看見？」老公從床上爬起來赤裸著身體，經過她面前進洗手間洗澡。她望了一眼他乾癟的肚子，又看了一眼床上，臉上飛出兩片紅雲，只一瞬間，紅雲褪去後，一絲憂鬱深深被她藏在身體裡。她抖了抖床上的被子、枕頭，拾起幾根金黃的鬈髮和黑色的短髮，愣愣地看了好幾眼，老公出來之前，她趕緊用紙巾包住扔進垃圾桶裡。

楊美麗在她懷孕後，也步她後塵懷上了，就像當初她嫁了過來，她也跟著嫁過來一樣。兩人的關係又進了一步，閒聊時三句不離肚子裡的寶寶。她們租住的這個大雜院外是一大片寮屋，寮屋依山而建，東一間西一間；屋頂的電視接收線密密麻麻，有的向天空豎著，有的斜插著，有的橫掛著，有的只是一根簡單天線，有的是E字型，有的是十字型，更多的像豬八戒的耙子伸出好幾個齒牙，好像越多的釘耙就可以接收到更多信號似的。

她剛來時，不敢相信香港還有這樣的地方，讓她恍惚回到了九〇年代的中國農村。明明老公帶她去中環買定婚戒指時，繁華的都市讓她猶如村姑第一次進城誠惶誠恐，坐個地鐵回到老公租住的地方，像是時光倒流機，一下子從二十一世紀回到了二十世紀。

「這是香港？」她指著屋頂的電視接收線不敢相信自己的眼睛。

「這才是香港。」老公握住她的手，她的左手無名指上戴了從珠寶店買的鑽戒，這是她的堅持，沒有鴿子蛋大的，卻也是鑲了小小的鑽石，在陽光下閃閃發光。

她疑惑地跟他進了大雜院，在香港生活習慣後，才明白老公說的這才是香港的意思。香港對於她來說是一個多麼光怪陸離的城市，你有錢可以天天去中環逛，去商場逛，這裡有最時尚的奢侈品、最先進的科技和摩登大樓。從商場出來，不過是上個天橋轉個彎，撲面而來的卻是混合著下水道、廚房氣味的濃濃生活氣息，再往前興許就是在門口燒著香火的生意人。她時常走在大街上，揣摩著行色匆匆的人，他們是住在唐樓還是丁字屋，或者是村屋？鐵皮房？寮屋？

院子外的嘈雜聲讓她們沒辦法閒聊，越來越濃的煙味，空氣中飄浮不安的氣息。兩人攙扶著朝院子的大門走去，鸚鵡獨自被留在院子裡煩躁地叫著。隔著院子的大鐵門，她們就感覺到了外面滾燙的空氣，燃燒的聲音不只是樹枝在沉悶地作響，還伴隨更加尖銳的聲音和啼哭聲。根本不是有人在燒柴火，是火災，兩人都倒吸了一口氣。

「救救我的孩子，我的孩子還在裡面。」一個女人披頭散髮地站在熊熊燃燒的大火外面哭著叫著，沒有人敢衝進去。火是突然燒起來的，火勢很大，消防隊還沒到，也就幾分鐘時間，一片寮屋就變成火場了。

女人失去理智，要衝進火裡，被旁邊的一個老婦人死死抱住。火太大了，女人癱軟在老婦人的懷裡。她見到燕燕和楊美麗兩個人，一把撲過來抱住燕燕的腳就使勁給她磕頭，燕燕嚇得大氣不敢出，眼裡滿是驚恐，火把她的臉都映紅了。寮屋燒起來比任何別的房子燒得更快，本身就只是用木板鐵板搭建的房子。這一片寮屋房子與房子之間又是緊緊挨著，火苗從這間燒到那間，很快就蔓延成一片火海。哭叫聲，喊罵聲，聲聲入耳，所有人都瘋了。她的身體因為害怕抖得厲害，就連楊美麗也被眼前的情景嚇得一句話也說不出來。

「屋頂有隻貓。」有人叫道。

她們朝屋頂望去，一隻黑貓嘴裡叼著一隻小貓正奮力地逃生，黑貓身上的毛已經被燒焦，無處可逃，屋頂很快就塌陷了。黑貓和小貓崽在她們的眼皮底下，活生生地消失在火海裡，她似乎能聽到一聲貓的慘叫。

消防人員來了，從屋子裡抱出了一個被燒焦的女嬰，卻沒有貓。

她吐得稀哩嘩啦的，眼淚像斷線的珍珠止也止不住，整個人癱軟在地上。女嬰變形的臉讓她的胸部一陣陣疼痛，肚子裡的孩子拚命踢她，整個人都虛脫了，頭腦裡一片空蕩蕩。她再也不想待在外裡，只想回家，哪怕只是回到院子裡。她突然想起來，留在院子裡的鸚鵡。她拉著楊美麗要走，楊美麗不肯，非要去找貓，說她看到貓了，好幾隻小貓崽，白腳黑貓咋這麼死心眼，可以自己逃生，卻叼著小貓不放。她不讓她去，貓有九條命，說不定已經逃出火場，要不怎麼會找不到貓的屍體呢。她和楊美麗吵了起來，她的固執讓她厭煩，她惦記著院子裡的鸚鵡，衝楊美麗吼道：「找到也是流浪貓，你已經不要牠了。」

楊美麗沒想到她會凶她，怔了一下，死死地盯著她的肚子看了好一會，突然奮力朝前推了她一把。她本能地躲開了，楊美麗卻不小心摔了一跤，肚子朝地趴在地上一動不動，血從她的褲腿裡滲了出來。她的腦袋「嗡」的一聲響，眩暈讓她恍惚隔世。她要去扶楊美麗起來，楊美麗不讓她碰她，哭著朝她喊道：「你懷的才是野種，才是流浪貓。」

她驚愕地看了一眼躺在地上的楊美麗，沒有人注意到她們，人們的視線還在火場上，絕望的哭聲、喊聲、哀嚎聲，一個個自顧不暇。她不知道楊美麗這是唱的哪齣子戲，無法接招，走也不是，不走也不是。

老公和工友回來時，楊美麗剛好被抬上白車[2]，地下留了一灘血跡，鸚鵡還在院子裡聒噪學舌：「燕燕，燕燕。」

燕燕沒理牠，老公拎了鳥籠走在前面，楊美麗的老公已經跟車去了醫院。

她沒吃晚飯，胃難受，泛著酸水，就像剛懷上的頭三個月，天天噁心。她想和老公說說今天的火

---

2 白車：在香港，由於救護車車廂外部通常塗上白色，由此又被稱為白車。

災，老公魂不守舍的樣子，讓她連訴說的欲望都沒有。她滿腦子裡還是那個被燒焦的女嬰和楊美麗的血，沒有人逗鸚鵡，鸚鵡卻真是一隻多嘴多舌的鳥，像個複讀機自顧自地把學會的幾句話重複播放，屋子裡聒噪得很。

老公一人吃晚飯後，悶聲不響地在房間踱來踱去，時不時低頭看手機。他終於帶手機進洗手間洗澡了，她鬆了一口氣，一個人想去院子裡走走透透氣。她打開門走出小巷子，他們家住在巷子最深處，巷子是條死巷子，只有一個出口，就是通往院子的出口。她嫁香港後就一直住這裡，住了三四年了，以前沒覺得有啥不好，除了環境簡陋一些，夏天熱，蚊子多，面積倒是不小的，她和住唐樓、劏房的比過，家裡還算是寬敞的。要不是今天這場大火，她真的不覺得住這裡有啥不好。她從家走出小巷子，雖然才短短的十幾米，背後卻一直冒汗，她不敢想像，這片鐵皮房任何一家引起的火災，她和她肚子裡的孩子都無處可逃。

院裡很熱鬧，關上院門後，好像傍晚對面的火災再也與他們無關。幾個租客在院子裡架起了燒烤架，圍著燒烤爐烤牛肉、土豆、玉米，幾個孩子邊吃燒烤邊在院子的水泥空地上追追打打，她在人群裡看到了楊美麗的老公，左手拿一瓶啤酒，脖子一仰往嘴裡猛灌，右手的煙頭忽閃忽滅。

「她的孩子沒有了，你知道嗎？」她正想往回走，他叫住她問道。

「你一定不知道，劉生沒告訴你嗎？」他的聲音透著冷冷的嘲諷。院子裡沒人說話，人們假裝翻烤食物，假裝訓斥吵鬧的孩子。夜晚的空氣飄浮烤肉的味道，這味道濃郁地籠罩著她，她仔細辨別，能分清哪些是院子外飄進來的，哪些是燒烤的味道。

「不是我的錯，她自己摔的。」她眼裡積滿了淚水，委屈得差點就哭出來。

「我可沒說你，又不是我的孩子，我有什麼理由說你呢。」他一定是喝多了，站起來，搖搖晃晃，說話時舌頭打顫。

她停止了哭泣，睜大眼睛，兩隻手不自覺地捂住自己圓滾的肚子，胸口卻一陣刺痛。有人拉住他，讓他不要再說了，又給他遞上一瓶啤酒。他一定是醉了，喝了兩口，突然將啤酒瓶朝水泥地上摔去，刺耳的聲音像極了下午火災現場裡金屬玻璃膨脹後爆裂的聲音，玻璃碎了一地。

她落荒而逃，逃回小巷子最深處的家裡，家門卻關得緊緊的。她忘了帶鑰匙，使勁拍門，幾分鐘後，劉生才趿著拖鞋出來給她開門，卻只開了小小的一條縫，她這麼大的肚子無論如何也擠不進去。

「快點，小七出來了。」劉生守在門口，不捨得將門開再大了，一把拉住她硬擠進小小的門縫。她的肚子被夾住，肚子裡的孩子踢了她一腳。她抱著自己的肚子，從院子裡帶回的委屈在心裡憋成一股氣，被堵在門外。

「小七不在鳥籠裡待著，你放牠出來幹什麼呢？」劉生硬生生問道。她的身體不自覺地又一陣顫抖，抬眼望去，鳥籠裡是空的，鸚鵡正站在衣櫃頂上自得地跳來跳去。

她沒有理劉生，揉了揉肚子，肚子有點疼，不知道是不是被門縫夾的，離預產期還有一個月呢。

鸚鵡見到她回來，又叫：「燕燕，燕燕。」

「不許叫我。」燕燕沒好氣地衝著鸚鵡說道，鸚鵡叫得更歡了。

「我不想住這裡了。」燕燕打開衣櫃，從衣櫃裡拿出一條碎花孕婦長裙。入冬以後，她把所有的裙子都收了起來，一直穿著肥大的孕婦褲。

「你想住哪？」劉生一直在哄鸚鵡回鳥籠，遲疑了一會，問道。

「如果火災，我們誰也逃不掉，包括小七，如果你一直把牠關在鳥籠裡。」她看了鸚鵡一眼，鸚鵡已經七八歲了，比她還要早一點住進這個家裡。

「住這裡多好，有朋友互相照應，房租便宜。」劉生的語氣軟下來，就像他的荷包一樣軟塌塌的。他好像很久沒有抱過她了，伸出兩隻手將她攬住，她的肚子太大，頂著他的肚子。寶寶就在那時候又動了一下，他也感受到了，蹲下身用耳朵貼在她的肚子上。

「我們搬家吧，孩子生下來前我們就搬家吧。」她繼續說道。

「我沒有錢了，我的錢都給你當嫁妝了，你知道的。我以前又不存錢。寶寶出生後的花費，很多的。」劉生說著又沒好氣起來，她怔了一下，心裡便洩了氣。她和他結婚，他給了三十萬的彩禮錢，彩禮錢早就被母親用來在縣城給弟弟買了套房子娶媳婦。

「申請公屋吧？寶寶出生後應該就輪到我們上樓了？」她又試探性地問道。

「不是說好了等寶寶出生，等你拿到永久身分證再申請嗎？」劉生的手機響了一聲，他轉過身低頭看手機，她瞥了一眼，用他們家鸚鵡做頭像的除了楊美麗，大概不會有第二個人了吧？

「楊美麗的老公說孩子不是他的。」她想了一會，才說道，眼淚很不爭氣地在眼眶裡打轉後流了下來。

他好像聽不見，沒回她，將手機貼到耳朵邊聽語音信息。

她躺在床上，他也躺在床上，鸚鵡還在衣櫃頂上。

她把他的手放在自己的乳房上，懷孕後，她的乳房變得豐滿了。他的手掌心有好多老繭，是一雙粗糙有力的男人的手，這雙手已經很久沒碰過她的身體了。自從知道懷孕後，她就不讓他碰她了，她打心裡嫌棄過他的粗俗，怕他的魯莽傷到肚子裡的寶寶。她不相信醫生的話，不相信懷孕期間還可以同房。

「可以嗎？」他問。

她關上燈，在黑暗裡向他敞開，她抓住他的手，像沉溺時抓住的唯一救命稻草。

她感覺有一隻眼睛在黑暗中看自己，他也感覺到了，那隻鸚鵡在黑暗裡睜大雙眼，嘴裡嘰哩咕嚕地不知道說些什麼。他在進入她時，她腦海裡閃過那具燒焦的女嬰和楊美麗腿裡流出的血，她以為她會沒有感覺，卻像大地一樣顫抖了，快感從嘴裡呼出來。

「楊美麗，我要你。」小七突然拍打著翅膀從衣櫃飛到他們的床頭，學著劉生的語調惟妙惟肖。

屋子裡死一般地寂靜，連呼吸都沒有了，過了好久，才聽到黑暗裡響亮的巴掌聲和女人歇斯底里的哭聲。

借來的名字

何小花有新名字了，她從衣兜裡掏出那張小小的身分證端詳半天，心裡五味雜陳。

老公出車禍癱瘓在床，何小花累死累活照顧三年，最終還是人財兩空。兩個孩子都小，還在讀小學，光靠兩畝田三分地根本還不起債。村裡一個相好的老姐妹在深圳打工，過年回來和她說私心話。年一過，她把孩子託付給公婆，收拾兩件衣服和老姐妹到深圳找活幹。三十好幾的人了，第一次出遠門，沒文憑，沒技術，能做啥？只能做家政。名字好聽，其實就是當保姆，侍候老人，幫帶孩子。她侍候老公怕了，再也不想做侍候人的事，只做鐘點工，給人打掃房間，偶爾也做做飯。

剛開始只在深圳做，她年輕，手腳勤快，幹活利索，很受雇主們的喜歡。來來去去，就有了固定的雇主，出活也均勻。掙的都是辛苦錢，一大半還要上交公司，欠的債要還到猴年馬月。後來，仲介公司經理說可以去香港做，不過要簽一份特殊合同。入職時不是簽一個勞動合同了嗎，去香港還要再簽一份合同？她不明就裡，以為又是仲介公司的老一套，生怕她們單線和雇主聯繫做成了私活。她心裡明白，做這行，她們自己才是鐵打的營盤，雇主都是流水的兵，再穩定也難得長久，真想離開仲介公司這棵大樹一個人幹私活，說起來容易，做起來卻很為難，何況仲介公司還給她們買社保和提供宿舍。

「不合法，偷偷做的。」老姐妹去香港做了幾次活後，賺了不少錢，給家裡寄的也多了起來，悄悄在她耳邊低語道。

「怎麼不合法了？」她還是雲裡霧裡，不都是做家政服務嘛，在哪做不都一樣？

「你去了就知道，小心被抓，牢飯可不好吃。」老姐妹越是輕描淡寫，她越按捺不住心中的好奇。

「是去賣？那我不去。」她似乎恍然大悟，張大嘴巴驚叫道，很快下意識地趕緊用手掩住嘴巴。

「賣？你想多了，又不是黃花大閨女，真賣也不值錢。話說回來，我們不都在賣命賣力氣幹活？」老姐妹抱著她的肩膀像隻老母雞一樣咯咯地大笑起來，她也笑了。

「打黑工。」半晌老姐妹才在她耳邊悠悠地說道。

她皺了一下眉頭，還是不太明白，心裡就有點責怪老姐妹總是和她打暗語。老姐妹白了她一眼，扭著屁股和別人說話去了。她不死心，在她們旁邊賴著不走。她們說的是在香港打工的事，還有帶貨，挺神祕的樣子，卻很樂活，像白撿到了金元寶，聽得她心頭癢癢的。

「不是公司派出去的嗎？」她忍不住插了一句，跟老姐妹來深圳做鐘點工，一起入職同一家公司，卻是第一次聽說幹保姆還有打黑工之說。

「說是公司派出去，那也是打黑工，去香港做就是打黑工，不過工資高，比在深圳高一倍呢。」

老姐妹拿出一款蘋果手機玩自拍，雖說是老款了，在她們同事中卻是最闊綽，她的手機還是老公用舊的三星。

「幹活那家淘汰的手機，送給我呢。」老姐妹自豪地說道。

「聽說有人什麼事都不做，只要每個星期幫人從香港帶幾部手機回來，可以賺好幾千塊錢呢。」老姐妹說得有眼睛有鼻子，好像真的一樣，她才不信。

「不騙你，每次我從香港過關回來，在關口，都幫人家帶貨，帶一次二百塊錢。」老姐妹又附在她耳邊小聲說道。

她的心躍躍欲試，趕緊找經理也要簽保密合同，她也要去香港做家政賺大錢。合同滿滿兩大頁，她沒怎麼看就簽了。簽了以後心裡有點不服氣，雇主會將工資直接給到公司，公司再發給她，如果出事被查出來違法打工，卻不關公司的事。

「大家都簽一樣的合同。」經理將筆遞給她，朝她笑了笑，她拿起筆簽了自己的大名「何小花」。

「何阿姨，你的名字倒是很好呢，老了還可以叫小花，多年輕。」經理是個年輕的女孩，笑著打趣她。

她皺了皺眉頭，何小花這名，都多少年沒有人叫過了。從老家到深圳做家政以後，老的少的都管她叫阿姨，連姓都省略了。如果不是經理要她再簽一份合同，她都忘了自己叫何小花。她看了經理一眼，心裡想著，一定得讓女兒好好讀書，再苦再累，她都供她上大學，大學畢業到深圳也可以當經理，像面前的小女孩一樣。想到女兒，她對經理嘿嘿地笑了兩聲，拿過自己那份合同折疊成小方塊形狀塞進褲子口袋裡。

說起來，她在深圳做鐘點工這麼久了，還沒去過幾次香港呢。只有一次，公司組織去香港玩，兩天一遊，住的那個旅館還是上下鋪，洗手間小得連轉個身都轉不了。她不覺得香港有啥好，全是人，人擠人，也沒啥要買的。銅鑼灣那些珠寶店、金店貴得令人咋舌，化妝品、護膚品專櫃更不是她這樣的人光顧的地方。她只用大寶[1]，一百塊錢買好幾大瓶，一年都用不完。逛了兩天，準備回來時，在旺角，她在巧克力和曲奇餅乾之間做了痛苦的抉擇，最後買了一盒曲奇餅乾。

去香港做鐘點工，她們辦的都是旅遊簽，一個星期只能往返一次。香港旅館太貴，一般公司都安排她們一個星期就過去做一天，當天去當天回，其餘時間還是繼續在深圳做。後來公司租了個鐵皮房給她們當宿舍，連續有活做時就臨時去鐵皮房裡打地鋪睡一個晚上。老姐妹香港的固定雇主多，今天做這家，明天做那家，在香港一待就一個星期。

公司給她介紹了好幾個雇主，那幾個雇主都沒有和她約固定時間，都是臨時預約，有時候一個月才做一次，有時候一個星期就做一次。自從和公司簽保密合同後，她央求經理有活就告訴她，經理是

[1] 大寶：指北京大寶化妝品有限公司製造的產品。

個好心的女孩，幾乎每個星期都安排她去一次香港幹活。她每次從香港回來，在關口就幫人帶貨過關，有時是奶粉，有時是手機，有時是手錶，拿的錢也不固定，多時五六百，少時幾十塊。她漸漸喜歡了去香港做家政，拿的錢多了一倍不說，每次過關，讓她有種走出國門立足世界的感覺。

「瞧你得意的，不過是去做鐘點工，還是打黑工。」老姐妹用手輕輕捅了她細細的腰，拿她開玩笑道。

「那也是國際視野。」她從網上學到了一句文謅謅的話，老姐妹點點頭。兩人一起在鐵皮房裡打地鋪，聊雇主們的八卦，說著說著兩人都自嘲起來。

她也希望有一天能像老姐妹一樣，有穩定的天天要做活的雇主。經理說倒是有一個，她不是不想侍候人嘛，這個活是要侍候人。

「老人？小孩？」她問道。

「都不是，中年女人。」

「中年女人？需要人照顧？」她疑惑不解，不過很快就明白了，她又想起了那三年給老公端屎端尿的日子。說來也奇怪，她幾乎想不起和老公的種種，卻對那三年的悲苦記憶猶新。

「其實你最合適，你照顧過病人。」經理說這家給的費用挺高，她還沒找到合適的人過去試工。

她還沒進門，就聞到了一股熟悉的氣味，這氣味迫使她變得緊張不安。老公死後，她把他所有的衣服、被子、床單都燒成灰燼，很長一段時間，家裡還彌漫那股久病臥床人的氣味揮之不去。她猶豫著要不要進去，那樣的日子她是再也不願意重複了。看在錢的分上，試試吧。她苦笑著。她以為會是一個很難侍候的女人，生病中的女人性格乖戾，她聽老姐妹說過她照顧的一個女病人，久病在床後又患了狂躁症，動不動就砸東西罵人。

「你瞧瞧，我扶她起床，她的手指甲都掐到我肉裡了，她家裡人出面道歉賠錢還被她又扔了一個杯子，差點沒打中頭。」老姐妹挽起袖子給她看那些傷痕，兩人都沉默了片刻。

給她開門的是她的雇主，一個四十多歲的中年男子，精精瘦瘦的人，頭髮、鬍子拉碴，黑框眼鏡的鏡片上蒙上了一層灰塵。她向他說明來意，遞上自己的通行證。他叫她何阿姨，她叫他黃老闆。

她要照顧的女人躺在床上一動不動，眼睛倒是睜得大大的直瞪天花板。她嚇了一跳，趕緊恭敬地叫了聲：「黃太。」

女人沒有應她，一聲不吭，繼續盯著天花板。她有點手足無措，這樣的雇主她見多了，又要請鐘點工又高傲無理，問個話連哼都不哼一聲，你要是做的活不利索，卻把你罵得狗血噴頭。她耐著性子，又叫了一聲。

「她不會應你。」她的雇主迎她進門後就進了洗手間，這會正端一盆洗臉水進屋，對她說道。

她怔了一下，有點懵，腦子一片空白，站也不是，走也不是。

他試試水溫，毛巾在水裡擰了一下，給她擦臉，又擦手。

「她這樣子多久了？」她搶過他手裡的毛巾，細心地幫她擦脖子，女人身上還是熱乎乎的，她的心放了下來。

「不要怕，她好好的呢，只是不能說話不能動，兩年了。」他看到她把手指放在她的鼻子處，壓低聲音對她說道。

她臉紅了起來。他告訴她之前照顧她的是一個菲傭，說菲傭臨時家裡有事走得急，他自己在家照顧她一個星期了。

「你是第五個來試工的阿姨，她其實很好照顧，有事打我電話就行。」他的眼神裡半是乞求。她還沒做好心理準備，單獨和她住在一起，她沒照顧過植物人。

「早上她要喝牛奶，瘦肉和青菜打在一起，要爛一些，最好成糊狀。」他教她用針筒將流質食物打進她的胃裡。

她翻了一下女人的背，沒有褥瘡。女人不知道是生病後才變胖的，還是從前就胖，有點沉，不比照顧老公時輕鬆。

「你還沒吃早餐？」她聽到他肚子咕嚕響了一下，問道。

「還沒，要先照顧黃太。」他不好意思起來，又嚥了一下口水。

她在他家的冰箱裡實在找不出能做給他吃的午餐，電飯鍋裡只有半鍋昨晚剩的米飯，她靈機一動，給他做了一碗醬油炒飯。按照協議，她的工作範圍只是照顧黃太。他一邊吃著醬油炒飯，一邊問她平時是不是可以做別的家務，買菜做飯搞衛生。他說可以單獨另外算錢給她，她心裡一陣竊喜。她的工資都是由仲介公司按月發放，額外的小費就當是私活了。那天後她就成了他家固定的鐘點工了。

她從沒見過這麼喜歡吃米飯的人。後來的日子，她絞盡腦汁，把能想到的炒飯都變著花樣輪流給他做，雞蛋炒飯、玉米粒炒飯、火腿炒飯、小黃瓜炒飯、胡蘿蔔炒飯、青菜炒飯、蝦仁炒飯……，更多的時候只是簡單的醬油炒飯，那幾乎是他的最愛，總也吃不膩。偶爾地，她會學著香港酒樓的茶點，給他蒸包子、餃子、米糕、腸粉，他一次也不碰。

習慣了以後，照顧黃太並不難，每天給她擦兩次身體換一次衣服，翻身體，倒尿管裡導出來的尿液。她在做這些時，有時候他在，有時候不在。如果他在，就會幫她一起給黃太擦身體。黃太太安靜了，一點聲音都沒，白天總是睜著一雙大眼睛，好像在盯著她看，卻誰也不看。家裡兩個房間，他睡一間，黃太一間。

「你不要回去了，我下班太晚，黃太需要人照顧，可以加工資。」第一天，他就試著問她，她猶豫了一下。晚上回鐵皮屋，早上再從鐵皮屋回到他家，來來回回的路費不少呢，好幾十塊，香港地鐵就是貴。

「我在黃太房間打地鋪。」她應聲答道。

他卻不讓她打地鋪，給她買了一個折疊床。黃太夜裡和白天一樣睡得很香，沒有一點生息，她半夜突然驚醒時，總會不由自主地摸一下她的手看還有沒有溫度，又用手指放在她鼻翼下試探一下呼吸。她的呼吸正常，細若游絲。她嘆口氣，比起照顧那個死鬼老公來，還是好很多了。老公車禍後癱瘓在床時，脾氣見長，每天疑神疑鬼，她可是受了不少委屈。

黃老闆斯斯文文，第一次見面，她以為他是公司白領。後來才知道，他在深水埗開了一間麻雀館，請了好幾個員工。麻雀館一般上午都沒什麼生意，下午兩三點後就會忙起來。有時候黃老闆凌晨三四點下班回家，遇到玩通宵的客人，他便早上才進家門。只要早上回來，他就會給她帶回一份早餐，自己不吃，只看她吃。除非冰箱還有前一天晚上的剩米飯，他會叫她幫忙做個炒飯，兩個人坐在桌子前邊吃邊聊黃太。她剛開始只是向他彙報她的工作，每天的工作幾乎都是重複動作，她幾乎眼也不眨就能背出來，幾點給黃太餵的流食，幾點擦的身體、換的衣服。

他擺擺手，讓她不要說了，她識趣地閉上嘴巴。不說黃太，只說他自己的故事，她饒有興趣地聽他講述。她開始羨慕黃太，有一個愛她的老公，衣食無憂，都躺在床上一動不動了，老公還給買回昂貴的護膚品和漂亮的裙子。再照顧黃太時，她怎麼看黃太都像看到一個情敵，心裡是又怨又恨，怨自己命不好，恨不得自己是躺在床上讓人照顧的女人。

黃太房間裡，梳妝臺上好幾套護膚品，綠瓶、藍瓶、小棕瓶，讓她想起了那次在旺角逛商場。衣櫥裡全是黃太的衣服，那些衣服即使散發出樟腦丸的味道，也是她這輩子沒穿過的。他不在家時，她總是忍不住偷偷打開她的衣櫥，撫摸著那些質地精良的裙子。好幾次，她將裙子從衣架上取下來，在自己身上比劃。她注意到衣櫥裡還有好幾套沒拆過標籤的真絲睡裙、吊帶的低胸睡裙，怎麼也沒辦法和躺在床上的黃太聯繫在一起。

她每天只給躺在床上的黃太換棉質的家居服，寬鬆方便還舒服。她看了看衣櫥裡的衣服，都小一碼，黃太生病之前一定很苗條，現在怕是再也穿不進去了吧。她先試了一條舊裙子，綠色帶蕾絲的無袖長裙，剛好合適，她在鏡子裡差點認不出自己。她又在自己的臉上抹了黃太的化妝品，打了粉底，撲了腮紅，畫了眉毛，塗了口紅，活脫脫一個美人。她每天樂此不疲地試著衣櫥裡黃太的衣服，在給黃太抹護膚品時，隨手在自己臉上抹了一把，再照鏡子時，她覺得鏡子裡的人變得容光煥發起來。

「今天是黃太生日，我們給她過個生日吧？」他那天回來得早，還沒到晚飯時間，他就回來了。她身上還穿著黃太衣櫥裡的一條吊帶短裙，怔在原地呆呆地看他。他像是看不見，沒說什麼，只是指了指手上提的蛋糕對她說道。

她趕緊換上自己的衣服，像做錯事的孩子，誠惶誠恐地接過他手裡的禮盒，那是給黃太的生日禮物。

「先給她擦身體，再給她換上。」她去洗手間接了一盆水過來，他已經幫黃太脫衣服。他不讓她擦，他自己給她擦身體。擦她乳房時，他的手停留了一小會，她趕緊別過身去假裝看不到。

他給她買的是一條粉紅色吊帶裙，她卻穿不進去了，黃太已經發福太厲害。

「要不，你穿，你替她許願吹蠟燭。」他提議。

「這樣好嗎？」她遲疑了一下，問道。

「還有生日帽。」他不回答她，從蛋糕盒裡取出生日帽戴在她頭上。

她換了她的裙子，不大不小，剛好合適。她將挽起的頭髮放下來梳在腦後，戴上生日帽。他想了一會，又拿出一枚紅色的髮夾給她夾住前額的頭髮。那晚她成了黃太，替黃太過了四十歲生日。

「我四十歲生日時，不知道會在哪裡。」她僵著身子，陪他跳了一支舞。

他不語，沉浸在音樂中。她偷眼看了黃太的房間，他們在客廳替她慶祝生日時，他將她房間門關上了，生怕她聽見。她固定每個星期天晚上回深圳，星期一下午回香港照顧黃太，她要辦簽證，時間就耽誤了一上午。有時候，她覺得自己在照顧黃太，有時候，她覺得自己就是黃太，這取決於他和她身上的衣服。

新冠疫情後，不能正常通關，旅遊簽、商務簽都停簽了。公司只能由主打香港家政市場轉為深圳市場。她辦不了簽證，再也去不了香港。他給她打來電話，她一陣竊喜，兩人在電話裡說了很久，卻沒有人提黃太。錢是黃老闆出的，具體多少錢她沒問，從碼頭上了一條漁船，兜兜轉轉又換了另一條船就到了香港，黑燈瞎火的，心臟都跳到嗓子眼了。她不敢告訴任何人，連和老姐妹都沒有說。

黃太比以前更胖了，臉都變形了，背後也長了褥瘡，身上散發出久病在床的人的腐爛味。她替她擦身子，他不再過來幫忙，更多的時間都在麻雀館裡。她有時候睡在黃太的房間裡，有時候睡在他的房間裡。

「今天在路口被警察問要看證件，我說忘在家了，說了好多好話，才放我走了。」她對他說道。

「不要慌，我答應你就會幫你想辦法。」他咬了她一口，她用手擋住他的嘴。

「你說讓我成為真正的黃太。」她又提了一次。

「會的。」他不管不顧，橫衝直撞進入她的身體。她躺在他身下，就當自己是黃太了。

黃太走了，各種併發症。他們從殯儀館回來時，家裡和從前一樣安靜。

「這樣可以嗎？」他將身分證包裹在一張白色的打印紙上遞給她，她像剝洋蔥似的一層層打開，心口慌亂得跳個不停。

「你可以。」他微笑地看著她，拍了拍她的肩膀對她說道。

「我害怕。」她無力地輕嘆一口氣，手上的身分證因為她的顫抖而在紙上抖動。

他看了她一眼，從她手裡拿走了那張包裹身分證的白色紙張，她這才發現紙張上印有字，她的視力不是很好，看不清。他重新將紙張折疊起來裝進口袋裡，只把撲克牌卡片大小的「香港永久居民身分證」放進她的手裡。生怕身分證掉了似的，他的大手緊緊地將她的小手包住，握了好長一會，她的臉都紅了。

「你們很像。」他繼續安慰她。

「不像，一人一命，再像我也不能是她。」她彆扭地望向天空。每當心情不好時，她就喜歡仰望天空，哪怕看到的可能只是天花板。

「忘掉你自己，你才能成為她。」

「還有，你不要叫我黃老闆，叫我黃生。」他推了推鼻梁上的黑框眼鏡，若有所思地說。

她還是愣愣地站在原處。他說會幫她，讓她成為真正的黃太，卻沒想到用這個方式。那不是她想要的，她寧可永遠叫何小花。

「你現在不姓何了，你叫徐冬芳。」黃老闆在她耳邊叫了聲「阿芳」，她睜著驚恐的大眼睛，微微張開嘴，卻發不出聲來。

她不笨，卻怎麼也弄不清楚身分證上的拼音，CHUI, TUNG FONG。

吃午飯時，她小心翼翼問他。他好奇地看了她一眼，沒回答她，只顧低著頭用一個白色的湯匙小口地喝著碗裡的湯，好像她就不應該問這樣的問題。

「香港人的英文名字，不是漢語拼音，你背下來就好了。」他好不容易將一碗鯽魚豆腐湯喝完，才對她說道。

她應允「哦」了一聲後又輕輕搖搖頭。他喝完湯後，已經在夾菜吃了，她趕緊給他盛了一碗炒飯。他的飯量很好，每一餐都要吃一大碗炒飯。

「我以為你會娶我。」她悠悠地說道，他答應她讓她當真正的黃太時，她真的以為他會明媒正娶她。

「我娶過你了。阿芳。」他一本正經地回答她。

她的眼睛就濕潤了，好多的淚水。她突然想起來，有好幾次，她和他跳舞時，躺在床上的黃太總是無聲地流淚。她第一次見到植物人的眼淚時，以為黃太要醒了，嚇得一驚一乍的。

「我想回深圳呢。」她又說。

「蛇頭都被抓了。」他看她一眼。她又不是不知道，香港第五波疫情後，好多像她一樣偷渡過香港的人都紛紛逃港，他們來時沒有正常的簽證，回去也只能再找蛇頭。

「我是徐冬芳，又不是何小花，還要找蛇頭嗎？」她賭氣似的。他沒聽她說完就出門了，在門口轉彎處對她說：「阿芳，晚上我回來吃飯。」

她應了一聲：「知道了。」

窄小的廚房，老式抽油煙機發出「轟轟」的噪音，灶臺上的湯鍋「嗞嗞」地冒熱氣，她有點心不在焉地透過廚房的窗戶望向天空，卻只望見對面樓房人家的窗戶。那雙眼睛又在背後一眨也不眨地盯著她看，她不禁打了一個寒顫，打湯的勺子掉在地上，湯灑了一地，油污濺到她身上的吊帶真絲睡裙上，留下一大塊污漬。她猛地一回頭，大白天的，這家裡除了她，一個人也沒有。

她慌了，跑進她的臥室，在她的梳妝檯前坐下，定定地望向梳妝檯的鏡子。都說人死後捨不得離開時，會藏在家裡的鏡子。她拉開梳妝檯的抽屜，那張被黃老闆用來包裹身分證的紙胡亂塞進抽屜裡，被她拿了出來，「死亡證明」幾個字刺得她胸口劇烈地疼了一下。

「徐冬芳死了，我是黃太。」她條件反射般地從衣兜裡掏出她的身分證和「死亡證明」扔在一起，照片上的女人有雙美麗的大眼睛，雙眼皮，她自己也是雙眼皮，卻只是內雙。

蜘蛛

她注意他有些日子了，好幾次都看到他蹲在巷子裡抽煙，好像有抽不完的煙，一支接一支地抽。巷子兩邊都是鐵皮房，門挨著門，樓道頂上還搭了雨棚，巷子的通風效果不好，常年有一股濃濃的煙火味。

第一次見到他是傍晚，她剛搬來這個大雜院沒多久。她從集市買了玉米、胡蘿蔔、龍骨回來煲湯，在院子裡看到幾個外國人拿著棍子追打一條金錢白花蛇，蛇被打了七寸後動彈不得。幾個大男人還是不放心，用長棍子隔了一兩米使勁敲打牠的頭。院子裡的人幾乎都出動了，大人、孩子無一例外地圍站著看那條黑白花紋交替的金錢白花蛇，就連不住在院子裡的房東都開車帶了兩個工人過來一起捕蛇。房東是香港本地人，喜歡用蛇泡酒，他讓人將那條奄奄一息的蛇夾進他車廂後面一個裝了大半瓶白酒的玻璃瓶裡，鄰居們這才散了。

這一帶常年有蛇出沒，靠山，草叢茂盛，香港又是個適合蛇生長的地方，附近就有好幾個蛇館；每次經過都聞到一股奇異的肉香味，她是不敢吃的，想想都起雞皮疙瘩。就這麼想時，她已經從院子走進了巷子，一眼看到他挨著鐵皮牆蹲著。他已經抽完一支煙，正準備抽第二支，見到她，從鼻孔裡噴出煙霧，饒有興趣地看她手裡提的塑料袋，凸出的喉結艱難地蠕動著想說點什麼又沒說。她確定剛在大院子裡沒看到他，以前好像也沒見過他，不自覺地就多看了他一眼。

「你不怕蛇嗎？」她正尋思要不要和他打招呼時，他先開口了。

「怕的……」她窘迫地說。

「那走快點哦。」他說，「說不定還有其他蛇也會在這裡出沒呢。」

「你看到別的蛇了嗎？」她四處張望，心跳得厲害。

「別的蛇？」他驚愕地看她一眼，臉上現出一絲惶恐，煙頭被他按在地上，其實早就滅了，他還是站起來用腳踩了又踩。那是一雙粗大的棕色磨毛皮鞋，已經老舊了，搭配一身藍色的粗棉布衣服，很是怪異。她以為他是房東請來幹活的工人，趁著幹活的功夫偷會兒懶，他藍色的衣服上還黏了一些白色的油漆，有幾個房客搬走後，房東又重新粉刷房子出租。

「蛇又沒咬人，為什麼要打牠呢？」他不再看她，低頭從口袋裡又掏出一包煙。他擋住她的路了，巷子本來就小，她又提了這麼多的東西，只好側著身子從他身邊走過。

他尷尬地搓搓手，想幫她提東西又退縮了回去，退到另一條分岔的小巷子給她讓路。她不明白他怎麼能說出這樣的話來，所有的人都怕蛇，難道他不怕？她目不斜視地從他身邊走過，拐進自家的獨立小巷子，拿鑰匙開門。她的眼鏡早就蒙上了一層浮塵，視線不太好。這一帶有個工地，兩臺挖土機每天不停地挖土，看樣子是要把半山腰一塊凹陷的地填平，又要建新房子了。樓上的巴基斯坦人又將音響調到最大聲，女人穿著高跟鞋踩地板的聲音清脆又放肆，男人追著女人舞步的皮鞋聲「咚咚」響，讓這空蕩的夜晚顯得特別的躁動不安。

已經接連好幾天晚上，樓上的巴基斯坦人不知過什麼節日，呼朋喚友地在樓頂上開party，又是燒烤，又是唱歌跳舞。前一個晚上，她鼓起勇氣敲開巴基斯坦人的門，想讓他們小聲點。她不會說英語，連粵語都不會聽，巴基斯坦人倒是會說粵語和英語，卻聽不懂她的普通話。音響沒有被關小，巴基斯坦人反而熱情地拉她一起玩，一瓶她看不出來是什麼的飲品硬塞到她手裡，她接受也不是，拒絕也不是，後來只能作罷。

房間太吵，她只好戴上耳塞坐在書桌前看書，她看的是克萊爾・吉根的小說《南極》，那個已婚中年女人出軌的事被克萊爾・吉根寫得浪漫又迷離，後面的結局讓她在房間裡感覺了不安全。就在這時，她看到了那隻大蜘蛛，也是她平生見過的最大的一隻蜘蛛，她不知道蜘蛛還能這麼大。牠悄悄從書桌後面牆壁空隙爬出來，先是長長的腳，然後是頭小心翼翼地探索。她從小說裡抬起頭的瞬間看到牠，已經伸出大半個身子要往她桌子上爬。牠的眼睛警覺又敏銳，她和牠四目相對，牠還沒被她嚇到，她卻嚇得歇斯底里尖叫起來。蜘蛛比她更敏捷，在她從臥室跳出客廳時，牠早就先她一步落荒而逃。

「太太，怎麼了？」他好像一直就在她的門口，扒開防蚊門簾徑直走進她房間，四下裡張望企圖尋找讓她害怕的東西。

「蜘蛛。」這條巷子裡的鄰居習慣了平日裡總是開著門透氣，她雖然反感他沒經過她的同意就走進她的家裡，還是指了指臥室的書桌回答道。

「還好，我以為你家進蛇了呢。」他聽了卻並不同情她，還嘲笑她，這讓她很懊惱。

「太太，也許只是蟑螂，你知道家裡總是難免會有蟑螂的。」他很快意識到他自以為是的玩笑並不好玩，還是跟著她走進她的臥室。那個書桌是原來的租客沒搬走的舊傢俱，鐵製品，就只有上面那層桌面釘了一塊棕色實木板，連抽屜都是純金屬，她根本就推不動。

「你幫幫我？」她對一直站著往桌子和牆壁的空隙探頭查看的他叫了一聲，這麼小的縫隙，連她的手都伸不進去，即使看到蜘蛛也沒辦法抓出來啊。

他幫她一起將桌子往床邊推，桌子後面什麼都沒有，除了灰塵和前租客遺落的半包香煙、一支斷掉的鉛筆和幾張中學生試卷，她趁機拿掃把清掃乾淨。她搬進來住時做過清潔，卻沒把床和書桌一一搬出來清掃，租房時很匆忙，她很慶幸前租客還留了這麼好的東西。床、衣櫃、書桌、椅子、客廳的飯桌和幾個紅色的可以折疊的塑料凳，就因為這些，房東將房價從六千漲到了六千五，雖說只是五百港幣，換算下來也是四百多人民幣呢。當然了，她是後來在院子裡住久了，房東不小心說漏嘴才知道的。

明明是親眼見到的大蜘蛛，卻沒了影子，牠能躲哪去了呢？她用掃帚從地面拍打桌底，桌子太重了，她實在是翻不過來，也不好意思讓一個男人在大晚上的單獨與她在自己的臥室裡相處。

「蜘蛛不會咬人的吧？」她讓他幫忙把書桌搬回原位後問。

「沒聽說過香港有人被蜘蛛咬，被蛇咬死的倒是不少。空氣好，房租便宜，蛇蟲出沒總是難免的。」他的喉結真大，細細的脖子，說話吞嚥口水時喉結會一動一動的，這讓她想到了傍晚在小巷子裡見到他抽煙的樣子。那半包從桌底下找到的香煙，他也拾了去，此刻正在他的手裡把玩，他一定是煙癮又犯了，手總是不自覺地將其中一根香煙夾出又放回煙盒裡。

兒子從院子裡玩回來，驚訝地看著屋子裡多了一個陌生叔叔，卻不失禮貌地脆脆叫道：「叔叔好！」

「你兒子？」他明知故問，嘴角露出一絲不易覺察的微笑。

「有個親生兒子總是好的。」男人真的會聊天，說出來的話也時常莫名其妙，這和她想像中的不一樣，也不同於她接觸過的男人。

她還是想和他說說蜘蛛，她是親眼見到那麼大的蜘蛛，就在她的房間裡。男人對蜘蛛好像沒興趣，她便知趣地不說蜘蛛，沒有蜘蛛的話題，空氣好像也凝滯了。男人摸了摸兒子的頭，他手上黏了灰塵的，剛幫她推桌子時，他趴在地板上朝床底下、桌底下張望，幫她找蜘蛛還沒洗手。她皺了一下眉頭，兒子剛洗過的頭髮看來又要重新洗一次了。樓上玻璃瓶碎在地板上的聲音尖銳刺耳，沒完沒了的狂歡，她嘆了口氣，催促兒子回房間複習功課。

「開齋節。」他朝天花板上看了一眼，對她說。

「他們的節日。」他解釋道。她點頭又搖頭，表示沒聽說過。他大概也和他們不熟，沒有繼續說他們的節日。她又和他說了客套的話，送他出門。蜘蛛一時半會是找不著了，她只能祈求那蜘蛛最好是怕人的，不會半夜又跑出來，該躲哪就躲哪，別躲她床上就行。

男人走後，她將房間門關上，給房東打電話，跟他說蜘蛛的事。房東卻以為她說的是蛇，說蛇是有腳的，又不是他想讓牠來就來，讓牠不來就不來。她聽得目瞪口呆，想跟房東辯解，蛇是沒有腳的，有腳的是蜘蛛。房東那邊信號不好，斷斷續續，好像很多人在說話，比樓上的聲音還要嘈雜，說了半天，他竟然不知道她是誰，她只好一次次重複：「七十八號大院新來的房客。」

蜘蛛的事情還沒解決，房東的話又讓她一陣驚悚。她真的有點後悔搬到這裡住了，難不成自己搬到了個蛇蟲窩？房間裡倒是沒有見到蛇，院子裡見到的那條蛇卻早已住到她心裡，思緒亂成一團麻，全是黑白相間的麻繩，活脫脫就是金錢白花蛇的模樣。她尋思著是不是去找點硫磺回來灑在家裡，說不定也可以嚇嚇蜘蛛，雖然她沒聽說蜘蛛怕硫磺。

「真的有蜘蛛？」兒子才十歲，滿腦子裡都是蜘蛛俠，真正的蜘蛛卻是沒見過，激動起來小臉漲得通紅。

「睡覺前先把床單捋一捋，被子抖一抖，查看仔細再睡。」她對兒子囑咐道。

兒子房間裡也有一張小書桌，簡易木製長條形書桌，也是前房客留下的舊家私。她去兒子房間，幫他把床鋪鋪好。她們是一個多星期前租的這房子，價錢相對樓房和正兒八經的村屋便宜一半，便宜出來的錢足夠孩子一個月補習費了。這一年，國內教育只有兩個字「雙減」，香港的內卷[1]卻是更嚴重了。和許多陪讀媽媽一樣，她知道自己的孩子在香港是真正的港漂一代，除了通過考學能在香港扎根留下來，是什麼都沒有的新港人。

房東是指望不上了，房東根本不承認屋子裡會有蜘蛛，她自己連個蜘蛛網都找不到。她不服氣，明明是看到了，不可能是幻覺，蜘蛛腿上的細毛她都看清了，每一根都在她心裡起了雞皮疙瘩。

兒子上學後，一整天，她都在家裡尋找蜘蛛，廚櫃裡、衣櫃裡、書桌底下、床底下，她搬家時還沒丟棄的紙箱裡、上鎖的皮箱裡⋯⋯，真的沒有蜘蛛的蹤跡，房子的所有門窗都裝了細細的防蚊紗網，她確定蜘蛛是不可能半夜爬出去，一定還在這個家裡。蜘蛛沒找到，倒是在廚櫃頂部發現一條香雲紗裙子，用一個密封袋包裝，卻不是新裙子，摸那料子就知道已經有些年頭了。誰會把一條裙子放進廚櫃裡呢，她很好奇前房客是個怎樣的人。把裙子放進廚櫃，她是做不到。

下午她在煲湯的砂鍋裡丟進了一把雞骨草、幾片生薑片、幾顆紅棗和幾塊龍骨，插上電後去學校接兒子。回到巷子，她又看到了那個男人，卻不是蹲著了，而是倚靠在從巷子分岔後右拐的另一條小巷子門框上抽煙。男人也看到她了，眼睛卻沒有一絲神采，好像好幾個晚上不睡覺，眼皮很努力才能

---

[1] 內卷：英文詞為「involution」，意謂向內進化。原為一種社會學概念，用來形容社會文化重複勞作、發展遲鈍。現今，被拿來形容「白熱化的競爭」。

扒開看清楚眼前的人，這讓他看起來顯得疲憊又木訥。

她朝他笑笑：「你住這？」

「我聞到你煲湯的味道了，真香。」他告訴她，他一直在家裡睡覺，被她家老火湯香醒了。

她在心裡輕輕笑了一下，她不是廣東人，卻已經住在廣東二十多年，學廣東人煲湯是最拿手的廚藝。他們兩家本是緊挨著，只是從巷子進來，分別拐進分岔的小巷子才能開門。她現在甚至能肯定，晚上睡覺時，聽到隔壁翻身磨牙的聲音就是他發出的。她和他的床，不過是隔層薄薄的鐵皮，為了好看，房東又在鐵皮上刷了一層白色的漆，讓看起來像是真的磚頭牆。這麼一想的時候，她臉紅了起來。他不是她喜歡的那類型的男人，他長得太瘦，幹活的手卻很粗壯，總是穿那身藍色的比身體寬大的粗布衣服，讓她覺得他們就不是同類人。她還是喜歡讀書人，喜歡聞男人白色襯衫上淡淡的香水味。而他的身上，她只聞到一股煙味。她老公不抽煙，她也聞不習慣煙味。

她一個人帶孩子在香港陪讀好幾年了，從前再遠、再折騰、再麻煩也會一個月回一趟佛山的家。這疫情是沒完沒了了，兩年沒有正常通關，只能暑假才回趟家。這又小半年沒見到自家男人，想總是想的。這活守寡的日子讓她時常在夢裡見到男人，但也僅限於夢裡，她還是一個安分守己的女人。

晚上睡覺，她把房間玻璃窗戶又檢查了一遍。自從搬進來，她就一直掛著窗簾，還沒打開過。這一看嚇一跳，窗簾後面的玻璃窗是一直敞開著的，防蚊紗窗是推移式，此刻正和玻璃窗重疊在一起。她很懊悔自己的大意，玻璃窗沒有從裡面關緊鎖住，外面的人是可以掀開窗簾偷窺她的臥室，甚至她的睡姿。她從窗戶看到了他，他家的門和窗戶並排挨著。怎麼沒想到呢，自己真是太大意了。她心裡有點慌亂，這個發現其實並沒什麼，那個窗戶一直都在，只是她太遲鈍了。她沒有同他說話，他也沒有看她，但她相信，他眼睛的餘光曾往她這邊瞄了一眼。只一眼，就讓她變得氣急敗壞，好像在大庭廣眾之下被人剝光了衣服。

「那個窗戶壞了。」他頭也不抬地玩手機，他咋這麼喜歡蹲在門口不是抽煙就玩手機呢，這大半夜的不在家裡睡覺？

她更是惱怒，心裡又是一驚。

「你怎麼知道？」她還是關不好那個窗戶，窗戶的鎖扣真的壞了。

「哦？」他沒有回答她的問題，似笑非笑地看她一眼，那不明所以的語氣像是嘲笑她，又像是在說我就是知道了，你能把我怎麼樣？

「是你開的？」她的臉變得煞白。

「你搬進來後就沒關過窗戶。」他清了清嗓子，喉嚨裡還是有塊痰似的，聲音一直黏黏的，還有他的不屑讓她感覺到不舒服。

「我記得第一天晚上我就關了，關了窗戶我才掛的窗簾。」她也不太確定了。住進來後一直生氣這個房子的隔音效果太差，窗外小巷子裡有人上樓小聲說話的聲音，都逃不過她的耳朵，讓她一度失眠。

「你沒關。」他白了她一眼，開門進到家裡，鐵門「哐哩哐啷」響，他的門和她的窗只有十幾公分的距離。

她聽見他進門後上床的聲音，就在她隔壁，真的和她的床挨著，他的鐵床和她的鐵床都發出「吱吱」的噪音。她恨恨地故意敲了幾下鐵皮牆壁，對方也敲了幾聲作為反擊。一個中年男人和一個中年女人，一點也不浪漫，倒讓她覺得自己的荒唐。她找了繩子從裡面將窗戶綁緊，那個掉了的窗戶鎖扣，明天無論如何也要讓房東給修好。

「咚咚咚。」有人敲她的窗戶。

不用想，她都知道是隔壁的男人。

她不想理會，他繼續敲，她只好從床上坐起來，拉開窗簾。

「我幫你修了吧。」他揚起手中的螺絲刀。

她看到他手上有一個嶄新的白色鎖扣，她又看了她的窗戶那斷掉的半截鎖扣，想也沒想就同意了。她給他開門，他已經換了一件香雲紗布料的家居服，他走進她的屋子時，她能敏銳地聽到沙沙響。她的眼睛不自覺地停留在廚櫃頂上的那件女式香雲紗裙子，淡黃色的一襲長裙和他淡黃色的家居服，看起來就是情侶款。

「這衣服老貴了吧？」他很快就幫她把玻璃窗門鎖換好了，她看到他的手上竟然戴了一隻戒指，那種銅色的沒造型、沒鑽石的戒指，戴在他的無名食上。

「貴嗎？」他說話時，眼睛總喜歡在房子裡亂瞄，又不是讓他找蜘蛛，瞄啥呢？她看到他的眼睛久久地停在她的床上，那凹陷的枕頭讓她渾身不舒服。她趕緊先他一步從臥室走到客廳，她從養生茶壺裡倒了一杯養生茶，茶還熱，中午就煮了，沒喝完，一直在茶壺保溫。他們坐在她的客廳裡喝了一會茶，他不是一個善於言詞的男人，這讓她占了主場的優勢。他幾乎是有問必答，每一個回答，都引起她的興趣，偶爾還會對他說的話評論一番。

他來香港二十多年了，回歸前從佛山投奔了叔父，那時候不過剛滿十八歲，高中畢業，沒考上大學，去廣州打過半年工。她不是佛山人，從北方到廣東打工的第一站卻是佛山，她在佛山的一個製衣廠裡做了兩年。他身上穿的香雲紗衣服的料子就是佛山特產，她太熟悉了。

「又不想去補習，工作也不好找，就在流水線上擰螺絲。」他的牙齒不太整齊，上牙有點外凸，這讓他的嘴巴顯得有點尖。

「後來叔父生病，實在需要人照顧，叔父孤身一人在香港，早些年我們一直靠叔父的救濟，我也想到香港看看闖一闖。」他的手掏進衣服口袋，拿出了一包香煙，夾了一根放到鼻子處聞了聞，她沒說話，他便不好意思在她家抽煙。

他不是房東請的工人，也不是附近工地的建築工人，她真沒想到，她對他的第一判斷竟然全錯了。他在元朗街市有一個小小的三角鋪，夾在兩棟樓中間，修鞋和配鑰匙。

「叔父死後，我就繼承了他的鋪子。」他的煙癮真大，好幾次，她都看到他把口袋裡的打火機拿出來又放回去。她不知道他的鋪子在哪，他說的地方，她還沒去過，她對這一帶不太熟悉。

「你住在這裡很久了嗎？」她打了個哈欠，繼續問道。

「兩年。」他的眼睛在她客廳四處張望，客廳連著開放式的廚房，她看到他的眼睛向廚櫃看去。她起身從灶臺上提起燒開的茶水要給他續茶，他道了聲謝，端著裝滿茶水的一次性紙杯向門外走去，她沒挽留。風很快將他在巷子裡抽煙的煙霧吹了過來，她趕緊關門。

這條巷子除了他和她，住的都不是中國人，巴基斯坦人、印尼人、泰國人、菲律賓人……。香港怎麼會有這麼多國籍、這麼多民族的人居住，這倒是她沒想過的。她是在巴士站黏貼的招租廣告撕了一個電話尋到這裡來的，住進來好幾天後才發現，自己住進了一個名副其實的大雜院，多國人種混居在一起，讓她行事更小心翼翼。香港明明屬於中國，卻讓她總有一種錯覺，好像自己身在國外，他們說的話她一句也聽不懂。

「你樓上的巴基斯坦人是穆斯林，不吃豬肉，你要是買豬肉回來，不要讓他們看到了。」那個男人提醒她，她連連點頭。自從他幫她找蜘蛛和修窗戶的鎖後，他們的來往就更密切了，她對他抽煙也沒這麼反感了，好像是習慣了巷子裡的煙味。再怎麼說，這大雜院裡只有他說的話她是能聽懂的，他們是唯一的中國人，這感覺讓她對他就有了一絲依賴，是那種對自己同胞的依賴。

他有時候從外面回來，會提一袋水果送給她和孩子，她煮了飯偶爾會叫他一起共進晚餐。他喜歡她煲的老火湯，她煲的老火湯一個星期沒有重樣。他總是一個人，她沒見過他的老婆和孩子，問他，他便閃爍其詞。有一次她又煲了廣東老火湯，他從外面回來的時候，她給他端了一碗送過去。

「我老婆以前天天煲這種湯。」他喝了一小口，說道。

「現在不煲了嗎？」她覺得她對他的家也了若指掌了，他的家很小，就一個單間，從門口就能望見房間裡的一張床和吃飯的小桌子。他請她進去坐過，她卻不敢踏進門的。她倒不怕閒言碎語，這巷子也沒有別的中國人可以嚼舌頭。他的家太小了，她覺得自己要是走進去，顯得太過於擁擠。

「走了。」他看了她一眼。

「走了？」她一驚。

「你知道，修鞋匠的手太粗糙，總是被人嫌棄，包括自己的老婆、孩子。」他笑了笑，她鬆了一口氣。

「你們還聯繫嗎？」她實在是找不到合適的話。她看到他的手機，是新款的蘋果，修鞋匠的收入應該也不低吧。

「不聯繫了。」他搖頭。

她看到樓上的巴基斯坦女人悄悄開過幾次門，暗紅色的頭巾露出兩隻眼睛偷偷看她，她不好繼續站在他的門口和他說話，她讓他喝完湯再把碗還回來給他。

「她最後一次煲了蛇湯。」他在門裡說了一句，她聽到了，怔了一下。樓上的巴基斯坦女人又開了一次門，探出半個腦袋，她趕緊退出小巷子回自己家。

兒子去朋友家過聖誕節，屋子裡很安靜，她想看會書，卻看不進去。這時候她倒是想聽到樓上嘈雜的舞會聲音，偏偏，這會樓上卻安靜得很。她將筆記本電腦的音樂開到最大聲，再也沒有人可以阻擋她扭動起腰肢來，她想跳舞。她突發奇想，拿出廚櫃裡的香雲紗裙子，肩膀寬了一點，裙襬卻恰到好處。她在客廳裡隨著音樂跳了起來，旋轉再旋轉，跳得大汗淋漓。

「咣噹」一聲響，她從舞蹈中醒悟過來，怔怔地看著門口摔碎在地上的瓷碗。

「不好意思，你繼續跳。」他慌裡慌張地轉身，她關掉手機，屋子裡一片寂靜。她將地上的瓷片打掃乾淨後靜靜地躺在床上，那件香雲紗的裙子緊緊地貼在她身上，彷彿一直就是她的。

樓上的巴基斯坦人似乎和她作對似的，她想睡覺的時候，她家的舞會又開始了。他們放搖滾，響聲在夜晚聽得震耳欲聾。她捂住耳朵，跳舞聲、嬉笑聲和飲料瓶落在地板上的聲音，還是吵得她無法入睡，她翻來覆去煩躁不已。樓上的舞會不知什麼時候結束的，她已經躺在床上迷迷糊糊睡著了。她感覺有東西輕觸她的腳心，搞得她癢癢的。她一動也不敢動，那東西從腳底往身上鑽，已經到她的大腿內側了。

「蜘蛛。」她潛意識地在心裡大聲叫道，卻喊不出來，她的舌頭被人堵住了。她睜開眼睛，確定不是夢，他趴在她身上，雙手緊緊地箍住她的頭，讓她無法動彈。

「你？」她驚恐地睜大眼睛，他們一起聊過天，一起吃過飯，但她還沒心理準備和他上床。

「放開我。」她掙扎著叫道。

他卻不放，壓低聲音在她耳邊低語：「你都濕了，你需要。」

她的腦子裡一片空白，他的手已經從她的大腿摸索玩耍她的陰毛。她想斥問他怎麼開的門，卻一句也說不出來，輕輕地哼起來，鐵床在夜晚搖晃的聲音讓她暫時忘了自己是誰。她的手不自覺地反抱住他，她穿著陌生女人的香雲紗裙子，她的身體也不再是她的，她的呻吟聲是真實的，從香雲紗裙的身體裡飛出。

「你想成為別的女人？我就知道你想成為別的女人。」他撕扯她的裙子，那裙子似乎與他有仇，他將她的裙子從她身上扯下來，扔在地上。他的手粗糙有力地揉搓她的乳房，好像他餓極了，想吃奶，卻擠不出一滴奶來。

「我就想成為別的女人。」她喘著氣，指引他探索她潮濕的洞穴。她太急了，她的身體只恨不得被他撕裂粉碎更好一些。

「你怎麼進來的？」她在他吸吮夠她的乳房後突然問道。

「親愛的，你忘了我是個修鎖匠嗎？」他潮濕的嘴唇不給她喘息的機會，他用舌頭繼續探索她身體裡的祕密。

她不吱聲了，閉上眼睛，任他的手在她身上撫摸。

「我的鑰匙可以開啟所有的門鎖。」他進入她的時候，他得意地說道。

她驚恐地睜大眼睛，在他的背上，一隻蜘蛛從床上爬到他的背上。

「別動。」她制止他。

他似乎沒有感覺，繼續動。他的動作真大，這麼瘦的人，硬得像石頭，她只好迎合他，濕潤他。她抱住他的背，手再長一點，終於摸到了他後背的蜘蛛，黑色的蜘蛛紋身讓他與白天判若兩人。

「蜘蛛交配時會怎樣？」她好奇地問他。

「像現在一樣。」他拍拍她的臉，她已經滿意地癱在床上。

「這裡還有蛇呢。」他終於停了下來，平躺在床上，抓著她的手指向自己的大腿，那裡紋了一條灰色的雙頭蛇，她再次驚恐地張大嘴巴。

「喜歡嗎？」他托起她的下巴。她又看到他的喉結一動一動地吞嚥口水，好像蛇頭在動。她嚇得張大嘴巴，還沒叫出聲音，樓上的巴基斯坦人卻是尖叫了一聲，女人的聲音，然後是男人的聲音，接著是地板上有搬動桌椅聲。

「發生什麼了嗎？」她豎起耳朵聽，他們說話的聲音很大，她卻是沒有聽懂。

「沒事，男女之間的事而已。你要去洗個澡嗎？」他開始往自己的身上套衣服，拍了拍她的臉安慰她。

她從床頭抓了一條浴巾衝進洗手間洗了個熱水澡，她的身體溫潤而又黏稠，她聞了聞，她體內還有他的味道，麥子的味道。她沒有想到自己的老公和孩子，滿腦子還是他趴在她身上時，她看到他背上的蜘蛛。她從洗手間出來的時候他已經走了，地上的香雲紗裙子也不見了。樓上的嘈雜聲更大了，似乎是打架，有人摔東西，有人在叫。她將門鎖死，連耳塞都沒戴就沉沉地睡了一覺。她以為會夢見蜘蛛或者蛇，連夢都沒有做。她是被一陣急促的敲門聲吵醒的，巷子裡站了好幾個警察，警察卻沒有拿槍，而是都拿著長長的鐵棍和網兜，正一家家敲門審問登記。她不知道發生了什麼事，沒有人告訴她。

她說她是新來的。

「知道你是新來的。」女警察似笑非笑，她低下頭，盯著自己的腳趾。

「有人丟東西了嗎？」她問道。

「不是丟東西，是多了東西。」年輕的那個男警察答道。

「見過蛇嗎？」女警察問她。

「見過。」她想到了院子裡被抓到的蛇，這和警察有關係嗎，她還是疑惑不解。

「昨天夜裡有幾條蛇爬進了你樓上鄰居家裡，他們報的警。」女警察皺了皺眉頭，這一帶的報警真是多，打架鬥毆、丟東西、貓走失，現在又多了一項——「蛇進家」。

「你在哪見過的蛇，長怎樣？」女警察低頭在本子上記錄。

「院子裡。」她不假思索地說道。

「在家裡見過嗎？」女警察停下手中的筆，問道。

「家裡有蜘蛛，沒有蛇。好大的蜘蛛，我查過，黑色的大蜘蛛有毒，如果咬到人，不比蛇毒小。」她希望警察能幫她找蜘蛛，蜘蛛和蛇都是一類吧？

「我們在找蛇。」女警察對蜘蛛也不感興趣。

「不可以幫找蜘蛛嗎？」她有點死纏爛打的意思，怎麼就沒有人相信她看到了大蜘蛛呢，她想下次我再見到蜘蛛我也報警，我又沒見到蛇。

「你的鄰居報警，懷疑你們院子裡有人養蛇。」女警察登記了她的通行證，一本正經地說道。

「養蛇？誰養蛇？」這次輪到她目瞪口呆了，也對樓上的外國人感到不可思議，都知道這裡靠著山，出門就是茂密的草叢，有蛇也不至於這樣大驚小怪吧。

「我們要對你們院子裡所有的住戶搜查。」女警察提醒她開門，他們要搜查她的家。

「你家裡東西真多，不像是新搬來的。」年齡大的警察進了她的家環視一周後對她說。

「從前的房客留下來的。」她指了指那些桌椅、衣櫃和床。

「東西多蛇容易藏身，都搜一下吧。你不介意吧，女士。」年齡大的警察說話的時候並不對著她看，似乎她房間裡的擺設讓他很好奇。

「兩個月前，在這間屋子發生了一起母子倆被蛇咬傷事件。」那個女警察深深地看了她一眼，慢慢地對她說道。

「啊？怪不得她們搬家時什麼都沒帶走，這麼匆忙。」她叫道。

「她們沒有搬走，來不及送醫院就死了。七步蛇咬的，毒性太大。」女警察嘆了口氣。

「不可能，房東為什麼要將這房子租給我，這裡真的死過人？」她大驚失色，一把抓住女警察的手，渾身顫抖。

「這一帶總有蛇出沒。」女警察抽回自己的手，同情地看了看她。

「哪來的蛇？山上的？真的有人養蛇？誰會養蛇？」她緊緊跟在女警察身邊。

「可以挪開你的床嗎？」一個男警察一邊拍照一邊問道。她沒反應過來，卻條件反射般地跳了起來，那個女人是在這個床上被蛇咬了嗎？沒有人回答她，女警察甚至將她擋在門外。她的床已經被挪開，從靠牆的地方搬開。

「那是什麼？」她踮著腳尖心驚膽顫地看屋子裡工作的警察，連她都看到了，在她床底下的牆上，有一個隱祕的抽屜，如果不是很細心完全看不出來，還以為是粉刷的牆上被孩子的鉛筆畫了一個長方形呢。那個隱祕的抽屜可以在她的床底下自由拉伸，只要牆那邊的人願意。

「這麼多蛇皮。」年輕的警察對著抽屜裡的蛇皮拍照，都是蛇蛻的皮，白花花一片，她噁心得想吐。

「蜘蛛？黑色的蜘蛛？」這時，她看到了，一隻大蜘蛛從她的窗簾爬向窗戶，窗戶是敞開著的。她害怕得要命，尖叫道。

「什麼蜘蛛，是蛇。」那個年輕的男警察又好氣又好笑，答了她一句。那個年齡大的警察還在用一根鐵絲翻夾抽屜裡的蛇皮，蛇皮下面竟然鋪著一層香雲紗面料。她看清楚了，那是廚櫃裡的香雲紗裙子，昨天晚上，她穿在身上跳舞和做愛。

年輕的警察拍完照片，用手彈了彈她的床鋪，她看到床單上一小塊體液留下的痕跡，臉燒得厲害。

「逃不掉，牠又不是蛇。」年齡大的警察又將她的窗簾拉開，他也看到那隻大蜘蛛了，他的棍子沒打中蜘蛛，蜘蛛在他的眼皮底下迅速逃跑了。

「這是新上的鎖？」他問道。那個嶄新的鎖和窗戶格格不入。

「新上的，前幾天鄰居幫我修。」她委屈得就要哭了，女警察也湊上前看了一眼，繼續在本子上記錄。

「你們很熟嗎？」女警察在本子上記錄，她問她。現在終於可以確定了，昨天夜裡，做完愛後，巴基斯坦人的談話和報警，他是聽懂的，他才讓她去洗澡後逃走了。他為什麼要養蛇呢？養什麼不好，哪怕是養隻蜘蛛。她想下次見到他，她一定得問清楚。

「不熟。」她的目光又落在床上他遺留下來的已經乾了的體液，艱難地答道。

她連夜逃離了那個才租了沒多久的家。搬家的時候，巴基斯坦女人下樓和她說話，她拿出翻譯軟件，終於聽懂了她說的話。

「我看到很多蛇從樓梯爬進家門，我害怕蛇，才報的警。」女人將自己的頭巾拉了拉，確認鼻子以下都包住後才和她說話。

她衝她淺淺地笑了笑，說了聲謝謝。

房東不僅將押金退還給她，還把租住了幾個月的房費也一併退還給她，她全都收下了。相當自己這幾個月沒來過這裡，沒住過這裡吧。她安慰自己。畢竟一分錢房租損失都沒有。

「真的以為是家裡進了蛇，被咬的。你知道這裡離山近，有蛇是難免的，我後來灑了硫磺才重新出租。」出事後，房東很想讓她繼續住在大雜院裡，租另外一間屋給她，被她拒絕了，她只想逃離這一帶，最好從來就不曾來過。

「死的真的是他的老婆、孩子嗎？」她不死心，追著房東問。

「老婆是他的，孩子是老婆和別人生的，他老婆說他不行，這裡是軟的，他也沒敢吭聲，大家都知道他不行。」房東不懷好意地笑了笑，她的臉又莫名地紅了起來。

「他們租的三房，老婆、孩子死了，才把這兩房隔開單獨又租給你。誰知道是這樣，要是知道這樣，我就不租給他們了。」房東一直憤憤不平，為自己的房子。

「我告訴你，我見過蜘蛛。」她向房東提到。

「你以為是亞馬遜叢林裡的蜘蛛？普通的蜘蛛又不咬人，咬人指不定就變成蜘蛛俠了。」房東不置可否地說。

「萬一咬呢？」她不服，怎麼就沒有人相信她真的見到這麼大、這麼黑的蜘蛛呢？

「他養蛇來幹什麼呢？這山上這麼多蛇，還要養。想泡酒隨便上山抓一條就好了。」房東還是搖搖頭。房東對蜘蛛也沒有興趣，房東一直沉浸在自己的問題裡。

「他可能只是想養蜘蛛。」她答道，想到他跟她說的，她太太最後一次煮的是蛇湯，她沒問他喝了沒喝。

「他不會養蛇又養蜘蛛吧？蛇還能泡酒，蜘蛛又不能泡酒。」房東比她還要困惑。誰不困惑呢？

她瞪了他一眼。誰知道呢？要是知道，她還會讓他進屋幫她找蜘蛛嗎？

閉上你的眼睛

顧曼楨打定主意，孩子先送到前夫那住一段時間。老賈給她介紹了一份新工作，日結，給現金，就是上班的地點實在是太遠，又是上晚班。每天中午兩三點出門，早上七八點才能回家，照顧孩子就成了問題。

「什麼工作，你就不能不去嗎？」前夫在電話裡嘟嘟囔囔地問。她懶得理他，要是有得選擇，她也想做朝九晚五還能拿高薪的工作。

「放學後，記得讓姐姐送琳琳去功課輔導班。」她還是不放心，又囑咐道。前夫不知道聽到了沒，急急把電話掛了。沒有離婚前，她一定會再打過去斥問他，為什麼總是早早掛她的電話，她話還沒說完呢。

前夫家的菲傭姐姐是個五十多歲的阿姨，在前夫家做了二三十年，她嫁過去後就和她不對路，如果不是萬不得已，她都不願意和她說話。琳琳已經上小學四年級了，她和前夫離婚時她才六歲，讀小學一年級。那場持久的離婚戰，耗盡了她的精力，也讓原本活潑可愛的女兒性格發生了很大的變化。

女兒膽小怕黑，懦弱敏感，注意力不集中，學習明顯跟不上，動不動就哭，這讓她很是焦慮。這學期，她和老師溝通後給她報了功課輔導班，每天放學後去功課輔導班做兩小時的作業。

琳琳的學校離前夫家不遠，前夫從深圳回香港的週末，他都派菲傭姐姐提前去學校接走女兒回家一起吃晚飯。她現在租的房子，是離婚時找社工幫忙租的，偏遠，交通不方便，房租倒是便宜，剛開始只是想過渡一下，沒想一住就三四年。

離婚後，為照顧女兒，她沒有出去工作。其實，她搬到香港以後就沒有工作過，深圳的工作在她懷孕後就辭掉搬到香港居住了。她也曾想過帶女兒回深圳，私底下覺得這是太沒臉的事情，當初嫁到香港，可是風光著呢，這才幾年就灰溜溜打道回府，心裡總是不甘的。她跟姐妹們學做代購維持自己和女兒的日常生活，偶爾也偷偷從內地幫孕婦採集血樣到香港做胎兒性別鑑定，這個來錢比代購更快一些，卻也是做得提心吊膽，怕被海關查到，查到可就不是罰款能解決了，搞不好坐監的。她還沒來得及猶豫是不是再冒險多做幾單，新冠疫情就來了，連代購都做不了了，生計就成了眼下最迫切的事情。

老賈是她從前在深圳夜總會認識的顧客，她一直不知道他也是香港人，要不是她在朋友圈發了一條求職信息，老賈在信息下送了一朵玫瑰花，還主動聯繫她，她都不知道微信通訊錄裡還有一個叫老賈的熟人。她一開始根本想不起來老賈是誰，老賈說他也住元朗，一定要請她喝早茶，她沒辦法拒絕，想到一個女人離了婚，以後還是要靠朋友幫襯，便去了。

早茶就在女兒學校附近的天水圍，剛好送女兒上學後直接去的酒樓。老賈先到了，點了一壺菊花茶、一份蝦餃、一份腸粉、一份馬蹄糕、一份紅棗糕和紅糖糍粑。老賈的頭剃得光光的，額頭上趴著一條蚯蚓，她這才恍然大悟，尷尬得站也不是，坐也不是。老賈額頭上的蚯蚓還是她的傑作，那是她第一次去夜總會上班，她是不坐檯的，老賈非拉著她不放，她一急就將手上的茶杯扔了過去，夜總會扣了她一個月工資給老賈賠不是。自那以後，她就沒見過老賈了。這不能怪她，她後來在夜總會認識了前夫，住進了前夫幫她另租的房子，早就辭職不幹了。

「你微信名以前不叫老賈？」她有點尷尬，一直在心裡罵自己太大意了，不及時清理微信通訊錄，也從不備註別人的姓名，那些躺在她微信裡的人名字改來改去，頭像一年換幾次，至少有一半以上，她不知道對方是誰。

老賈樂呵呵叫她坐，給她倒茶，衝她笑笑：「誰會一直過一成不變的生活呢？」她點頭也回報一笑，反正來都來了，難不成他敢在光天化日之下吃了她？她這才坐下來，老賈卻不提她傷他的事，也是，有什麼好提的呢，又不是什麼光榮的事，她這懸著的一顆心才嚥回肚子裡去。老賈純屬是和她敘舊，順便回憶十年前在深圳的發跡史。她後來才知道老賈早些年在深圳賺了不少，不過這兩年受疫情影響，生意不景氣，工廠年前轉賣了，還變賣了在深圳的房產，回香港定居了。

她想不到老賈竟然是如此仗義的一個人，竟然答應幫她介紹工作，說是倉管員，負責接貨、出貨時登記好貨物。工作倒是挺簡單，這難不倒她。老賈讓她準備準備過兩天先去試工，如果合適就做，不合適就不做，試工當天也有工錢拿。她特地去元朗廣場買了一套職業裝，生了孩子後，很久沒有穿過正裝了，每天在家清一色睡衣、塑料拖鞋，出門頂多T恤、牛仔褲再拖一雙鬆糕鞋。離婚後頭髮再也沒打理過，一個黑色的髮圈隨後一紮。平日裡看著挺瘦的一個人，還是有了小肚腩。她望著鏡子裡那個穿著白襯衣，配一條黑色過膝短裙的女人，拍了拍肚子，不禁啞然失笑。婚姻像個咒語，讓一個漂亮女孩變成了黃臉婆。出門試工時，她把鬆糕鞋扔了，登著一雙咖啡色高跟皮鞋，從元朗坐屯馬線到南昌，換了東涌線到中環碼頭，從中環碼頭上了一艘私家船。

老賈沒告訴她上船後還要關手機、交手機，甚至有人遞給她一個黑色眼罩，說是規定，工作的地點要保密。她想說她是絕對能保守祕密的人，再說了，她是個沒有方向感的人，平時走路都靠導航還會迷路的人，更何況是在船上，根本分不清東西南北。

「沒事，閉上你的眼睛，一會就到了。」一坐她旁邊的另一個女孩微笑著把眼罩戴好，頭靠座椅上閉目養神。她看了看旁邊的人都戴上了眼罩，只好也戴上，閉上眼睛，等了一會感覺船在動了。約莫半小時後，有人說：「到了，下船吧。」

她跟著船上的人一起下船，有點驚訝，香港還有這麼一個地方，像是江南水上人家，只是江南人家是在河上，她們的船停在一個港灣。工作的地點就在港灣附近一條廢舊的船倉裡，船倉不大，貨架上卻碼了滿滿的貨物，有人送貨進倉，也有人搬貨出倉，她負責進入庫的登記。一箱箱的物品，全是英文說明書，貨品名也全是英文簡寫或者是數字編碼，她只要照著登記就好，倒也不累。真如老賈說的，日結，下班還是私家船送回中環碼頭，好像換了另外一條船。後來她才知道，老闆的私家船不少，沒有固定接送的船。老闆的意思是，忘記自己上的哪條船，才有錢賺，下船後，所有的一切都忘在腦。還是要戴上眼罩，她手裡懷揣剛發的日薪，四張五百元的港幣，嶄新的，心裡激動不已，心跳得厲害，好像是剛與人做了筆見不得人的交易。直到回到家，她還不敢相信這一切。約老賈出來，說要感謝他幫找了份工作，拿到日薪了，要請他吃飯。老賈呵呵笑，說顧小姐不用客氣，剛好朋友招工，覺得她合適，順水推舟做個人情罷了。老賈自始至終都沒有談她的工作，她便不好意思問，也可能老賈未必知道上船還要閉上眼睛的規定呢。

女兒在前夫家住了一個星期，週六下午，姐姐送女兒回來，女兒一進門就撲上來抱著她不放。她鼻子酸酸的，一直不停地親吻女兒的小臉，這是女兒長這麼大以來第一次離開她。她固定休息時間是週日，週六早上下班回到家後就一直睡覺，睡了一覺後，精神好多了。老闆說如果願意，她可以週日也不休息。領的是日薪，返一天工有一天薪水拿，她缺錢，如果有人幫帶女兒，她是連星期日都要去上班的。

週日是菲傭姐姐的休息時間，不管颳風下雨，菲傭姐姐週日早上天一亮就會離開夫家，一刻也不會多待。哪怕下大雨刮颱風，實在沒地方去，打著個雨傘站在門口的屋簷下發呆，她也要走。和大多數的外傭一樣，她總是將週日休息當作自己的權益掛在嘴邊。她剛生女兒坐月子時，她私下找菲傭姐姐，主動提出週日要給她付加班費，讓她在家照顧她，她連連搖頭。這讓她匪夷所思，在她眼裡付雙倍的加班費，對於缺錢的菲傭姐姐應該是多大的誘惑啊。

「大陸妹，懂什麼。」前婆婆從鼻孔裡哼了一聲後嘲笑她一番，她的臉頓時紅了起來。前婆婆一家人表面上都把菲傭姐姐當了自家人，至少比她還要親的人。

「大陸妹，該燒午飯了。」還在她坐月子的週日，前婆婆一家去酒樓喝早茶，她早餐都還沒吃，給女兒餵兩次奶，換三次紙尿褲，餓得前胸貼後背。前婆婆從外面回來，進她的房間看了一眼女兒，她還幻想她喝早茶時，給她打包一盒點心回來，不爭氣的眼淚流了下來。

剛生女兒那兩天，老公從深圳回來一趟，又匆匆走了，說工廠忙，走不開。老公在深圳公明開的一家加工廠，早些年，生意不錯，這幾年港資廠在深圳已經沒什麼優勢了，靠的全是老客戶零星的訂單。

她不是老公的第一任妻子，她和老公在一起時，他香港的妻子還病重中。她也不是老公在深圳的唯一女人，要不是她先懷孕，剛好他香港的老婆死了，她哪會這麼順利就和老公領證呢。她挺著大肚子進到婆家的時候，老公前妻的一雙兒女冷冷地將她堵在門口。那兩個孩子已經不小，一個上中四、一個上中五了，和她站在一起，比她還要高半截。

「大陸妹，不許睡我媽的床。」那兩孩子的敵意自始至終都存在，一句句「大陸妹」，徹底粉碎了她想用自己的母愛感化孩子的決心。

老公的喝斥還是起了作用，兩孩子閃開了一條路，她卻聽到比冷眼更尖銳的辱罵，渾身一顫。她也是有脾氣的人，仗著肚子裡懷了老公的孩子，一定要讓老公連夜換床。老公那會還是寵著她、讓著她，都依了她，只是床沒這麼快能送到，她愣是睡了兩夜的硬地板。

「八字也沒去合過就娶回來，不過是抱窩的母雞。」前婆婆含沙射影的謾罵一度讓她動搖，要不是在人生地不熟的香港，她早就回罵過去，撂挑子不管了。老公私底下安慰她，給她的卡裡又多轉了十萬塊錢，說他姆媽就這樣的人，刀子嘴，豆腐心。她在心裡反駁了一句：「哪只是刀子嘴？」她橫豎是看她不順眼，當著她的面說她只有一個兒媳婦，也只有一個孫子、一個孫女，她是不會認她做兒媳婦的，也不會認她肚子裡的孩子。

「我兒媳婦還在世時，大寶在深圳多少女人，誰能想到，有一天還真的娶一個大陸妹回來。」前婆婆陰陽怪調地用粵語和菲傭姐姐說話，一點也不迴避她，她已經聽懂大部分粵語了，還不知道怎麼用粵語還嘴。

老公在深圳又有新的女人了，要不也不會把她送到香港生孩子，還給她名分。給她名分，說白了，不過是用了她的身分證在大陸註冊公司讓她當法人。老公這人疑心重，誰也信不過。女兒出生後，前婆婆真的說到做到，沒有抱過一次女兒，倒是嫌棄孩子的哭鬧。女兒卻長得不像媽媽也不像爸爸，倒有幾分像奶奶，兩歲後更明顯了，前婆婆那時候起才願意接受女兒。女兒卻不喜歡那個總是用粵語罵人的奶奶，小小年紀，心思重著呢。

才去前夫家住一個星期，女兒被菲傭姐姐送回來後，撲在她懷裡哭得上氣不接下氣，鬧著再也不要去奶奶家住了。這早已是她意料之中，女兒和前夫家的人都不親，和她離婚後，前夫沒有再帶女人回香港，在公明給深圳的女人買了一套小產權房。深圳的女人好像生了一個兒子，戶口直接落在深圳女人名下，說更方便上學。她從頭到腳感覺一陣冰冷，內心空落落的。自己真是失算了，還不如留在深圳，也讓他給自己買一套小產權房，夠自己和女兒居住。她真的是被前夫騙來香港的，還以為香港比深圳好呢，哪知道到了香港，老公給的零花錢一年比一年少。離婚後，乾脆連女兒的撫養費都沒著落了。她在香港頭幾年想自己出去工作賺點零花錢，拿的不是香港永久居民身分證，誰也不敢招，打黑工被抓懲罰太大了，想到萬一被抓進去坐牢，女兒沒有人照顧，早早就斷了打黑工的念頭。

「你傻啊，從大陸偷渡到香港打黑工的人，一天不知道多少呢，有幾個人被抓？沒有人告發你，誰會去抓你，你當香港的警察都閒著慌？」她認識的小姐妹在香港打了好幾年黑工，不屑地對她說。

「再等等吧，等兩年拿到永久居民身分證了就去工作，做個店員也可以呢。」她說道，她逛街時一直留意店門口貼的招工廣告，每次都在心裡盤算半天。

「你和我們不一樣，不看僧面看佛面，看在你給別人生了孩子的份上，有人養。等你拿到永久居民身分證了，就是香港人了。到時你可以去工作，也可以申請政府資助，不愁餓肚子。」小姐妹酸酸地回了她一句。她聽了心裡很不是滋味，過後倒也升騰出一絲自豪感，只要拿到永久居民身分證，誰也不怕了。她有手有腳，在香港找一份養活自己的工作還不容易嗎？

「工廠虧損嚴重，哪還有錢。」每次，她找他要生活費，找他要女兒的撫養費，他都如出一轍，完全一副死豬不怕開水燙的樣子。她是心氣很硬的人，為了那句「大陸妹」，拿到香港永久居民身分證第二年，就和他離了婚。她帶女兒從夫家搬出來，住的是鐵皮房，說便宜，一個月也要三千多塊錢的房租。母女倆的吃喝拉撒、女兒的課外興趣班、輔導班的費用，哪一樣不是錢？同住一個院子裡的大姐教她申請綜援，大姐也是大陸嫁香港後離婚獨自一個人帶一個智障兒子生活，一直靠政府綜援度日。她找社工幫忙申請綜援，沒申請下來，倒是女兒每年在學校幫忙申請的學生津貼下來了，卻也是杯水車薪。

「媽媽，我可以一個人放學，一個人去輔導班，一個人回家。」女兒脖子上掛了一個卡包，卡包裡裝校園卡和八達通。她在前夫家住了幾天後，再也不願意了，時常央求她不要回奶奶家。

「晚上媽媽上班不在家，你一個人在家、一個人睡覺，不怕黑嗎？」她問女兒。

「不怕，我開燈睡覺，如果害怕就閉上眼睛。」女兒還不到十歲，卻早早地洞察了人間百態。她嘆了口氣，算是默認了。

她給女兒配了兩把鑰匙，一把掛在脖子上，一把放在書包的夾層，又給她買了一個電話手錶。她上班時卻是不能開手機聯繫女兒，只要一下班，下了船後她第一時間就打開電話手錶的軟件，定位女兒的位置。她不是個多事的人，按著指示幹活，登記進出庫，從不問與自己無關的事，那些寫著英文簡寫的貨品似乎與她無關，她不知道都是些什麼。

「快跑，上船。」還沒到下班時間，有人喊她。

一陣嘈雜聲，所有人都匆忙上船，沒有人給她發眼罩，也沒有人叫她閉上眼睛，也沒有人把手機還給她，一切來得都是那麼突然。大家都心知肚明，大氣不敢出，她的心跳得厲害。船在夜色中飛速行駛，卻不是停在中環，而是到了另一個荒涼的小碼頭，似乎是一個小島，從船上可以依稀看到島上半山腰暗黃的燈光忽閃忽滅，四周圍卻是漆黑一片。船停了卻不讓她們下船，她頭昏得厲害，五臟六腑都被掏空了一般。她早就預感這一天遲早會到來，沒想到這麼快，這麼突然。

天亮前，另一條快艇向他們的船駛來，分了兩批將他們帶回中環碼頭。那天的日薪還如實給她發了，還是嶄新的港幣，卻不是四張五百，而是兩張一千。薄薄的兩張紙，拿在手裡卻沉重如鉛。她在心裡暗算了一下，她幹了大半年，除去休息時間和前兩個月突然通知停工一個星期，竟然也拿了三十萬港幣。她真的是守口如瓶，沒有對任何人說她的工作。有什麼好說的呢，連她都不知道自己公司是做什麼的，老闆更是沒見過，每天只是登記貨物。

「你怕嗎？」有一天在銅鑼灣逛街，她和一個同事同時進了一家奶茶店，兩人至今沒有留過任何聯繫方式，那個比她還年輕的女孩突然問她。

「什麼？」她心裡打了一個寒顫，卻很快露出微笑，淡淡地反問一句。

「走私啊，你怕嗎？」女同事左右瞅了瞅，小聲說道。

「我又不走私，怕啥？」她看了她一眼。她去的時候，她已經在那裡上班，每天她們一起上船，一起交出手機，一起戴上眼罩，還是她提醒她不要穿高跟鞋，運動鞋、運動裝更方便。後來她還學她每次出門都戴上一頂黑色的鴨舌帽，有意無意地將帽簷拉低，擋住半邊臉。

「幹完這個月我就不幹了，我找到新的工作了，在茶餐廳做收銀員，一個月有八千港幣。」女孩似笑非笑。她點頭，取了奶茶喝了一口，走了。

和女孩偶遇後沒多久，女孩就不再來上班了。一個星期後，有一個男孩頂替了女孩的位置，每次上船，還是坐在她旁邊的位置。第一次上船要閉上眼睛戴上眼罩，男孩和她初次上船時一樣惶恐，她對他說：「沒關係，船一會就到了。」

男孩還想向她多問兩句，被她輕輕搖頭制止了。她看到監工朝她瞪了一眼，趕緊戴上眼罩。那一刻，她想到了女孩，更多的卻是想到了電視裡警察抓住犯罪分子時，朝他們臉上戴的黑色頭套。那天的船行時間好像特別長，好半天才讓他們摘下眼罩。她們上班的地點總是不停改變，有時候甚至不上岸，在海上，好幾條船圍著，有買家，有賣家，每次她都能儘快適應，接過帳本有條不紊地登記好貨物，下班時將帳本交回去。

「以後不用過來上班了。」監工將當天的工資發到她手裡對她說。

「明天不上班？」她的手接過薄薄的紙幣，遲疑了一下。

「不是明天，以後都不要再來了。」他看了她一眼，湊到她耳邊低聲又說道：「閉上你的眼睛，告訴自己，什麼都沒有發生。」

什麼都沒有發生？她心裡咯噔了一下，不知道是因為太緊張還是突然地就全身心鬆弛下來，兩條腿軟綿綿的，半天才挪得動。手機最後上岸時也還給她了，她破天荒地打了個車回家，一路上都不敢打開手機，滿腦子裡都是這大半年來的工作，不停變換的工作場所，半夜裡的海面上漆黑一片，飛馳的小船後面跟得越來越緊的快艇，魔幻般，每天拿到手上的卻是實實在在的港幣。

她故意把每天上船要戴的眼罩落在出租車上，就當什麼都沒有發生，明天開始，再也不用這個眼罩了。她尋思著女兒學校附近的便利店在招工，工資是低了一點，日薪三百，勉強夠維持生活。她在茶餐廳買了兩份腸粉和兩杯豆漿，打包帶回家給她和女兒當早餐。路上，遇到兩隻流浪狗，一直跟著她，在她腳邊聞了聞，她無力驅趕，急中生智，將一份腸粉送給牠們吃，這才小跑著往家裡趕。快到家門口時，她把手機打開，到微信通訊錄裡找老賈，這才發現老賈早就把她刪除拉黑了。她心裡一陣茫然，這才想起來，她沒有老賈的手機號碼。

女兒還沒起床，家裡的燈卻亮著。她把早餐放在餐桌上，躡手躡腳地走進臥室，掀開女兒的被窩，看到女兒竟然戴著一個黑色的眼罩睡得正香，她不禁尖聲叫起來。

「媽媽，你怎麼了？」女兒將眼罩拿開，睜著睡眼朦朧的眼睛稚聲稚氣地問道。

「你怎麼戴著眼罩？」她觸電一般將女兒的眼罩扔到地上。

「燈光太亮了，我睡不著。」女兒委屈得要哭了，那個眼罩，是她從媽媽的包裡找到的。

「太亮了，睡覺前可以關燈。」她從來沒有對女兒這麼凶過。

「關燈太黑，我害怕。」

女兒這回是真的哭出聲來了，她摟著女兒心又跳得厲害，卻不敢哭。

在山頂做什麼

很多年後，文小蘭都沒法擺脫那種絕望到令人窒息的感覺，她只能一次次跑到山頂，只有在山頂，俯瞰半山腰那一片鐵皮房屋頂時，她才能正常呼吸。從山頂可以看到半山腰的鐵皮房，還可以看到山腳下一排排整齊的獨幢村屋。兩條平行並排的高架鐵軌將她的視野一分為二，幾分鐘就有一趟列車相向奔馳而過。她和女兒最多的體育活動就是在高架橋下的小廣場打羽毛球，每次列車經過時，她都能感覺到大地在微微顫抖，女兒不信，非要說她是神經過敏。

她住在鐵軌旁邊已經十年了，對那飛馳的聲音再熟悉不過了。她閉上眼睛都能感覺到有東西從身體裡穿過，帶著她短暫地逃離。她找不到自己住的房子，她住的房子隱藏在鐵皮房裡，隱藏在四周圍茂盛的雜草裡，隱藏在高高的樹叢裡。她的眼睛望向鐵軌外的世界，鐵軌像一條錄音磁帶將遠處天水圍及元朗的一棟棟高樓，倒帶似的拉近到她眼前後又遠去。她就住在連接元朗中心區和天水圍的高架鐵軌下面，去天水圍還是元朗中心區，都同等的距離，這讓她的出行只能選擇步行或者騎自行車。

孩子在天水圍上學，在元朗中心補習功課，她更熟悉元朗大橋下的街市，知道哪家的鹵水好吃，哪裡有特價鞋子賣。妹妹離婚前的家也在元朗朗屏，地皮是公公婆婆早些年買的，建了五層樓，四個兒子每人一層，公婆住一層。在香港寸土寸金的地方，申請的公屋連個陽臺都沒有，妹妹卻能住一整層四房兩廳還帶花園露臺的村屋，不是土豪也是香港有房一族了。

妹妹其實不是她的親妹妹，是她的小姑子。她和前夫離婚後，小姑子就不叫她嫂子了，改叫姐。

生下方文希時，她已經四十歲，屬高齡產婦，最要命的是，懷孕前她就知道前夫出軌了。她發現意外懷孕時，大兒子已經參加完高考，被老公藏著掖著的女人再也不想做地下情人。肚子裡的小生命終將成為她的一個笑話，她不知老公是怎麼向那女人保證，兒子參加完高考就和她離婚的，那個女人像瘋了一樣登上她家的大門。她還沒說話，她就已經反客為主，叉開大腿跳起來直指她的臉罵道：「不要臉的臭老太婆，不照鏡子看看自己臉上的皺紋，還想再生個孩子拴住男人？」看熱鬧的鄰居偷偷在笑，她羞愧得只想蓋住自己微微隆起的肚子，肚子下面的洞穴被丈夫的小三冷嘲熱諷是風乾的岩石，都風乾了還能引誘男人在肚子裡播下種子。

她的臉一陣紅一陣綠，她想到了八十歲高齡的母親臨死前的無措，她手裡的杯子因為發抖，灑了一些水出來，她聽見上下牙齒的打顫聲。那女人塗著鮮豔口紅的嘴唇上下一翻，那些難聽的話，她竟然一句也反駁不了。她就這樣傻傻地盯著年輕的女孩看，那女孩臉上塗的粉太厚了，要不應該也算是一個眉清目秀的人。她年輕時也這樣，長得俊俏，丈夫就喜歡這樣的女子。她妊娠反應厲害，肚子裡翻江倒海，她拚命要壓住那股從胃裡湧上的腥臭味，卻怎麼也壓不住，吐得眼淚都流了下來。眼淚模糊了她的視線，她只希望圍觀的人趕緊走開，希望那個小三趕緊滾蛋。

「啪！啪！啪！」三聲響亮的耳光，她驚愕地抬起頭。小姑子不知從哪冒出來，給那女人三記耳光，等女人反應過來時，臉上的白粉已經現出幾道紅色的印子。小姑子救了她一命，她像是醒悟過來，杯子裡的開水準確無誤地潑在女人臉上，杯子摔在女人的高跟鞋上。玻璃破碎的聲音給了她無窮的膽量，她撲向女人，拚命撕扯女人的吊帶裙。女人的胸真大，似乎是故意的，她朝女人的胸裡狠狠地吐出了泛黃的膽汁，那個肚子裡的小生命替她噁心了那女人。

那天早晨，小姑子剛好從香港回來辦理單程證，也順便替她教訓了一下丈夫的情人。早幾年，小姑子就嫁去香港了，一直未曾懷有身孕，這次回來知道嫂子竟然高齡懷孕，激動得淚流滿面。她還沒決定好，是去人民醫院還是婦幼醫院做掉這個意外，醫生說現在是早孕還可以做人流，再過一個月只能引產了。肚子裡的小生命還不會踢，還只是小蝌蚪一樣在子宮裡游來游去。女人打上門的第二天，兒子悄悄離開家，去廣東打工了。兒子成績不好，她想著考不上本科讀專科也行，兒子卻早就厭倦了學習，一心想出去打工，要不是她一直壓著，他高考都不參加。

她最終沒有去醫院做掉肚子裡的孩子，簡單收拾了行李，跟小姑子坐飛機從合肥到深圳，再從深圳過關到香港。她的肚子還沒太顯懷，過關的時候還是很擔心，擔心被攔，那時候國內還沒放開二胎政策，珠三角有錢人都在剛懷孕時就去香港做產檢，去醫院辦理預約生產時間，只要持有這些證明，孕婦才可以過安檢。小姑子在香港住了這麼多年，好歹算是半個香港人，很快幫她預約醫院的生產時間，拿到一堆證明文件。她的旅遊簽後來又改為了探親簽，都是小姑子幫她辦理，就連住的那個貨櫃改造的家，也是小姑子親自帶著妹夫的幾個工人連夜幫改好的，當然，那都是後話了。

剛開始，她和小姑子一起住，她的四房兩廳，她和妹夫只住了一個主臥，另外三間都單獨出租給了三個人家。她最開始是睡客廳的沙發，妹夫嫌棄她把沙發占了，小姑子給她買了一張折疊床，白天收起來，晚上鋪開睡覺。她的行李也簡單，一個皮箱幾條換洗衣服。後來，有一個房客走了，小姑子讓她住進了空出來的客房，她才稍微鬆了口氣。

她沒想到小姑子的日子其實並不好過，每次回去光鮮的衣著，從包裡給親戚老人、孩子帶的禮物，都是小姑子省吃儉用從牙縫裡省下來。

「姐，不怕，我現在有單程證了，很快香港永久身分證辦下來就可以找工作了，錢的事你不用太擔心。」小姑子在她動搖時會趴在她耳邊悄悄安慰她。想起來，她二十一歲嫁給前夫時，小姑子小學還沒畢業，婆婆早死，那幾年，她給小姑子又當嫂又當媽。小姑子第一次來月經，她教她用的衛生巾，用自己在紙箱廠工作的微薄工資幫她買衛生巾。

她生大兒子時是冬天，合肥的冬天，沒有暖氣，被子都是硬的，沒有婆婆幫忙，坐月子只能靠自己。幸虧有小姑子，讀中學的小姑子剛好放寒假，一聲不哼地照顧起她來，月子坐完後，小姑子的手都長了凍瘡。別看才十來歲的小姑娘，照顧起產婦來一點不亞於大人，一個月裡竟然真的不讓她自己碰一次冷水，連刷牙的水都幫她燒得暖暖的才端到她跟前。

小姑子考上了廣州的大學，畢業後進了深圳一家港企，才工作沒兩年就嫁去香港。她是不願意小姑子嫁香港的，長嫂如母，她打心眼裡心疼這個女孩。她說要結婚的時候她愣是哭了一夜，那個香港妹夫，是小姑子在港資企業上班的同事介紹的，七拐八彎的，是同事的遠房表親。小姑子在深圳的工作挺好的，這一嫁過去工作也辭掉了。到香港的頭幾年只能持雙程證，又不能找工作，全靠妹夫一個人的收入。好在沒小孩，小姑子說沒拿單程證前她不想生孩子。她暗地裡說了她，不生孩子，閒在家做什麼呢？又不能出去工作，就在家做家務，還不得看家公家婆臉色過日子？

小姑子喜歡讀書，喜歡讀書的人都讀傻了嗎，太不務實。說多了，小姑子才跟她說是懷不上。去檢查了，男方的精子存活率低，家婆卻不承認，當著全家人的面嘀咕：「之前的女朋友是懷了孕的，要不是女方八字不合，才逼著她去醫院打掉，要不現在孫子都可以打醬油了。」妹妹也就在那一刻心裡涼了大半截，妹夫從前的事，她是一概不知。

「白紙黑字的報告，她還是責怪我不能生養。」小姑子轉眼也三十了，本來就瘦，笑起來眼角都開始有魚尾紋了。她寧可她不要笑，哭一下也好。小姑子不哭，她就更沒理由哭了。她知道她的難，隻身一個人懷著孕到香港投靠她，已經夠難為她了。

方文希出生時，小姑子的家人不允許她到她家坐月子，說是風俗。小姑子還想替她抗爭，嫂子租了她的一間房，就有權利住她租的房。誰信呢，誰都知道她老公賺的錢養小三了，住這大半年，一個電話也沒打過，她來香港本來就上不了班，都靠小姑子養。

那個貨櫃改裝的房子是妹夫的，妹夫做貨運生意，在山腳下租了一兩千平米的農業用地放貨櫃。她是小姑子帶她去找房子租住時路過看到的，一排排的貨櫃，像一個個長方形的鐵皮房。她突然萌生的想法，小姑子沉默了半天，緊緊地抱住她的肩膀不讓自己哭出聲來。

「租房太貴，哪怕是一個小小的鐵皮房也要好幾千，貨櫃就可以住人。」她圍著貨櫃轉了一圈又一圈，心裡其實是沒譜的，貨櫃場偏僻，方圓兩三百米都沒有住人。

小姑子死活不願意，最不濟也要租個鐵皮房，貨櫃怎麼能讓一個快要生孩子的女人獨自住呢？她卻很堅持，持了單程證的小姑子換了香港身分證後，好不容易才找到在香港的第一份工作，工資不高，普通的辦公室文職工作，雖說有三間屋子收租金，租金卻都由公公婆婆統一收，沒工作這幾年，她只能按月從老公那拿生活費。

「租房子要錢，孩子出生後奶粉、紙尿褲也要錢呢。」她說服了妹妹，妹妹找妹夫要了最靠近公廁的貨櫃，連夜找工人簡單改造成了現在的家。門窗、廚房都有了，沒有水，沒有洗手間，公廁有現成的。她還在公廁旁邊的空地開荒出了一塊菜地，種上小白菜、辣椒、豆角，一年四季的蔬菜夠吃了。

女兒八個月時，她回合肥，和前夫把婚離了。兒子最終沒去讀大學，倒是收到了一個專科學校的錄取通知書，兒子在深圳進了工廠，連家都不回，錄取通知書她去香港前一直替兒子保管著。

生女兒時，兒子辦了旅遊簽從深圳到香港看過一次妹妹。她也已經大半年沒見過兒子，兒子話不多，木訥的一個人，和他爸一點也不像，倒是像她，嘴笨。兒子去深圳打工後，長胖了，也懂事多了，小心翼翼地抱著妹妹對她咿咿呀呀說話，才剛出生的嬰兒，眼睛還看不清呢。

她在合肥租了一套小房子獨自帶女兒，離婚後房子給了前夫，前夫答應給兒子和女兒各留一間屋，她卻不肯帶女兒住在前夫那裡，小三的眼裡哪容得下她這個前任。女兒三歲要上幼稚園了，小姑子在電話裡說回香港上幼稚園吧。待在合肥時間久了，女兒一句粵語都不會說，普通話倒是很標準。女兒沒有內地戶口，以後只能回香港上學，粵語和英語是一大關，幼稚園是學習語言最好的時間，她聽從了小姑子的話，又帶女兒回了香港。

那個貨櫃改裝的家還在，小姑子在貨櫃家裡放了好多書，還有她的衣服、被子，不用說，她都知道小姑子經常一個人躲在這裡看書。「家」很偏，對面穿過一片荔枝林就是上山的小路，左右都有裝修豪華的墳墓，她不敢望向那些墳墓，每次看到心裡都硌得慌，倒是女兒有一次感慨道：「媽媽，他們住的房子好大，比我們家寬敞多了。還是水泥灰磚砌的，我們的家只有鐵皮。」

她笑笑，都說死人不與活人爭地皮，那也得看是怎樣的活人，怎樣的死人。她和朋友去南丫島行山，天黑時走錯路，從山上下來，一路的燈光，一個個闊氣的豪宅，山裡的風大，把門口的燈籠吹得一搭一搭。她的腳因為走下坡路時不小心扭了一下，疼得要命，那一刻，她動了借宿的念頭。

「那都是鬼屋。」朋友攙扶著她笑道。

那可不都是鬼屋，她仔細一瞧，渾身起雞皮疙瘩，她想起《聊齋》一九八六版電視劇每集的開場。那是她此生見過的最豪華的陰宅，朋友說都是有錢人的先人，沒錢人自己都沒三尺之地，哪顧得上先人。

她的粵語已經說得很流利了，女兒上學後，她有了自己的交際圈，都是女兒的同學媽媽。女兒乖巧懂事，一直當領袖生，就有更多的媽媽願意在微信、臉書上加她為好友，在校門口接送時都要拉她聊一聊育兒經。她哪有什麼育兒經，不過是生了個懂事的女兒。

她的空閒時間多了起來，沒有香港身分證，不能找工作，卻一點也不耽誤她想辦法賺錢。她撿紙皮，撿塑料瓶，後來又跟幾個媽媽幫別人搬家。剛開始時很害怕，不知道這算不算黑工，每次搬家都幫別人白搬，一分工錢也不敢要，她只要主人家丟棄的舊家具做回報。那些舊冰箱、舊洗衣機，甚至舊床墊、舊桌椅，她撿了回來倒騰低價轉手給臨時到香港租房的跨境媽媽，換幾十塊、幾百塊錢維持自己和女兒在香港的生活。

小姑子每個星期都會到貨櫃房看她們母女，還和她一起包餃子，更多的時候是她一個人做小姑子和女兒愛吃的美食，姑侄倆各抱一本書坐床上閱讀。每次小姑子都偷偷給她塞錢，有時候是一張五百的港幣，有時候是好幾張十塊、二十塊零散的紙幣。她推辭著不要，小姑子的錢都是辛苦賺來的。小姑子又換了新的工作，新工作地在中環，還是坐辦公室，卻不再是公司的文職，做了一家雜誌編輯，每天來回要坐兩三個小時的車，人更瘦了。

小姑子走時，她總是能在枕頭底下又發現她悄悄留下的錢，她還是懷不上孩子，最近妹夫的脾氣

越來越火爆，新冠疫情對妹夫的生意是致命的打擊，她不懂生意上的事，只知道停在空場地上的貨櫃越來越少。

她已經兩年沒有回家了，也已經兩年沒見過在深圳打工的兒子了。網上有人說可以去香港和深圳距離最近的深圳河，隔著鐵欄互相喊個話，她沒去湊熱鬧。微信視頻除了不能撫摸兒子的臉，她能看到兒子頭髮長了，又理髮了。

她和兒子之間的隔閡是在她生下小女兒後，兒子再也不會說想她之類的話了，剛開始她還會對兒子訴說想念之情，兒子都閃爍其詞，她識趣地想兒子是真的長大了。兒子找了個女朋友，要結婚。合肥的房子給了前夫，本來說好的給兒子和女兒都留一間房，前夫又生了個兒子，小三的父母跟著幫帶孩子，她和前夫曾經的家再也沒有自己孩子的房間，兒子也幾年不曾回老家了。以前過年時，要麼她帶上女兒到深圳陪兒子過幾天，要麼兒子到香港和她們一起擠在貨櫃房裡，這兩年不能通關，過年成了她最難熬的日子，她心疼兒子一個人在深圳。

想起兒子，她的心就疼得厲害。沒有文憑，沒有技術，只能在工廠做普工，要結婚了，還住在工廠宿舍。兒子說自己在外面租了間房，農民房，好在沙井還有好多農民房，房租還不會貴得離譜。

「他們想讓我上門。」兒子終於說出了那句話。

「你們結婚後不在深圳打工了嗎？」她沒來由地心裡就冒出無名的怒火。

「她家給我們準備了新房。」兒子是在陽臺給她打的微信視頻，兒子把視頻轉換成陽臺外的燈火，香港沒有她的家，深圳照樣也沒有兒子的家。她想到了合肥那個曾經的家，如果她不跑到香港生女兒，如果她和小三抗爭到底，也許兒子還有一個家。那也只是假如，誰知道呢？

「怎麼就上門了呢？」她的淚水在那一刻洶湧而出，好像就要失去自己的兒子。

「大喜的事，別哭。你還是我媽。媽，結婚以後我不在深圳打工了，我們去湖南生活。她家近城，快要拆遷到她們那了。」兒子說了幾句後掛了，兒子還要上夜班，兒子現在是模塑車間的工人，兒子的女朋友是那家工廠的跟單員。

她忘了問兒子要結婚上門的事，有沒有和他爸爸商量。問又有什麼用呢，前夫剛當了新爸爸，哪還能想起兒子的婚姻大事？她癱坐在床上一點力氣也沒有。她早已是一個沒有家的人了，和前夫離婚帶著小女兒在香港，住在貨櫃箱裡，還不如對面的陰宅。合肥，終究不再是她的家。娘家其實也是回不去的，別說老爹老娘已經過世，做了爺爺奶奶的兄嫂在兒子家住，幫帶孫子，連自己養老的房子都賣了給兒子湊首付，誰又容易，哪還有她的娘家？

不離婚又能怎樣呢，跟他耗一輩子？跟小三鬥？她鬥不過小三，她沒有小三豐挺的胸脯，也沒有小三的伶牙俐齒，她只是紙箱廠的一名工人。

兒子說婚禮先不辦了，疫情管控，不能聚集。但兒子發朋友圈時忘了屏蔽她，在湖南，親家還是給他們辦了一場盛大的婚禮。她盯著照片上兒媳婦白色的婚紗看了許久，旁邊那個穿西服的男孩熟悉又陌生，好像有什麼東西從心裡斷裂。她知道一些東西再也回不來，就連親生的，都會成為陌生。

兒子結婚沒多久，小姑子離婚了。妹夫的貨櫃生意再也沒有單，空場地的貨櫃都清理完了，她住的那個改造過的貨櫃像廢品一樣被丟廢在公廁邊。

「姐，再也不能和他過了。」妹妹方梅拖著大大的行李箱闖進她的家門時，雖然知道那是早晚的事，她還是驚愕了半天說不出話來。

妹夫找上門，讓她搬家，那天小姑子上班去了，她們還沒找到合適的房子。他不再叫她嫂子，這人一變臉時真是六親不認。她一直很替小姑子遺憾，如果生個一兒半女也不至於離婚，不至於被趕出家門。沒錯，妹夫的前女友回來了，那個曾經幫他懷過孕又打掉了孩子的女人回來了。

「她媽媽去找人算過命，只有她才能替他生孩子。誰知道是真是假呢，他的精子存活率一年比一年低，上次檢查不到百分之五了。我們試過人工授精、試管嬰兒，都沒成功，姑奶奶我也不想試了。」小姑子學會了抽煙，吐出裊裊的煙捲，好像在說別人的故事。

「姐，我們還有方文希，她就是我的女兒，我和你的女兒，等我們老了，讓她給我們倆養老送終。」她笑，眼裡閃著淚花。

她拍拍她的手，低頭繼續整理東西。這貨櫃箱一住就好多年，貨櫃外都鏽跡斑斑了，屋裡她找人鋪過磁磚又鋪了從別人那拿過來的舊毛毯。要搬家，收拾的東西還真不少，光是冰箱、電視機、微波爐、電飯鍋、空調、床、桌子、椅子怕是一車都拉不完。怎麼這麼多東西呢？平時看不出來，真收拾起來，買回來的幾個大紙箱根本不夠用。

她想起，十年前和小姑子從合肥機場前往香港時，她只帶了一個皮箱幾件換洗的衣服，十年後，一個皮箱再也裝不下這些年撿來的家當，光是女兒從幼兒園到小學的獎狀和獲獎證書，就塞了滿滿一大紙箱。想到女兒，她的心滿滿的。她們還沒來得及從貨櫃箱裡搬走，小姑子就病倒了，懨懨欲睡，白天黑夜地躺在床上不願動。

她要她去醫院，她不肯。她吐得膽汁都出來了，卻還催促她去找房子搬家，她再也不想住在這個貨櫃車廂改造的房子裡，再也不想住在別人的墓園旁邊，再也不想每天要走很長的路才能到外面的公路。

小姑子不是病了，是有身孕了。一直懷不上孕的小姑子，離婚後才發現自己已經有了三個月的身孕。她卻很決絕地要做掉肚子裡的孩子，誰也攔不住，前妹夫帶著婆婆到貨櫃房裡苦苦哀求，也打動不了她的決心。

「你再想想，好不容易才懷上的。」文小蘭倒像是一個手足無措的孩子，她又是驚喜又是傷心，時常語無倫次不知怎樣才能勸她留下肚子裡的孩子。

「姐，政府在北邊建公屋了，我已經申請公屋，說不定過兩年我們就可以住進公屋了。」她嘲笑似的，手有意無意地撫摸自己的肚子。

「多一個孩子多一個申請的法碼，這帳你算不清？」她白了她一眼。

「我想靜靜。」她嘆了口氣。

小小的貨櫃箱房，哪有地方可以靜靜？文小蘭也想靜靜，拉起女兒就往門外走去，回頭替她把門關上。她實在沒地方可去，卻不約而同地，母女倆手牽著手，一起穿過別人的墓園向那高高的山頂跑去。

星期天

阿維之前來過兩次香港，一次是阿媽在香港生病，陳生給他定了從美娜多[1]到香港的往返機票。那還是七八年前，他才十四歲，阿媽終於知道阿爸用她寄回來的錢給另一個女人建了新房子，還買了家具，把自己的衣服都搬去女人家，和她一起居住。他去過女人的新居，房間裡醒目地擺一張真皮靠墊的大床，厚厚的乳膠床墊，柔軟如女人的懷抱。還有一次是前年聖誕節，他已經在雅加達讀大學，陳生要去英國探親半個月，留阿媽一個人在香港照顧家裡的金毛。阿媽是個膽小的人，無論如何不敢一個人待在家裡，陳生又用信用卡積分給他換了雅加達到香港的往返機票。

說起來，阿維對香港並不陌生，他還在阿媽肚子裡時就在香港待過，直到臨近分娩，阿媽才坐飛機從香港回美娜多。阿媽到香港當女傭二十多年了，十八歲嫁給阿爸，十九歲就去香港，二十歲生下他。剛開始家裡沒有電話，阿媽每年從香港給他寫信，寄照片，寄玩具，寄衣服，後來又寄學習用

1 美娜多（印尼語：Kota Manado）或譯萬雅佬（福建興化方言音譯），位於印尼蘇拉威西島北端的海灣，是北蘇拉威西省的首府。

品。記憶裡，和阿媽待在一起的時間並不多，一年就一次，都是阿媽回來辦簽證續簽的時候。阿爸一直在部隊工作，領著微薄的薪水，根本不夠養家。

「你才出生，還沒喝夠兩個月的奶水，就被那邊的雇主催著回去上班。她去香港享福，回家就像丟了魂似的。」阿爸一邊享受阿媽寄回來的錢，一邊喋喋不休地埋怨一年見不到兩次面的妻子。

有一年，阿媽才去香港沒多久又匆匆回來，還給他帶了幾本圖畫書，說是雇主家的女兒不要的舊書。他看不懂書上的方塊文字，畫上的人和風景卻讓他著迷。阿媽在香港流產了，阿爸狠狠地抽了阿媽的臉，說阿媽為了幹活故意把他的孩子流掉，就是不想再給他生。

「我不去香港了。」阿媽歇斯底里地哭喊，將從香港帶回來的手機扔到床上，那是雇主為了方便聯繫送給她的。手機就是在那時響了起來，阿媽觸電般顫抖一下，阿爸也停止了對她的辱罵，卻沒有人去接，好像那是一顆定時炸彈。他第一次見到手機，在這之前，阿媽已經寄錢給家裡裝了電話。電話聲音在房間裡響個不停，阿媽最終還是拿起床上的紅色翻蓋手機小心翼翼地接了，阿爸在房間裡走來走去，像頭隨時會暴怒的獅子。

「我再也不去香港了。」阿媽接了電話後，淚水刷刷地流，過了一會又小聲說道。

「不去香港，誰養你兒子？」阿爸沒有因為阿媽的話而安靜下來，氣急敗壞地從他手裡奪過他正在看的圖畫書，狠狠朝門外扔去。他不知所措地站在阿爸和阿媽中間，阿媽一把他拉在懷裡，摟著他的頭朝阿爸怒吼。阿爸罵罵咧咧摔門而去，他才從阿媽的懷裡掙脫出來，惴惴不安地到門口撿起那本圖畫書。書本剛好扔進了門口的排水溝，畫上的維多利亞港灣已經面目全非。

阿媽在家裡沒待多久，又去了香港，阿媽從香港背回來的行李箱還沒打開過又原封不動地帶走了。阿爸就是那時把那個女人領回家的，他不知道阿媽是不是知道，每次阿媽打電話回來，他總是第一個去搶電話，卻從不和她說起家裡的女人。

阿維最初的夢想是大學畢業後在雅加達找一份穩定的工作，再找一個女朋友結婚生孩子，就可以順理成章地從香港接阿媽回來和他一起生活。每次他在電話裡和阿媽說這事，她總是不置可否一笑而過，還勸他不如到香港看看再說。自從阿爸再婚又生了四個弟弟妹妹後，他被送到外婆家，這些年一直是阿媽一個人在香港做女傭賺錢供他讀書。

他大學讀的是國際貿易，在雅加達工作並不好找，一起合租的同學找到工作搬離後，他一個人實在付不起高昂的房租，只好回美娜多。好不容易才在一家小工廠找了份維修工的工作，和自己所學的專業差之千萬里。美娜多的工資太低，一個月才三百萬盾[2]。阿媽每個月還按時給他寄回五百萬盾。

「來香港吧，阿維。賺了錢可以回美娜多建漂亮的房子，一樓開店，自已當老闆。」阿媽還在耿耿於懷那些被阿爸捲走的錢。他告訴她他已經存夠了建房子的錢，都是她平時寄回來他不捨得用的。

「開什麼店好呢？」他笑著問阿媽，小食店？服裝店？

[2] 盾（IDR）：印尼貨幣單位。一臺幣（TWD）約合五百印尼盾。

「以後再想，你年輕，到香港做幾年工，開開眼界再做打算。」阿媽也笑了。看了他一會兒又「嘿嘿」說道以後就不用給他寄錢了。

他去找職業介紹所，簽了一份前往香港當雇傭工人的合同，工資七千港幣，折算下來差不多一千三百萬盧比，在美娜多是個天文數字，雅加達的白領也沒見過這麼高的薪水呢。阿媽在香港幹了二十多年，漲了幾次工資，一個月也不過四千港幣。他不再猶豫，簽證辦下來後，他再次前往香港。從美娜多到香港沒有直達航班，他到新加坡轉的機，那幾天阿媽的雇主陳生也在新加坡，也訂了和他同一個航班的飛機回香港。

「阿維，到了香港好好幹。」他以為陳生會帶他回他家和阿媽見個面，從機場出來，他卻直接幫他叫了出租車，讓他一個人去了上班的地方。

他和陳生並不陌生，阿媽從十九歲就在他家幹活，從來不曾換過雇主。陳生的女兒比他大好幾歲，時常被阿媽撿了她不穿的舊運動服寄給他，直到他比她還要高，再也穿不進她的衣服。

「陳生不願意說印尼語，你可以和他說粵語也可以說英語，甚至客家話。」阿媽囑咐過他。陳生是印尼華僑，會說一口流利的印尼語。

「客家話？」他瞪大眼睛。

「你忘了，外婆家旁邊的中餐館，他們說的不是漢語，是客家話。」阿媽笑了起來，他也笑了。外婆家附近有一個華裔人開的餐館，阿媽結婚前在餐館打零工，跟著他們學說話，以為是學了地道的中國話，可以和任何一個中國人交流了。到了香港才知道她費了老大勁學了兩年的不是漢語，而在香港，既不說漢語也不說客家話，要說粵語。幸虧陳生是客家人，陳老太太在世時只說客家話，阿媽便歪打正著成了陳生家的長期女傭。陳老太去世後，阿媽在香港多年，也已經學會了一口流利的粵語。

他繼承了阿媽的語言天賦，才半年時間不僅聽懂了日常的粵語，還能進行一些簡單的對話。他的老闆是香港本地人，一個五六十歲的中年男人，每天穿著一條白色的短袖T恤和灰黑色牛仔褲，左手一部手機，右手一部手機，似乎總有忙不完的活，電話永遠響個不停。老闆從前只是一個包工頭，靠承包工程幫別人建房子、搞裝修發家致富。發財後的老闆後來又租了好幾塊空地圍成一個大院子，在院子裡搭建了一排排鐵皮房，隔成一小間一小間地出租。租客五花八門，政府補貼的難民、領社會綜援的香港老人，也有從內地到香港上學的學生。阿維和幾個工友每天要做的事沒個定數，老闆讓幹什麼就做什麼，在工地開鏟車，去新的工地搭建鐵皮屋，下水道堵了要去疏通，有租客搬走了重新粉刷房子。

他們的宿舍也在老闆出租的鐵皮房裡，一個帶獨立洗手間和廚房的大單間，兩張上下鋪的床，住了四個工友。除了他還有一個印尼人、一個菲律賓人、一個巴基斯坦人。對門的房間常年躺著一個瘦小的老頭，暗黑的臉龐躲在暗處，深陷的眼睛警覺地溜溜轉。他的腿受傷了，時常挽起受傷的左腿褲管在大腿上抹紅色的藥水，床上一隻灰色的老貓無精打采地打瞌睡，大白天，貓打呼嚕的聲音讓他錯以為是從老頭喉嚨裡發出來的。好幾次，他在門口偷偷往裡面瞄一眼，總會與老人的目光撞上。

「不要惹尼泊爾大叔和他的貓。」印尼工友替老闆打工已經兩三年了，好心地警告他。

「他的眼鏡斷了一條腿。」他對他說道。

「除非你幫他買一副新的眼鏡。」工友拍了拍他的肩膀。

「早晨。」有一天早晨，他在門口看到他的眼鏡竟然戴在貓身上，用一根白色的繩子綁著，老人靠在床上，手裡不停地擺弄一臺老式收音機，有時候調到他聽不懂的語言，老人聽一會，又繼續調，更多時是沙沙的聲音。他向屋裡的老人打了個招呼。老人看了他一眼，嘴唇似乎動了動，眼睛很快看向別處，嘴裡沒有發出聲音。

「最遲明天搬走。」前一天晚上，老闆站在老人的門口大聲地朝他吼叫。老人在屋裡用他聽不懂的尼泊爾語不滿地和老闆對罵。老闆大概也沒聽懂，只能憤憤地跺腳。

「阿維，今天幫他搬家。」吃早餐等出工時，老闆給他分配任務。

「搬到哪？」他驚愕地問老闆。

「搬哪都行，只要搬出大院就好。」老闆瞪了他一眼。印尼工友在旁邊拉了一下他的衣服，給他遞了個眼神。他誠惶誠恐，滿腦子都是那隻老貓頭上的單腿眼鏡。

老闆和他一起去幫老人搬家。

「我不搬。」老頭還是那句話，躺在床上，懷裡抱著老貓，收音機在床邊的小桌子上「呀呀」響。他剛給受傷的腳抹了藥，灰色的床單上斑駁地留下了紅色、黃色的藥水印，濃濃的藥水味道裹挾著霉味，讓他剛吃的早餐在胃裡翻江倒海。他來時，老人已經受傷躺在床上了，偶爾外出，走起路來總是一瘸一拐的。

「不搬？交房租啊。」老闆的口氣很不好，氣急敗壞地吼道。

「半年沒返工了，冇[3]錢交房租。」老人的聲音比老闆還大，阿維站老闆旁邊，額頭都露出紅暈了。老人在香港住了好多年，一直租住老闆的鐵皮屋，平時給老闆打零工。半年前幹活的時候，自己摔了一跤，大腿被工地的釘子扎了一個窟窿。剛開始以為沒事，後來越來越嚴重，再也不能幹活。老闆才又新招了一個雇傭工，他才從印尼到香港。

「好了好了，你欠的房租不催你要，你趕緊搬走吧。你的簽證早就過期了，警察隨時會來查證件，你不走我怎麼辦啊？」老闆的聲音低了下去。

「我在你工地上受的傷，你倒要把我趕出去？工作簽證到期，怪我嗎？你自己不簽的。」老人嘴裡嘟嘟囔囔地罵道。

「怎麼簽啊？又不是我不想和你簽，入境處停止尼泊爾的工作簽，我有什麼辦法？」老闆氣得要跳起來，那隻貓嗚喵了一聲從他胯下竄了出去，戴在貓頭上的眼鏡掉在地上。他這才發現，眼鏡不只是掉了一條腿，只有一塊鏡片，另一塊是空的。他將眼鏡撿起來，放在老人的床上。

---

[3] 冇，粵語「沒有」之義。

「讓警察來抓我好了，你看我的腳生蟲子了，走不了路了。」老人態度堅決。

「還威脅我了。」老闆罵罵咧咧幾句後走了，他留也不是走也不是。

「我是不搬的，你隨便。」老人從床上坐起來，套上拖鞋進洗手間。過了一會兒，老人往電熱壺裡燒水，從抽屜裡拿出一包方便麵。

「這個給你。」阿維從口袋裡掏出兩個煮雞蛋，早上吃早餐時，他偷偷裝進口袋裡，老闆的雇傭工包吃包住。

老人從床頭拿起眼鏡戴上，一本正經地盯著阿維看，笑了笑，接過雞蛋。

「我來香港是要賺錢的，我不回去。」老人的方便麵煮好了，裝在一個鋁盤裡。雞蛋就放在桌子上，老人沒剝，先喝了一口熱麵湯，然後慢慢地用叉子吃麵條，好像他並不站在他面前，他手裡還拿著老闆給他的幾個藍色的編織袋，是幫老人打包東西用的。

他走到院子裡，司機已經坐在車上等他：「不搬嗎？」

他搖頭。

「他要是不搬，會害死老闆。不過，跟我們有什麼關係呢？」司機嘿嘿地笑，露出譏諷的神情。他沒有心情和司機說話，也不問司機要去哪。

「老闆也是貪小便宜，明知他沒有簽證，一直雇他幹活。有什麼辦法呢？香港老闆都這德性，不願意多請一個本地人。」司機是個大胖子，一年四季都穿一條短褲，趿一雙人字拖，只有開車時才換上一雙運動鞋。那雙運動鞋早就看不出真面目，灰不啦嘰的總是散發出難聞的腳氣味。

「本地人的最低工資，每天比我們還多三百港幣。」好幾次，巴基斯坦人不服氣地對他說。他點頭，要不然老闆就沒必要雇傭他們外籍工了，工資高的一天也才兩三百港幣，可以省這麼多錢呢。

「請一個本地員工夠請兩三個印尼工了，印尼人都幹最辛苦的活。告訴你，尼泊爾大叔沒受傷前，給老闆幹活，都是日結，一天就一百港幣。」印尼工友的話讓他醍醐灌頂，他再看老闆時，就覺得老闆不再是那個樸素的老闆了。阿媽警告他，幹自己那份活賺自己那份錢，他是要長期在香港幹活的，不要以為老闆不會開除雇傭工。

「走了，去西貢幹活。」司機示意他繫上安全帶後，加足了馬力，大聲對他說。

老闆在西貢租了一大塊農田要開農家樂[4]，前些天已經運了幾車鐵皮材料，又要搭建一排房子。

「會有人去嗎？」他問司機。司機是香港本地人，老闆不在時喜歡對他們幾個外籍雇傭工指手劃腳，他們都不喜歡他。

「怎麼會沒人去，週末放假就有客人了，老闆會做虧本生意？」司機從鼻子裡哼了一聲，打開車

4 農家樂為中國大陸地區自一九九〇年代以來，廣泛分布於城市近郊以農業和鄉村消費為特點的旅遊、娛樂、休閒度假的場所總稱，也是對近郊休閒度假方式的總稱。農家樂在產業方面屬於休閒農業、觀光農業範疇，多被冠以鄉村旅遊之名，具有典型的中國鄉村文化特色，其服務包括四季瓜果蔬菜採摘、登山踏青、山野垂釣、體驗農活、品嘗農家飯等。

載音樂，不再理會他。

陳生的女兒去英國留學後，阿媽的雇主家只有陳生和陳小姐養的金毛了。陳生是做跨國貿易生意，在旺角租有辦公室，請了員工，卻經常把工作帶回家做。阿媽不只是他家的女傭，更像管家。陳生對阿媽是真的好，工資卻不肯多付。

「星期天，你也不休息嗎？」好幾次，他在電話裡向阿媽抱怨。星期天是他們這些外傭的休息時間，公園裡、商場過道、天橋下全是他們聚集的身影，卻總不見阿媽。

「要不，你來一趟油麻地吧。」阿媽在電話裡說道。陳生家住油麻地。

「我去油麻地，你就休息嗎？我們可以去公園走走，拉爾亞尼姑姑也想見見你。」他不知道阿媽多久沒見過拉爾亞尼姑姑了，他們有個同鄉會，星期天會聚集在一起聊聊天，吃家鄉的美食。

「你阿媽不願意見我呢。」拉爾亞尼姑姑是阿爸的親妹妹，也在香港做女傭好多年了，苦笑著搖搖頭。

「她是真的忙，星期天還要照顧金毛。」他替阿媽辯解。

「到底你是她兒子。她是不想原諒你阿爸。」拉爾亞尼在天水圍照顧老人，她每個星期天都要出來透透氣。

「只有這一天，我才不是女僕，我不要加班費，我只想要自由的一天。你說呢，阿維？」拉爾尼亞姑姑比在印尼時胖了，不說話時愛抿嘴。他從美娜多來的時候，去她家看過她的兩個女兒，還幫她們帶了禮物送給遠在香港的媽媽——其實是兩幅畫，女兒們在中學畫的畫。

他和拉爾亞尼姑姑在天水圍公園見過幾次面，阿媽總是臨時失約。

「阿維，你見過你阿媽的老闆嗎？聽說是個男雇主，家裡沒有別的女人，平時只有你阿媽和他兩個人在家。」拉爾尼亞姑姑陰陽怪氣地乾咳了兩聲，又抿嘴而笑。

「又亂說。」他不高興了。他不想和阿爾尼亞姑姑在公園裡待太久，那些同鄉，有他認識的，也有不認識的。阿爾尼亞姑姑說想幫他介紹一個女朋友，剛從美娜多來香港的女孩，他陪阿爾尼亞姑姑坐了好一會了，女孩還沒來。

「你阿爸早就懷疑了，要不也不會離婚，不知道的還以為是你阿爸的錯。」阿爾尼亞姑姑說著拿起手機接電話，那女孩坐地鐵從大沙田過來了，出了地鐵站不知道往哪走。

他又陪阿爾尼亞姑姑和女孩坐了一上午，午飯是阿爾尼亞姑姑帶來的盒飯。阿爾尼亞姑姑住得近，照顧的老人挺好說話，允許她星期天早上用廚房做美食，推一輛小車到天水圍公園再賣給她的同鄉，價錢公道，主要是能吃到家鄉的味道。天水圍公園的長座椅，一到星期天就成了他們的天堂。

下午要不要去油麻地，阿維一點主意也沒有。那個女孩沒能提起阿維的興趣，長得倒是小巧，從見面到吃完午飯，她都只是不停地抱怨女傭的工作太無趣，想回美娜多。

阿媽的電話又催了過來，阿爾尼亞姑姑一邊和女孩低聲聊天，一邊豎起耳朵聽他和阿媽說話。

「一會我們去打球呢。」他向阿媽解釋，他約了幾個同鄉人下午在社區的籃球場打一場比賽。

「打了球再來？我們在家吃炒飯？」阿媽在電話裡一直懇求。他嘆口氣，說得好像在美娜多自己家一樣。

「你來看我們打球，打了球我們吃沙爹烤肉。」阿維看了一眼姑姑，故意大聲說道。

他其實不想浪費星期天的時間，星期一到星期六都在工地做工，幹的是苦力活，又累又困，只有星期天才能休息。他們不會像在雇主家做雇傭的女人們一樣，星期天一大早就跑到公園長廊、商場過道、天橋底下撐一把雨傘，鋪幾張報紙、紙皮聊天睡覺。他們會在宿舍裡睡一上午的懶覺，起床後還是想自己尋點樂子，去打球，去沙灘游泳、開派對。上次一個在船上當雇傭工的朋友還借了老闆的漁船，星期天帶他們出海玩了一天。那天捕到的魚還真不少，當然最後所有的魚都歸漁船老闆，卻不耽誤他們在船上吃喝玩樂。他會烤魚，烤出來的魚外焦裡嫩，灑上辣椒粉、咖喱，香氣撲鼻而來。他們上船之前在印尼人開的小店裡買了兩箱茉莉蜜茶和幾大袋木薯、蝦片。船上可以烤魚，做咖喱雞絲湯，幾個男人吹著海風，手機裡音樂響起時，幾個人都跳起舞來，下回一定要請幾個年輕女人一起出海玩。那些年輕的女人卻不屑於和他們出來玩，生怕大海會讓她們迷失在香港，找不到回印尼的路。他們倒真希望此時不是在香港，如果在印尼自己有這麼一艘漁船，誰還會到香港打工呢。

他來香港幹活後，第一次去看阿媽，也是星期天休息時。和阿媽約好在她家門口的公園見面，他都到一個小時了，阿媽還沒下樓。他是不願意去阿媽的雇主家的，阿媽電話裡催他快點上來，陳小姐讓他上來。他不知道陳小姐已經從英國回來，他按門鈴時，阿媽在洗手間給金毛洗澡。陳小姐給她開的門。這是他第一次見到真人，他小時候穿過很多她的舊運動服。

「進來吧。」陳小姐的目光在他身上打量了一下。他還沒張口和她打招呼，她又問了一句：「你會修電腦？」

「他會。你來試試。」阿媽從洗手間探出頭說道，金毛本來坐在洗澡盆裡，聽到外面有人說話，也從澡盆裡站起來跳到門口，身體全是白色的泡沫。

「金毛，好好洗澡，姐姐一會帶你玩。」陳小姐對金毛說道。

他漲紅了臉，不敢看她。阿媽給他使了個眼色，他趕緊跟她進了書房。

「昨天還好好的，今天開機後一直藍屏，重啟過幾次了。」她讓他坐。她的書房其實就是陳生居家的辦公室，堆滿了各種文件資料。阿媽好多次在電話裡告訴他，她除了照顧陳生的生活起居，還要幫他整理文件。阿媽有一次自豪地說，她是陳家的管家，不是一般煮食掃屋的保姆。阿媽的星期天沒有時間放假，總有做不完的事情。

「裡面的文件很重要，一會還要發個郵件。」她站在他身邊說道。

「阿維不會偷偷拷貝文件，他和我一樣誠實。」阿媽已經替金毛洗好澡，還幫金毛吹乾了身上的毛。金毛歡快地走進書房，眼睛一直盯著他看，還朝他汪汪叫兩聲。阿媽繫一條藍底白花的圍裙，不知什麼時候也走進了書房，站在門口對陳小姐說道。

電腦修好了，他鬆了一口氣，她也鬆了一口氣。

他從她的座位上站起來，她驚喜地拍了拍他的肩膀，坐電腦前埋頭發郵件。

「你還在這裡？」她抬起頭看了他一眼。

「我可以走了嗎？」他聳聳肩，指了指她的電腦。

「你還會什麼？」她讓阿媽給他倒杯果汁，繼續低頭在鍵盤上打字。

他小聲問阿媽，他們是去外面吃嗎？

「你們在家裡吃，我在外面吃，約了朋友，晚上我也不回來吃了，記得給阿爸留飯。」陳小姐關了電腦，囑咐了阿媽幾句後出去了。

「來，你到我的房間坐坐。」阿媽拉住他往她住的保姆間走去。

「這麼多貨。」他驚嘆道，阿媽睡上鋪，下鋪床上、地板上、架子上全是各種電子產品。

「阿爾尼亞姑姑從前的雇主家好擁擠，她晚上睡廚房，半夜肚子餓了從冰箱裡拿牛奶喝，被雇主一頓罵。」阿媽把下鋪的貨往床裡推了推，讓他坐。

他前年聖誕節來時，就睡下鋪。那幾天陳生老是打視頻電話給阿媽，好像擔心他們會邀請別的同鄉到家裡來。

「都是樣品，陳生做跨國貿易，好多工作都拿回家做，所以我很忙的。」阿媽在印尼讀過大學，還沒畢業認識了阿爸。

「陳生不在家？」他明知故問。

「去深圳談生意了。你幫我測試這一箱貨？我去給你做好吃的。」阿媽讓他坐下，指了指牆角的一大箱數據轉換線。

「你阿媽給你開工資？」陳小姐穿著一條綠色的裙子站在他背後格格笑，把他嚇一跳。

「你回來了？」他站起來。

「朋友放我鴿子了，我回來吃晚飯。姐姐，記得我要喝湯。」陳小姐手裡拎了一個紙袋對阿媽叫道。

他走時，陳生還沒回到香港，他幫阿媽把樣品都測完了，陳小姐一直在書房裡玩電腦，阿媽牽金毛下樓送他。

阿媽出門前換了一條藍色的套裙，有點緊繃，她每說一句話，他都擔心她呼吸不上來。

「陳小姐畢業了，回來替陳生做事。」阿媽絮絮叨叨說個沒完。

「阿爾尼亞姑姑幫我介紹一個女朋友，也在香港做女傭。」他對阿媽說。

「陳小姐是我一手帶大，她人其實很好的。」阿媽似乎沒聽到她說的話。金毛遠遠看到另一條狗，興奮地要追上去，阿媽緊緊拉住。金毛力氣大著呢，阿媽差點摔跤。

「她是你的雇主而已，你以後還是要回美娜多。」他喝斥了一聲金毛，金毛停下來，做錯事似的搖了搖尾巴，卻心不甘情不願地眼睛瞟向不遠處的狗。

「我身上這條裙子就是她不穿了送給我的。」阿媽又自顧自地說道。她不說他也知道，那不是阿媽這體形的衣服，小一碼呢，穿在阿媽身上，怪怪的。

「阿維，我想央求陳小姐，讓她和陳生說說，看你能不能去他公司做事。」阿媽突然神祕地對他說道。

「我的事不要緊，老闆挺好，每個月都準時發錢。星期天，你還是休息休息，去找找阿爾尼亞姑姑她們一起聊聊天。」他摟了摟阿媽在她耳邊輕聲說道。

「下星期天休息你還過來陪我？陳小姐想讓你教她游泳。」金毛煩躁不安，兩人都蹲了下來，阿媽摸了摸金毛。金毛不想一直待在一個地方，他們站起來繼續走路，由金毛在前面走，帶著他們兩個。

「下星期天老闆要請朋友去西貢燒烤，我答應了他那天不休息過去幹活，老闆付加班費。」阿維笑了笑。吃晚飯時，陳小姐說要去游泳館游泳，他推辭沒有帶游泳衣，一會還要坐車回元朗，太晚了。「下次去吧？」陳小姐半是撒嬌半商量問他，他點頭又搖頭，陳小姐嘆口氣進書房了。

他趁機跟阿媽說要走了，兩人這才帶金毛一起下的樓。

老闆在西貢的莊園依山傍海，搭了一個很大的鐵皮棚，幾十個燒烤架子，可供上百人一起玩樂。「阿維，以後你就在西貢上班，星期天都不休息，給你漲工資。」老闆拍拍他的肩膀。

阿維點頭，在西貢上班，雜事多，隨叫隨到，最多的就是幫客人點火燒炭，客人走後收拾烤架、打掃垃圾。

尼泊爾大叔的傷好了，雖然走路還是一瘸一拐，卻不影響他幹活。燒烤場生意出乎意料地好，人手明顯不夠了，老闆不捨得招太多服務員，除了收錢的和兩個看場子兼管理倉庫的是本地人，其他打雜的都是外傭工人。尼泊爾大叔和他的貓也來了，和他睡一間鐵皮房。

阿爾尼亞姑姑介紹的女孩，他們又單獨見過兩次，她還是抱怨她的雇主，卻不敢輕易不幹了，交了這麼多擔保金才來的香港，中途解除簽約，兩個星期內找不到新的雇主，就不能留在香港了。

「賺到錢，我們回美娜多開燒烤店。」客人都走後，他幫老闆把燒烤場收拾乾淨，按理已經很累了，想到來香港之前和阿媽討論開店的事，突然渾身都有使不完的勁似的，他興沖沖地給阿媽打電話。

「我們？你和我嗎？」陳小姐在電話那頭格格地笑，他怔了一下。

「逗你玩呢，姐姐在洗澡，一會再打來。」

星期天，陳生帶陳小姐和阿媽、金毛都到西貢玩，老闆的生意異常火爆，客人絡繹不絕。燒烤場有免費淋浴室，客人們下海玩累後都要吃燒烤。都知道他會做可口的烤魚，很多慕名而來的客人非要他幫忙做烤魚。

陳小姐換了泳衣要去游泳，陳生從包裡拿出兩個飛盤帶金毛一起去海邊。那天的浪很大，其實不適合游泳，又是野沙灘，無人看護。他在燒烤場上幫客人烤魚時，眼睛時刻向海灘上張望，只看到金毛在浪裡划水去接飛盤叼回岸上。陳生不下水，只有陳小姐和金毛在海裡玩，阿媽提著陳小姐的包站在沙灘上，一會兒看向海裡，一會兒往燒烤場看。

「焦了。會不會烤？」客人叫起來，連他都聞到焦味了。

「我重新幫你烤一條。」

「這不是鱸魚，也不是魷魚，是黃魚，再烤一條？」客人將烤焦的黃魚翻起來，黑乎乎的皮。

「還可以吃，只是皮黑了。」他心裡一咯噔，這條黃魚是客人自己帶過來的，燒烤場沒有這麼貴的魚。

「吃？你吃？」客人將盛魚的盤子扔到一邊的桌子上，要找老闆賠錢。他的腦子轟一聲響。

「魚呢？」老闆來時，大家這才發現魚不見了。

「在那，貓叼走了。」有人叫道。

阿維順著聲音望去，尼泊爾大叔的老貓飛快地將魚叼往沙灘。

「好幾千港幣呢，快，把魚搶回來。」人們像發了瘋似的往沙灘跑去，一隻灰色的老貓而已，無處可逃。

「貓。」尼泊爾大叔癱坐在燒烤場向阿維叫道。

貓不會游泳吧？他也向沙灘跑去。

金毛馱著貓，貓叼著魚在海裡撲騰。陳小姐游得越來越遠，卻趕不上金毛。

「怎麼回事？」有人小聲嘀咕。

「暗潮。」他大吃一驚，跳進海裡。

魚不見了，貓也不見了，只有金毛游了回來，在他和陳小姐後面，費力地往沙灘上游。他不知道這個海灘竟然會有暗潮，他拖著陳小姐，已經精疲力竭。有人報了警，警察來時，客人早就走光了，卻要查他們的證件。尼泊爾大叔在沙灘上哭他的貓時，被警察帶走，被帶走的還有老闆。

「真見鬼，就不該讓外傭星期天上班。」老闆從他身邊走過時狠狠瞪了他一眼，他腦子裡一片空白。

「這下好了，老闆被關，我們沒工作了。」印尼工友哭起來，他想安慰他，卻不知道說什么好。

「失業對於外傭來說比失戀還要殘酷。」阿媽站他旁邊喃喃地說。

「工作還會有的，只是不管我們做多久，在香港待十年，二十年，三十年，我們都沒有居留權。總有一天我們要回美娜多開店。」

「我在印尼時也總想有一天還是要回來。」陳生拍了拍阿媽的肩膀。

「那不一樣。」阿媽搖頭。

「是不一樣。」陳生看了阿媽一眼，又看阿維一眼。

鐵海棠

劉娙沒想到事情比她想像的還要糟糕。香港第五波疫情到來，先是聖誕節期間零星地冒出幾個病例，以為會像前面幾波，很快可以清零。不曾想到還沒到春節，疫情就不受控了。她是去年才被香港的大學錄取，讀的是藥學博士研究生，九月分才和兒子一起從深圳到香港讀書。在這之前兒子一直是個跨境生，每天往返香港、深圳。新冠疫情後不能正常通關，兒子便一個人住在他姨姥姥家，由表姐幫忙照顧兒子的生活起居。說起來，表姐和她並不熟，畢竟是外婆家的遠房親戚，並不常走動。第一次在姨媽家見面時，表姐拉著她的手說：

「小時候見過，不記得了？」

她遲疑了一下，搖搖頭。

「貴人多忘事呢。」表姐訕訕地笑了，她也跟著乾笑兩聲，使勁在腦海裡回憶，怎麼也想不起這個左眼角下方長一顆黑痣的中年女人到底是誰。

「你這痣是小時候就有的還是後來才長的？」她真的一點印象都沒有，沒話找話。

「打娘胎裡出來就有了，小時候沒這麼大，後來個子長高，痣也跟著長大了。」她用手摸了摸那顆凸起的黑痣，黑豆這麼大，還發芽了，有兩根細長的毛從痣裡長出，乍一看讓她想起了小時候在外婆家門口的鐵海棠根莖上硬而尖的錐狀刺，她有點替她擔心。

「那年春節，下大雪呢。你回外婆家探親，可亮瞎我們的眼睛了。真不記得了？」表姐好像想起了什麼好玩的事，嘴角咧了一下，笑了起來。

她緊張起來，小時候的事情，她幾乎全忘了。

「我們都穿笨重的棉衣棉褲、回力球鞋，你卻穿一條粉色的連衣裙，外面套一件白色的羽絨服外套，頭上還紮了兩個粉色的蝴蝶結髮夾，像仙女下凡。我一直在心裡想，你腳上那雙紅色的長靴子踩到雪地裡會不會留下紅色的腳印。哈哈，你打起雪仗來也是人來瘋。」表姐笑得有點誇張，要不是兩人說話時一直靠著中藥櫃，她真擔心她會笑倒了。

她說得像真的一樣，她卻怎麼也想不起來和她打過雪仗，不過粉色的裙子、紅色的靴子卻是有的，那都是香港的姨媽給她寄的。姨媽這一輩子沒結過婚，沒有孩子，從小就特別疼她，隔三岔五給她從香港寄回各種漂亮的衣服和書包。她高中畢業填高考志願時，聽從了姨媽的話報考了醫學院，和姨媽一樣成了一名醫生。這些年，姨媽早就把她當成自己的親閨女，一直慫恿她辭職到香港和她一起生活。她捨不得深圳的工作，好歹是公立醫院的醫生。

「你來香港，到我的診所上班，不好嗎？」姨媽總是避重就輕地問她。

「打黑工？」她笑問。

「只要想來，就有辦法。」姨媽瞟了她一眼。她笑了笑，能有什麼辦法？頂多就是打黑工了。這麼子想時，她就不由得多看了兩眼遠房表姐。

表姐來香港投奔姨媽好幾年了，斷斷續續聽她說起，在老家生了兩兒子，男人不中用，喜歡喝酒，還愛賭，欠了好多債。

「其實就是躲債來了，家裡親戚的電話都被追債的打爆了。」表姐時常夜裡還做噩夢，大喊大叫，好幾次，在另一個房間睡覺，她都被她嚇醒過。姨媽白了她一眼，懟她說道：「那都是自找的，能怪誰？」

「這不洗心革面了嘛！」表姐聲音低了下來。

剛開始只是她家的男人賭，男人賭紅了眼，她不信這個邪，罵男人笨，被人出老千還執迷不悟。她一肚子不服氣，她上桌，男人只顧在背後幫她看牌，她一心只想把男人輸的錢贏回來。小鎮上的賭場是有些名氣的，經常有大的玩家從縣城來，老闆還臨時給莊家放高利貸下注。好幾個晚上，她都小贏了，男人對她心服口服，兩口子腦門一熱，找老闆打借條簽字畫押借了錢，下了大賭注，想一本萬利來著。

男人的賭癮沒戒掉，她卻把家輸了個精光，還欠了賭場老闆幾十萬高利貸，一天不還錢一天沒個安生日子過。男人早就扔下他們母子跑路了，賭場老闆追債的都是外地請來的小後生，個個練得一身功夫，動起刀子來從不眨眼。她辦了旅遊簽，悄悄跑到香港投奔姨媽。內地的手機號碼沒有開通全球漫遊，再也沒有人知道她在哪，再也沒有人能聯繫上她。七天的旅遊簽馬上就過了，她卻不願回去。「回去做什麼呢？回去就被那幫人抓到，又沒錢還，利滾利，早就算不清了。」她哭著懇求姨媽收留她。姨媽左右為難，給她打電話，她匆匆從深圳趕去香港當說客。

「這是非法逗留，被抓也是要遣返回大陸，還要坐牢。」她急得直跺腳。

「不怕，被抓再說，坐牢比被人砍死強呢。」她可憐兮兮地四下張望，好像背後真的有人追過來。

「你在這他們也能找到你。你能到香港，別人也可以到香港。即使你到國外，追債的也能追到國外。除非人間蒸發了，誰也找不著。」她繼續勸，卻被自己繞了進去。

「沒人知道我在香港，你不說，姨媽不說，阿婆更不會說。」她的手緊緊抓住中藥櫃的把手，不小心把抽屜拉了出來，決明子灑了一地，她臉漲得通紅，眼淚就下來了。

她們都慌了手腳。那是一個老式的中藥櫃，本來抽屜就是活動的，一用力就會拉出來，有半包決明子沒用完，放在抽屜裡沒封好袋口。菲傭剛好帶外婆出門散步回來，外婆已經八十多歲了，這幾年有點糊塗，經常分不清哪個是自己的外孫，哪個是自己的女兒，時常將她和姨媽叫錯名字，卻在門口遲疑了一會後叫出了表姐的乳名。

「阿燕，你來了？」外婆伸出長滿老年斑的手，在表姐的臉上摸一把，手停在那顆黑痣上，用客家話和表姐打招呼。

明天星期天，菲傭姐姐要休息，姨媽明天有事要外出。晚上她住姨媽家，明天照顧外婆。她心裡思量著，先不和表姐說了，明天還有一天時間呢，表姐的簽證明天到期。

「他們隨便一查就知道你辦旅遊簽出境了，現在的信息這麼發達。今天你能躲在姨媽家，明天他們保準能找到你。」她想了一個晚上，難聽的話說不出口，吃早餐時繼續半哄半嚇地對表姐說道。

「妹子，還是你想得周全，讀書人就是不一樣。」她一夜沒睡，眼睛都腫了，吊著兩個大大的眼袋，那顆黑痣顯得更大了。她輕聲嘆了口氣，星期天晚上和她一起從香港回了深圳，在她家落腳。她剛過香港關，電話就沒停過，幾百個未接來電和信息「叮叮咚咚」地響個不停，大冷天的，她的額頭直冒汗。

「天殺的。」她叫了一聲，將她的手機遞給她看，那些恐嚇信息看得她觸目驚心，只感覺自己的家裡也不安全了，勸她把手機關了，重新去辦一張電話卡，尋思著過兩天幫她在深圳找個工作。

「重新辦也沒用，他們還是能找到，現在手機號都實名。」表姐搖頭，把手機關了，不再吭聲，誰也想不到更好的辦法。

她不告而別。兩天後，姨媽給她打電話，說表姐又到香港了，氣得她直罵人。後來才知道，她不知怎麼地就聯繫上了蛇頭，給了五千塊錢，先是從深圳坐了條漁船去珠海的小島，又從小島上換了香港的漁船，兩天後再次出現在姨媽家。姨媽哭笑不得，自此，只能收留了她。

「要不是走投無路，誰願意這樣？」她不知道表姐是怎麼哄的姨媽，姨媽在電話裡一直替她說好話，她氣得把電話掛了，後來再去香港，對表姐就變得愛理不理。直到疫情後，兒子不得不住在香港上學，表姐替她照顧兒子。

早些年，姨媽就在香港濕地公園附近買了一塊地皮，自己建了一棟房子，說是農民房，在香港卻是實打實的小別墅。那會北區還是香港人最窮最偏的地方，沒想到後來人氣慢慢旺起來，姨媽的家所在的地方倒成了一條商業街。姨媽在一樓開了家中醫診所，二三樓住人。外婆年齡大了，一直請一個菲傭照顧。菲傭和外婆住二樓，表姐來了後，在外婆房間裡將菲傭的小床換成了一個上下鋪。二樓還有一個房間，姨媽自己住。三樓的兩個房間，一直留給她和兒子。她很少在香港過夜，只是偶爾星期天姨媽有事要外出時，她才會在星期六晚上從深圳跑到香港，照顧外婆。

她一直都沒數清楚姨媽在香港到底有多少套房子，姨媽光靠房租就可以很滋潤地在香港生活，但姨媽卻一刻也不閒著，除了經營中醫診所，還經常去公立醫院坐診專家號，要不就星期天去當志願者，免費給街坊鄰居把脈開藥方。

疫情後，不方便過關了。兒子在深圳上了段時間網課，升中學後學校沒有專門給跨境生上網課，她只好讓兒子住姨媽家。表姐真的再也沒回過國內，也沒有追債的找上門，每天幫姨媽在廚房裡煎藥。外傭姐姐休息時，幸好還有表姐，兒子倒是被表姐照顧得很好，但她還是不放心，眼看疫情一直不結束，深圳、香港通關遙遙無期，才狠狠心將工作辭了，破釜沉舟般地到香港重新開始新的生活。

她不能像表姐那樣在香港打黑工，更不會以偷渡的方式。她可以辦探親簽，每三個月簽一次，倒也方便，但那不是長久之計，旅遊簽、探親簽都不能在香港工作。她的香港優才計劃申請失敗後，在四十歲時，向香港的幾所大學提交了博士課程申請書，以為只是一廂情願的事，卻沒想到真被錄取了。姨媽說得對，只要自己想來就有辦法，看自己有多大的勇氣挑戰新的生活。她以前沒想過人到中年還會回學校讀書，更沒想過自己有一天會通過考取香港的學位去拿香港身分證。學生簽辦下來的只是香港臨時身分證，畢業後可以在香港找個工作，有工作簽就可以光明正大地留在香港工作、生活。

「七年後，你就可以將臨時身分證轉為香港永久性居民身分證了。」有一次，表姐不無羨慕地對她說。

「我幫你問了，你也可以申請一個學位。」她對表姐說。

「妹子，不開玩笑了，我高中都沒畢業，這學費也不便宜。再說了，我也不能回去呀，回去不是自投羅網嗎？」表姐臉上的神形落寞寡淡，她心疼了一下。

「我沒你這麼好命，除非中了六合彩。」表姐又莫名其妙地說了句後轉身煎藥去了，留下她一個人尷尬地站著。中藥的味道在空氣中瀰漫開來，這濃濃的味道一點也不亞於醫院消毒水的味道。那是她熟悉的味道，從小到大，這味道總是在姨媽身上若隱若現，後來又成為她身上的味道。

「我年齡大了，藥房你繼續經營。」姨媽知道她決定到香港陪讀後，星期天早上在酒樓請她吃早茶時拍拍她的手說道。表姐假裝沒聽見，埋頭細心替外婆剝一隻大蝦。她同情地看了表姐一眼，沒有接姨媽的話，服務員剛好端上一蒸籠熱氣騰騰的馬蹄糕，她趕緊給表姐夾了一塊，勸她趁熱吃。

香港的碩士、博士學位是先申請後參加筆試和面試，看起來比內地大學容易多了，卻沒想到香港大學的學術氛圍更濃厚，讀了一個學期才知道什麼叫寬進嚴出。導師很忙，她也很忙，要在三四年內拿到博士學位沒這麼簡單，白天去學校上課或者待在實驗室裡，晚上回家檢查兒子功課後挑燈寫論文。星期天，想睡個懶覺，卻發現自從她到香港住姨媽家後，表姐總是在星期天同時和菲傭消失。

外婆要照顧，家務活要做，買菜做飯，還要幫姨媽替病人煎藥，又不好問她星期天都去哪了。直到有一個星期天，她帶外婆去公園，經過馬會時，才發現表姐拿張馬會的宣傳紙和幾個老男人蹲在一起竊竊私語。

「阿燕。」外婆拉了拉她，手指著表姐叫道。

「不是阿燕，認錯人了。」她趕緊把外婆拉走。

「只有阿燕長痣，我給錢阿燕幫買馬。」有時候連她都迷糊，外婆是真糊塗還是假糊塗，偏偏就記得表姐。

菲傭姐姐向姨媽告發，表姐哄外婆給她錢，姨媽還不信，外婆手上沒什麼錢，除了姨媽和她給的零花錢，外婆不用出門買東西。她是那天後才發現表姐每一期都買馬，每一期的六合彩從不落下。她又找過姨媽，總不能長期讓遠房表姐在她那繼續打黑工，被發現都脫不了干係，雇主也要負刑事責任。

「面子上過不去呢，那年她媽媽偷偷給我們家送了一袋小米，你媽和外婆才能勉強活了下來。有她幫忙我倒也能清閒。」姨媽抬起頭溫和地說。那些陳穀子爛芝麻的事，外婆一直不間斷地講給姨媽聽，姨媽便永遠地記著了。

「沒事，她平日裡都在廚房煎藥，沒人查。」姨媽的病人一般都是抓了藥後讓她幫忙代煎，近的每天過來取一次，遠的三四天煎一次，拿回家放冰箱裡，喝時拿出來熱一下就好，倒是方便。香港人的房子太小，好多人都沒有下廚的習慣，吃飯都在茶餐廳，煎藥就更難為他們了。

「表姐怕是把你發給她的工資都賭光了。」她小心翼翼和姨媽說了表姐買馬、買六合彩的事。

「買馬、買六合彩在香港是合法的。」姨媽顯然早就知道了，淡淡地說道。

「那也是賭。她一心想把輸的贏回來，怕都是下大注。」她還是隱隱感到不安，再也不敢給外婆零花錢。

「我勸過她，不中用。」姨媽朝她擺擺手，無能為力的樣子，讓她又好氣又好笑，六十歲的人了，還有操不完的心。

表姐終於消停了一段時間，星期天偶爾出去買菜時在外面晃悠的時間長些，再也不會一整天見不著人影了。她鬆了口氣。表姐還繼續買馬、買六合彩，不再藏著掖著了，床上、桌子上總有她寫過的單。表姐竟然和菲傭吵起來，菲傭說自己藏在枕頭底下的錢不見了，一定是表姐偷的。表姐也不服，說她放在抽屜裡的錢不見了，一定是菲傭偷的。兩個大人像小孩子一樣吵得不可開交，要不是她在家攔著，怕要打起來。

「報警。」菲傭在香港做了這麼多年，會英語，會粵語，還有自己的工會組織，一個電話事情就會鬧得不可收拾。

「你報啊，我還怕你一個外國人不成。」表姐氣急敗壞地跳了起來。

「外國人怎麼了，我在香港待了二十多年，我是合法雇傭。」菲傭照顧外婆好多年了，平時都低眉順眼的，她第一次見到她發脾氣。

她把菲傭叫到一邊，向她賠不是，問她丟了多少錢。「五千。」菲傭伸出一個巴掌，五根手指因為激動豎了起來。

「五千？一個月都沒有五千的工資，你信她？」表姐急了，又叫道。

「好了，給你六千，再也不提了，不要報警。」她從錢包裡掏出錢，數了六張一千元港幣給了菲傭。

「不要你的錢。」菲傭像受到了侮辱，抱著頭尖聲叫道。

「還客氣，嫌少？」表姐的嘴巴不饒人，讓她煩躁不安。

「閉嘴。」她第一次凶了表姊。要不是想到姨媽會受到牽連，隨她們鬧去，警察來了又怎樣。表姐怔了一下，氣鼓鼓地下樓進廚房煎藥去了。她好說歹說，菲傭姐姐這才接過她手裡的錢，又退還給她一張，當著她的面去抖了抖她的枕頭。她睡下鋪，夜裡好照顧外婆，表姐一直睡上鋪。

香港第五波疫情說來就來，完全失控，正逢歐美宣稱要與病毒共存，英國也宣布即使檢查出陽性也不用居家隔離，正常上班，正常進出商場。香港的醫療系統很快就承受不住每日的新增，連隔離房間都早早就飽和了。

「明天星期天，外傭姐姐還是堅持要放假，這可如何是好？」星期六晚上，姨媽焦慮不安走進她的臥室和她商量。

「早知道會這樣的。」她嘆口氣，疫情嚴重，政府說了要少聚集，卻奈何不了外傭對星期天自由的渴望。

「她的幾個同鄉上次聚集就已經感染了，她真不怕死啊！我跟她說明天可以給她放假，不要她做任何事情，只要在家裡待著，我就給她額外的工資，她都不肯。想想辦法？」姨媽幾乎是懇求，她嘴裡答應著，明知道這是無法溝通的事情。外傭的所有星期天都要休息的，這是香港的法律賦予他們的權利。剛開始表姐還喜歡背地裡向她抱怨說菲傭太懶了，星期天也不肯在家多待一會。那時候，她時常替遠房表姐感慨不已，香港請了三十多萬的外傭，內地人到香港打工卻不被允許，這什麼道理嘛。

「有什麼辦法呢，即使你嫁到香港，頭幾年，沒有永久性居民身分證，你也不能打工，哪怕你在香港已經生了兩三個孩子，需要嗷嗷待哺。」表姐常年在廚房裡煎中藥，頭髮上、衣服上，甚至皮膚裡總是散發一股中藥味。姨媽幫她用中藥調理後，身體比剛來香港那會好多了。

「你表姐明天也說有事要出去，外面感染的人越來越多。」姨媽苦不堪言，疫情太嚴重，她明天要去醫院當志願者。

「沒事，我在家。」她才不會真的去勸外傭姐姐，也不會去央求表姐。

「明天有幾個客人過來拿藥，藥方子還按上次的，我囑咐他們帶藥方過來，你照應一下。記得戴好口罩，不要讓孩子和外婆下樓。我要晚點才能回家。」姨媽的診所裡進了好多蓮花清瘟和魚腥草、快速測試套裝，又多請了兩個臨時工幫忙免費給街坊鄰居送救急藥品。

警察進門時，她正在幫病人抓藥。

「有人舉報，你們這有人違法工作。」

她的心臟都跳到嗓子眼了，姨媽請的臨時工都有香港永久性居民身分證，只有她沒有。她讓警察稍等一會，她回房間拿身分證，趁著這功夫，趕緊給表姐打電話，叫她千萬不要回來。

「我早就知道了，她會報警的。」表姐冷冷說道。

她鬆了一口氣，顫抖著從包裡找到自己的香港臨時身分證，上氣不接下氣地跑下樓，遞給警察。

「你在這裡工作？」阿Sir拿過她的身分證登記。

「疫情嚴重，店裡人手不夠，我只是幫一下忙，這是我的學生證，我是香港醫藥學的博士，不算打黑工吧？」她讓自己鎮靜一些。

「算，嚴格來說算的，女士。」警察停下手中的筆。

「香港疫情這麼嚴重，我只是想幫忙，你看，這個店裡的藥都是免費分發給有需要的街坊。」她指了指門口排隊領藥的街坊，希望有人能替她說一句公道話，人們默默地排隊領藥，請來的臨時工也默默地發藥。

「我只是做志願者。」她又說。

「你有組織嗎？志願者的組織？」

「沒有。」

「你有香港永久性居民身分證嗎？」

「沒有，你看到了，我只有臨時身分證，我是香港的學生，通過學生簽證辦理的臨時身分證。而且我是學醫的，我也想替香港出一份力。」她努力讓自己平靜，真是要命，遇到一個公事公辦的阿Sir。

「你可以請律師。」

「我在深圳是個醫生。我只是想去姨媽的藥店幫忙，給街坊送藥。」她嘆了口氣，那些條條框框在香港人的眼裡很難變通。

她還是被請到了警局，以在香港非法打工的罪名，那真是一件匪夷所思的事情。電視上報導，香港疫情嚴重，林鄭月娥已經向中央申請援助，一批醫護人員正過關前往香港。姨媽給政府打了電話，她的導師也打了電話，幾個小時後，她被放了出來。她進入家門，在門口遇到了表姐，似乎一直藏在對面，就等她出來。遠房表姐卻決定離開香港，她嚇一跳，這時候要逃離香港回內地，可不容易。

「試一試吧，總比在這裡被抓強，你不是剛從警局回來嘛？」表姐苦笑一聲。

「要不，先躲兩天，太多人感染了。」她一時半會也想不出更好的辦法，早知道會是這樣的結果，遲早而已。

「我真的沒拿她的錢。」遠房表姐低著頭委屈地說道。

「怎麼回去？」她明知故問，除了坐船偷渡回去，表姐沒有別的方式可以離開。來時就沒過關，回去也過不了關，除非自投羅網，直接去警署坦白坐足了監再出來。

「即使被抓，我也不會說是在姨媽這裡打工。」她說。

「何苦呢？」她不知道說什麼好。表姐沒有身分證明不能打疫苗，也不能外出測核酸，只能自己在家裡快速測試。如果感染，更沒辦法去醫院治療，事情到了這一步，她們都不得不承認她能安全回到大陸是最好的辦法。

「萬一被抓呢？」她還是害怕得要命。

「蛇頭說沒問題，只要不是陽性，就可以安全回去。我天天都測，一直是陰性。」表姐衝她慘澹一笑。

「以後就不回來了，這幾年攢的錢也夠還債了，我買馬真的中過一次，沒有玩過大的。」她的嘴角咧了一下，不知道是苦笑還是幸福的笑，她抱了抱她，心裡很不是滋味。

「什麼時候走？」她問。

「今晚就走，夜裡，如果不出意外，明天天一亮就到珠海。」她早就收拾好行李，行李倒不多，一個小皮箱，能不帶的東西都不帶。

表姐走了好幾天了，一直沒消息。新聞裡說從香港偷渡回大陸的，有人感染了新冠病毒。又有人說大量香港人偷渡逃離香港，自媒體更是將深圳灣一個跳海自殺的男子，當成從香港游泳偷渡回來，什麼三十年河東三十年河西，各種辱罵聲都出來了。又一個星期過去了，表姐還是一點音信都沒有。她在香港的電話號碼買的是3M公司的，每月三十三元港幣，任打，每月60G的流量，回到大陸後卻再也打不通，微信也一直沒回覆。

「說好的，一回去就給我們報平安的。」姨媽喃喃說道。

不如跳舞

「還是留在香港吧。」阿元給孟妮剝了個橘子，細心地將包纏橘瓣的白色經絡絲扯得一乾二淨才餵進她嘴裡。

「香港有什麼好？」孟妮吃完了個橘子，半晌才輕輕吐出一句話。

本科畢業繼續讀碩士研究生後，他們已經為這事討論無數遍了，誰也說服不了誰。

「香港什麼都好啊。香港有中環，有維多利亞港灣，買神仙水[1]便宜。」他掃了一眼她放在椅子上的購物袋，崇光百貨 SOGO 週年慶店，他陪她去買了一堆護膚品。

「香港房子太小，我喜歡深圳的大陽臺。」她掏出濕紙巾擦了擦手，又擦擦嘴唇後拿出粉色化妝包，從化妝包裡掏出聖羅蘭黑管唇釉，往嘴唇上輕輕一抹，她的嘴唇變得飽滿性感，讓他著迷。

他想說我們可以申請公屋過渡，有錢了也可以買帶陽臺的房子。還有兩年，她在香港居住滿七

[1] 神仙水：指化妝品牌SK-II的水狀精華液。

年，就可以申請香港永久身分證和公屋。他最終還是沒有說，她被幾隻麻雀吸引住了。香港除了有野豬，還有麻雀，麻雀真多，拿塊麵包走在路上，把你的麵包奪走的絕不是野豬，而是看似不起眼的小麻雀。

從西鐵站出來，穿過天橋，他看到天橋下排著長長的隊伍，隊伍裡的人被一條藍色的絲帶固定成兩排，給行人讓出行走的位置。那條街道有一家素食館，不用說，今天下午有派送福飯的活動。他的眼睛在隊伍中尋找，在幾輛黑色的輪椅車上停留片刻，他就能找到父親。母親站在父親輪椅旁邊，顯得與眾不同。母親嫁到香港生活二十多年，略黑的皮膚還是讓人一眼就認出是印尼人，有好幾次，她都被誤以為是他們家的外傭。

「你要回家嗎？」孟妮順著他的眼睛看去，要從他手裡拿過購物袋，問道。

「晚點。」他沒有給她購物袋，牽起她的手朝著天橋另一個方向走去。

房子是她租的。大一申請了學校宿舍，大二沒有申請到，就在西鐵站附近租個單間公寓。內地到香港的新移民最受不了的就是，香港的老房子小且大多沒有陽臺，四四方方的，像個火柴盒。香港的房子大多都這樣了，寸土寸金的地方，沒有晒衣服的多餘空間。她不習慣樓下的洗衣機房，自己配了臺洗烘兩用的洗衣機，烘乾倒是極少用，女生的衣服，沒幾件受得了高溫烘乾。

他倆好上有三四年了吧，從大二就開始，分分合合，總是捨不得的。有一段時間在家上網課，她在深圳的家裡，他真的瘋了一樣想她，怕她再不回香港了，那他是沒一點辦法的。好在學校很快又可以開半天面授課了，他倆還同時都考上了學校的研究生。他本科畢業後就不想讀了，家裡條件不允許，領著政府綜援呢。她慫恿他，香港碩士研究生一年半就畢業，挺一挺就過去了，拿個研究生畢業證好找工作，薪酬也高。他不是不知道，兼職繼續做著，能維持就繼續讀書了。

「阿元，這些都帶上。」他都到走廊等電梯了，她穿著拖鞋從房間追出來，手裡提著一個鼓鼓囊囊的白色塑料袋。他出門之前已經把家裡的垃圾清理，此刻裝滿垃圾的黑色塑料袋早就提在手裡了。「昨天買的水果，我吃不完呢。」她剛洗完澡，臉上還敷一層深綠色海藻泥面膜。她跑出來的時候太著急，有幾根長頭髮從包頭髮的髮帶裡掉落出來，沾到了臉上的面膜。他看了眼還停在底層的電梯，空著的那隻手替她將頭髮捋了捋，撥到她耳朵後面。大拇指和食指上留下黏黏的海藻泥，他揉了揉掉落在地上後，才接過她手裡的白色袋子。剛好，電梯到了，電梯裡一個老婦抱著一隻貴賓犬，被她的樣子給嚇壞了，朝她激動地連叫三聲，一個勁往老太懷裡鑽。

水果都是晚上在集市買的，那時候的水果便宜，二三十塊錢就一大袋了。她就這點好，家裡有錢，卻從不亂花，除每套都好幾千的護膚品。他開始挺想不明白，女孩子怎麼就這麼捨得往臉上抹那麼貴的東西，一瓶神仙水，是他平時在大排檔跑腿做兼職好幾天的工資。

父親是他中五時在工地上出的事，以為救不過來了。在博愛醫院住了小半年，做了好幾次手術，半條命是撿回來了，下半身早就沒了知覺，手還能動，頭腦也清醒。父親生病前，租的村屋，底層，帶一個獨立的小院子，家裡還養了一隻金毛，兩房一廳，一家三口住著也舒服。父親出事後，房東不讓住了，說自家兒子要結婚，房子好好刷新後當新房。他又不是沒見過房東的兒子，才比他大兩歲，還讀大學呢，其實就是嫌父親屎尿都在床上，怕把房間糟蹋了。

父親從醫院回來，也早就動了要搬家的念頭，村屋住著寬敞通風，價格也不便宜，一個月一萬多港幣呢。父親之前在工地上班，做的紮工，號稱全香港最貴的工種，一天差不多兩千港幣，扣扣減減，一個月幹個十幾二十來天，算下來也有三四萬港幣。父親是存了一些錢，不多，他最大的心願是買一套房子給他們母子倆居住。中環、九龍的地段不是他們家能想的，天水圍價格低窪的地方就可以。他們還真的去看過幾次房，有好幾次父親都想咬咬牙付首付，錢是夠的，每個月能出二十天的工，月供倒也不怕。

「這兩年力不從心，幹一天得休一天，工期也不均，一到雨季大半個月不出工，要不再等等。」最後關頭，父親就猶豫了，每次他都略有點小失望。同學裡有一小半是自家買了樓，一半住的公屋，只有極少數租的房，他們家算是香港老移民了，還租房住。

阿嬤倒是有房，但那是阿嬤的家，不是他們的家。

「阿嬤還是不願意認媽媽嗎？」他每次陪父親去看望阿嬤都會問，父親把臉扭過一邊，假裝聽不見。

「我是媽媽生的兒子，阿嬤是不是也不喜歡我？」他小的時候問過阿嬤，也問過父親。阿嬤好像從不正眼瞧他，梳得一絲不苟的髮髻，用一個黑色網兜別在腦袋後面，怎麼看都像電視裡舊社會有錢人家的老太太。

阿嬤的頭髮早就白了，她每月染一次頭髮，每次都是等他過去看她的時候。她坐在洗手間高腳塑料凳上，一面大鏡子剛好照到她的上半身。他不願意幫阿嬤染頭髮的，又不是女孩子，做事總是笨手笨腳的，但阿嬤的表情容不得他拒絕。

「你媽就不該嫁給你爸，她就一個菲傭啊，我請她是來照顧我的，不是要搶走我的兒子。不跟你說，阿元，你不懂。」她是一個怪老太，脾氣倔得很，說起話來句句看似柔弱，卻像刀子可以割裂你的皮膚、你的肌肉，甚至你的血管。

父親出事後，阿嬤一次也沒來看過父親，躺在病床上的父親卻一次次指使他去看阿嬤。

「你去幫阿嬤換煤氣，她扛不動。」父親癱在床上以後，說話的聲音反而比以前高了，容不得他說半個「不」字。

他是不願意去九龍阿嬤家的，老太太一個人住在沒有電梯的唐樓頂樓，要爬六層樓的樓梯，狹窄的樓梯只容兩個人上下轉身，樓梯裡的燈泡經常壞掉，一閃一滅，時常搞得人心裡七上八下。阿嬤愛聽、愛唱粵劇，剛走到四樓，就聽到一聲：「我是名門淑女，千金之軀，豈可任意存妄念。」阿元在門口等了好一會，直到屋裡唱戲的人安靜了，才敲了阿嬤的門。阿嬤身著一身戲服出來開門，父親說阿嬤曾是唱紅了半個九龍半島的戲子，也唱來了這套三居室的房子。

父親被阿嬤趕出家門前，有一個房間是父親的，父親走後，他房間裡的床還原封不動地擺在門邊上。木製的簡易書桌從阿元記事起，一直擺在靠窗的地方，床和桌椅被阿嬤鋪上了一層灰色的防塵罩。另一個房間掛滿了阿嬤年輕時穿的戲服，有些她早就穿不下了。年老後的她比年輕時還是胖了不少，要胸沒胸了，只有肚子的贅肉鬆垮耷拉著。阿嬤自己的房間是從來不讓他進去，門一直關著。只有一次，他還小時，阿嬤忘了鎖門，他偷偷溜進去瞄了一眼，寬大的黑色雕花木床，垂掛的蚊帳積了一層老厚的灰，梳妝檯也是老式的實木框裡鑲了橢圓鏡片。

阿嬤每月染一次頭髮，更像是一種儀式。染頭髮前她會將客廳那臺老式唱片機，先擦洗乾淨，沏一壺茶。有時是花茶，有時是綠茶，有時是紅茶，更多的是普洱。房間裡有茶香的味道時，老唱片開始播粵劇，她這才換上一條黑色的家居服，招呼阿元幫她染頭髮。染完頭髮，阿嬤對著鏡子梳頭，一梳就半天。這當兒，阿元悄悄關上房門，走了。父親病了以後，阿嬤就不用煤氣了，改用電磁爐。他懷疑阿嬤平時根本不做飯，她桌子上總放著茶餐廳打包的飯盒，阿嬤的廚房地上餓死了好幾隻蟑螂。

他進屋時，母親正在給父親擦背，父親癱在床上這幾年，身子和脾氣一樣長了不少，母親越來越費力，才能幫他擦背翻身。

他們從村屋搬到這個有電梯的房子，原本是三房兩廳，被房東隔成了四個房分租。客廳沒有了，每一家都裝了劏房專用鋁合金。廚廁一體，房間被上下鋪的床占了一大半。他搬去和孟妮住後，母親就不用和父親擠在下鋪了，搬到他的上鋪睡。

他將手裡的水果放在地上，上前幫媽媽搭一把手，被媽媽輕輕推開了。

「我一個人就好了。」媽媽見到他回來，心情不錯，衝他笑笑，問他吃了沒，桌上還有飯。他一眼就瞥見了小飯桌上的盒飯，下午媽媽推爸爸出去領了兩個免費福飯，兩個人只吃了一份，留一份。

「爸爸最近感覺好些嗎？」他明知故問，從他進門起，父親看了他一眼後就一直半閉著眼睛，他繼續讀研後，父親一直不待見他。

「這兩天感冒了，咳嗽，吃了藥好些了。阿元，社工姐姐聯繫我們了，說很快就分到公屋了。」阿媽擦了擦臉上的汗水。

「又忽悠我們罷了，你也信？」父親甕聲甕氣地答了一句。

「年前就說快到我們了，這不年尾了，也快輪到我們了吧？」阿元附和著說。

「早就該申請公屋了，你就沒這麼累，就不會出事了。」媽媽扶爸爸坐起來，看了看爸爸的尿袋，滿滿一袋黃色的尿液，該換了。阿元進洗手間拿出父親的專用便盆，媽媽接過來，不讓他髒手。

「怪我了？你們終於知道怪我了？怪我躺在床上讓你們侍候？不如讓我死了算了。」父親什麼時候起，一開口就陰陽怪氣，母子倆習慣了，不理會他。

父親最近迷上了中醫，讓母親推他出去找中醫做針灸，又抓了中藥回家煎熬，父親的尿液裡全是中藥的怪異味道。

「阿元，這是社工的電話，我今天要了電話號碼，你明天打電話問問，是不是快分到我們了。」母親從床頭的錢包裡拿出一張名片遞給他。

「社工又不管分公屋，她的話你也信？她自己還在等著分公屋呢。」父親又嗆了母親一句。母親瞪父親一眼，臉上的神情便落寞起來。

「瞧你，我只是隨便說說。阿元，你問問，說不定真的快分到我們了，我們也好收拾行李搬家。搬了家，你可以帶女朋友回家吃飯了。」父親用手捅了捅母親，乾咳了兩聲。

「明天不能打，明天是星期天，人家要休息。」母親訕訕地說道。

「我明天在家照顧阿爸，你出去逛逛？」阿元心疼母親，母親在香港的朋友不多，從前一起到香港做女傭的姐妹，有的做了幾年不再來了，有的回家結婚生了孩子後又回來了。星期一到星期六都要在雇主家幹活，只有星期天才有時間休息。父親生病前，他們住有院子的村屋，阿媽的姐妹們每到星期天，就喜歡聚集在他家做各種印尼小食，聊聊家常。父親生病後，阿媽再也沒有休息時間，租了這籠子小的劏房，不要說姐妹們不好意思過來玩，真來了，也沒地方坐，何況家裡有個躺在床上的病人。

「你明天不上班？」阿媽的臉上掠過一絲驚喜。

「我換上晚班了，上晚班一個小時高十塊港幣。」阿元解釋道。

「你阿媽也該出去走走了，都怪我。」父親坐累了，要躺下來。他想晚上在家住一晚，替母親照顧父親，父親橫躺著，發胖的身體占了整個床。他又和母親說了一會話後回孟妮的出租屋，又問母親明天早上是想吃腸粉還是包子，他回來接她的班時，從早餐鋪裡帶回來。母親指了指桌子上剩的那盒福飯，指了指父親，搖搖頭。他趕緊出門，關上門一瞬間，眼睛紅了。

孟妮催他洗澡、洗頭，他嗅了嗅自己身上的衣服，從家裡出來，衣服上那股中藥和尿液混合的味道若隱若現。那是他的家的味道，是他心頭擺脫不掉的氣味，讓他在孟妮淡淡的香水味前形慚自愧。他在浴缸裡倒了滿滿的一缸熱水，深吸一口氣後將頭埋進水裡。

「我想聽粵劇，孟妮，給我放一曲粵劇吧。」身體在熱水裡泡過後，腦子異常地興奮，他對正在電腦上寫論文的孟妮叫道。

「什麼粵劇？」孟妮的手停止敲擊，走到洗手間，一臉懵懂。

「算了，放點你喜歡的音樂吧，屋子裡太安靜了。」他搓了搓自己的手臂，熱水泡過後，全身都紅了。

「明天你不用去大排擋了，我給你找了一份兼職工作。」孟妮將房間的窗簾拉下，換了一條吊帶真絲睡裙，倚在洗手間的門前對他說道。

「什麼工作？」他一驚，她早就說過不想讓他在大排檔跑腿了，工作哪這麼容易找，又不是專職，只是大學生兼職。

「那個師兄，你認識的，高我們三屆。」她低下頭玩手機。

「學生會的那個？追你來著？」他從浴缸站起來，身上全是白色的泡沫，洗手間的鏡子掛著水霧，模模糊糊的一個輪廓，他開了花灑沖洗乾淨後站在她面前。

「嗯，你知道的，他人不錯。他畢業後自己開了培訓班，你可以去教數學。」她遞給他一條藍色的浴巾。

「我想想。」他擦了擦頭髮，將浴巾裹在自己身上，抱了抱她。

「阿元，我答應他了，明天上午我們請師兄喝早茶，地點我都訂好了，就在九龍。哦，他的培訓班也在九龍。」她推開他，一本正經地說。

「明天上午我沒空。」幾乎不假思索地，他脫口而出後立即後悔了。

「你以為這是我的事？」孟妮白了他一眼，不高興地說。

他想向她解釋，想了想還是不說話更好，母親臉上的憂愁讓他心頭又是一緊，他在心底輕輕嘆了口氣。

「阿元，師兄給的薪酬不比大排檔少，就是每週五晚上、週六全天都要上課，剛好缺一個數學老師，你是最合適的人選。」她解開他的浴巾，將自己的身體包裹他的身體，他腦子裡一片空白。她身上的香水味和他身上沐浴露的清香淡淡地混合在一起，母親和他那個家的氣味就再也聞不到了。

「聽你的，明天請師兄喝早茶。九龍好遠，我們要早點去坐車。」他尋思著怎樣跟母親解釋。想到培訓班週日是不用上班的，也不耽誤他週日再去大排檔，心裡竟然有一絲竊喜，多賺一份錢總歸是好的。父親的積蓄他不清楚，憑直覺，是不剩多少了，他是他們唯一的兒子，總是要盡到人子的義務。如果可以，他還想陪媽媽回一趟印尼，多少年沒去過了。

「你的畢業論文還順利嗎？」他瞄了一眼她的筆記本電腦。

「嗯，給boss看過了，又補充了一些材料。對了，boss讓我考慮讀個博士。這樣也好，不著急找工作，讀博士期間就拿到香港身分證了。不過，阿元，我有點猶豫。」孟妮將電腦打開。

「你說要聽什麼粵劇？」她一邊說一邊在電腦裡搜索。

「讀博好啊，有什麼猶豫的？」他想表現淡定一些，裝著漫不經心地問。

「我不想在香港讀博，我已經向麻省理工、哈佛和斯坦福大學都遞交了申請，你知道我還是不想留在香港。」孟妮打開郵箱，他倒吸一口冷氣。

「你都準備好申請資料了，什麼時候的事？」他語無倫次，好像很快就要失去她。

「資料都現成的，只是突然想離開。阿元，不是因為你，真的，只是突然很想離開，大概是天黑影響心情。」她抱歉地對他說道。她已經搜索到了他說的粵劇，電腦裡跳出來任劍輝的《分飛燕》。

音樂聲從電腦裡播出時，他彷彿置身在九龍阿嬤的家裡，那臺老式唱片機裡傳來悠悠揚揚的粵劇聲。

「聽不懂呢，你愛聽這個？」孟妮誇張地朝他聳聳肩，她沒穿內衣，乳房在真絲吊帶裙裡一顫一顫的。

「喝了早茶我們去看電影吧，《梅豔芳》，我想去看，你陪我。」孟妮說完已經將粵劇關掉，放了《女人花》。

「你從來不聽這些的。」他擁住她。

「聽聽吧，一個已經逝去的時代，總要被紀念的。」孟妮轉身對著他。

「不如，我們跳個舞吧？」她將他的手放在自己的腰上，雙手摟住他的脖子，身體隨著手機裡的音樂搖曳起來。

猜到就告訴你

那件事已過去大半年，老胡也已經死了，阿蓮卻覺得事情還沒結束，老胡出事前給她打電話的女人到底是誰，她還是沒猜出來。

老胡是阿蓮的丈夫，他們結婚二十一年，一起生養兩個孩子，大寶是個男孩，小寶妞妞是個女孩。如果不是新冠疫情，她的日子還會一如既往平平淡淡地過下去。每天上班下班，輔導妞妞的功課，偶爾和老胡吵吵嘴，週末在家做各種美食，發發朋友圈。誰又能想到呢，一場新冠疫情，生活會發生翻天覆地的變化。

春節過後，阿蓮自己開車帶上一家四口前往蛇口碼頭送兒子。兒子年初收到墨爾本大學錄取通知書，二月底要到學校報到。本來老胡要開車的，她不讓，老胡前一天晚上開了一瓶五糧液，和兒子喝了點酒。兒子第一次陪老爸喝酒，老胡一高興就喝多了，早上起床從嘴裡還呼出一股濃濃的酒氣。

老胡坐副駕駛位上，時不時提醒她看紅綠燈，看右視鏡。老胡就這點不好，只要坐在她副駕上，嘴裡就沒停過，好像她真的不會開車，她好歹也是個老司機了。如果是平時，她肯定不樂意，總要對他兩句，今天的離別氛圍有點沉重，特別是女兒，在家時還鬧情緒哭鼻子，這會卻異常安靜，和哥哥坐在後排座位上賭氣似的，小嘴閉得緊緊的，一句話也不說，她就當老胡的話是個調味劑了。

「一會到了碼頭就先辦理行李託運，你背那個黑色的雙肩包去機場就好了。紅色皮箱裡給你放了三百多個口罩，你的隨身背包也有一包口罩和消毒濕紙巾。一個人在外照顧好自己，不要隨便摘口罩。」她從後視鏡看一眼兒子，兒子這兩年躥個子，長了老高，比老胡還要高半個頭。

「老媽，你都說三百遍了。」兒子還沒回答，女兒就不耐煩了。

她趕緊閉嘴，兒子輕輕拍了拍妹妹的頭，對她說道：「媽媽，我會照顧好自己的。」

她還是不放心，還想繼續再囑咐兩句，又怕孩子嫌她嘮嗦，只好作罷。車剛好開到蛇口，經過從前她打工的製衣廠，不過昔日的製衣廠早就搬走了，工業區也已不復存在，廠房經過改造，變成了創意文化產業園。

她和小安幾年前回來過一次，蛇口招商局搞的一個活動，召集從前工業區裡的老員工回來看看，敘舊情。她和小安一起在製衣廠的門口拍了張照片，製衣廠的牌子早就換成了一個動漫公司的招牌，只是為保持原貌，廠房外牆紅色的「ＸＸ製衣廠」幾個大字還保留著。風吹日晒幾十年，字跡已經斑剝掉漆，卻像時光穿巡機讓她恍如隔世。她又特地拐了個路口，尋找老胡曾經打工的電子廠。她記得電子廠的大門有個高高的臺階，轉了整個文化創意產業園，都沒找到有臺階的地方。要不是小安提醒她，說老胡以前放自行車的車棚變成咖啡店了，她都沒留意到以前和老胡壓馬路的工業路，搖身一變成了富有情調的商業街，文藝味十足的旋轉樓梯替代了原來的臺階，成了網紅打卡點。

她走進那家設計別緻，帶有籬笆小院的咖啡廳，站在掛滿綠蘿的門口，企圖尋找老胡當年的自行車。院子裡那棵沒被砍掉的榕樹下，隨意放了一輛掉漆的黑色自行車當擺設，她彷彿看到了二十年前老胡那輛藍色的自行車。她和他談戀愛時，他就用那輛自行車帶她四處遊玩。老胡沒來參加活動，老胡在美國談生意，她給老胡拍了幾張照片發過去，老胡半天也沒反應過來，要不是回到現場，誰還能認出二十年前的老地方呢。

小安還住在蛇口。說起來，小安比她還念舊情，一直不捨得離開蛇口。不像她，在深圳二十多年，換了無數個工作，搬了好幾次家，從最初的蛇口到寶安的沙井、龍崗的阪田、鹽田的沙頭角，兜兜轉轉這幾年又回到南山後海居住。

每次經過蛇口，她總會思緒萬千感慨不已，車子就開得特別慢。經過小安家門口時，順便接上了小安。幾天前小安就說她也要去蛇口碼頭送兒子，她說過不用送了，老胡說讓她送唄，人家一番心意。也是，二十多年的老朋友了，小安還是孩子們的乾媽呢。兒子一出生就認小安當了乾媽，那時候小安還沒結婚、沒生孩子。現在小安已經結過兩次婚又離了兩次，孩子倒是一直沒生過，卻喜歡孩子們安媽長安媽短地叫她。

小安上車後，老胡將車的天窗打開，新鮮的空氣帶著一絲寒氣拚命擠進來，車裡沒這麼沉悶了，她的心裡舒坦了許多。和小安認識的時間比認識老胡還要長，在小安面前，她沒必要遮掩什麼，都是知根知底的朋友和同事。在製衣廠時是同事，現在還是同事，只是她現在多了一個老闆娘的身分。小安這些年一直幫她打理公司，從行政到採購，甚至財務，只要小安能幫得上忙的，小安二話不說，大包大攬，她也真沒把小安當外人。

她將車停在停車場，從停車場到碼頭入口，不過幾十米的距離。她第一次希望路程可以長一些，再長一些，看著兒子心裡更是百感交集，卻一直努力讓自己的臉在口罩裡保持微笑。她是不想讓兒子在國外疫情還沒控制住就出國留學，老胡卻不這麼認為，他覺得兒子能這麼順利地被墨爾本大學錄取，正是因為疫情，太多優秀的人都放棄出國留學的機會。兒子沒有參加國內高考，從小就上的國際學校，一心做好出國留學準備，是福是禍只能一條路堅持到底了。她看到兒子拖著大大的行李箱經過安檢時，鼻子一酸，還是忍不住流淚了，眼淚很快模糊了眼鏡，潮濕了口罩。

「瞧你，兒子出國留學多高興的事，弄得生離死別似的。」老胡摟過她的肩膀說道。她瞪老胡一眼，烏鴉嘴。

兒子的背影已經變小，消失在人群中，他們還站著不動。老胡的手搭著她的肩膀，小安牽妞妞的手，四個人在風中站成了一道風景線。要不是疫情，她肯定不捨得兒子一個人去墨爾本報到，她一定會親自陪同，直到兒子在墨爾本安頓好。老胡就是從蛇口碼頭回來的路上再次向她提出，讓她帶妞妞去香港上學。這話題她和老胡已經私下裡討論過無數次，誰也說服不了誰，眼下卻是迫在眉睫的事了。

女兒一直是個跨境生，他們家在深圳灣口岸附近，疫情前倒也是方便，每天往返深圳香港上學生活，也就一個小時內的事情。疫情最嚴重時，全港中小學生都停止了面授課，效仿內地疫情期間上網課。大家一起上網課，女兒的學習倒不受影響，在哪住都可以上網課。疫情得到進一步的控制後，香港教育局已經通知中小學生可以恢復半天面授課，這可把他們難倒了，不能正常通關，再也不能像從前那樣當天往返。

恢復面授課後，別的學校都有給不能回香港上學的跨境生們單獨開設網課，他們學校卻取消了所有的網課。校長還針對跨境生召集家長開一次會，意思說得很明白，要麼轉學，要麼克服困難住到香港正常上學。女兒不想回深圳上公立學校，她又不想讓女兒進私立學校。深圳普通的私立學校學費倒是便宜，就是沒有開設香港ＤＳＥ[1]課程。有幾所學校臨時開設香港ＤＳＥ課程的，學費也不菲，一年算下來沒有二十萬搞不定，和國際學校的費用有得一拚。兒子走了國際路線，費錢且不說，她時常懷疑兒子畢業後能不能適應國內的生存環境，她是不會再讓女兒走國際路線了。

女兒是他們人到中年後意外懷孕生的，那會為了躲避計劃生育，只好把女兒生在香港。誰能知道，十年河東，十年河西，女兒才出生沒幾年，國內就全面放開生二胎了，香港的身分這幾年掉價得

1 DSE：指香港中學文憑考試（Hong Kong Diploma of Secondary Education Examination，縮寫為 HKDSE 或稱 HKDSE Examination），慣稱「文憑試」或「DSE」，是因應三三四高中教育改革、由香港考試及評核局於二〇一二年開始舉辦的公開考試，為六年制中學的畢業試。

厲害。她是不願意去香港陪讀的，放心不下公司和家裡。兩地分居，對老胡、對她何嘗不是一個大考驗。

「很快就會通關的，陪讀也只是暫時的，公司的事不是有我和小安嘛，你也該休息休息了。」老胡當著小安的面對她說道。

她還沒想好，女兒卻不樂意了，突然在車上嚎啕大哭：「我不想上學，我不想去學校。」她愣了，老胡同樣沒想到女兒的反響這麼大，一時間竟然慌了起來，叫她趕緊停車。她把車停在路邊，回頭看了女兒一眼，左哄一句，右哄一句，她還是哭個不停。

「我想在家上網課，我不要去學校。」女兒哭得很傷心，好像學校是個怪物，讓她害怕。坐在後排的小安替她摟住女兒，女兒卻軟硬不吃，越哄哭得越凶。已經不止一次了，只要一提起回學校上學，女兒的情緒就變得不好。她一直以為女兒會像別的小朋友一樣渴望回到學校正常上課，女兒自從知道學校不再開設網課後，每天都坐立不安，甚至懼怕，這讓她出乎意料，她甚至偷偷諮詢過心理醫生。她的心被女兒的哭聲刺得一陣陣疼痛，心煩意亂。

她讓老胡開車，自己坐後排安撫女兒。以前她可不是這樣，以前她多活潑多可愛，自信滿滿的，每天都會和她說學校的趣事。疫情上網課後，變了一個人似的，學習跟不上，注意力不集中，敏感脆弱，動不動就哭。女兒從幼兒園就在香港上學，在深圳沒有玩伴，她的同學都在香港，上網課後更是成了一個小宅女，要不是她每天哄著絕不下樓。

「有媽媽在呢，媽媽陪你，我們一起回香港租房子住，送你回學校上學。」阿蓮前幾天和女兒的班主任聊了一個多小時，班主任說怕女兒在家上網課太久，社恐了。最好的辦法就是儘快讓她回到班集體，慢慢恢復正常，這想法和心理醫生的提議不謀而合。她何嘗不想去香港當全職的陪讀媽媽，一邊是深圳的公司、深圳的家，一邊是女兒的學習，讓她舉棋不定，左右為難。她抱著女兒瑟瑟發抖的身體，決心已定，要讓女兒變回從前活潑開朗自信的小天使，不能繼續待在家不上學，只能自己帶女兒去香港陪讀，孩子的事，才是他們家的大事，耽誤不得。

「媽媽陪你，不怕。」老胡似乎也鬆了一口氣，女兒終於停止哭鬧後，回頭看了母女倆一眼說道。

老胡開車還是比她快，才兩分鐘就到小安家樓下了。

「小安，你要多辛苦了。」阿蓮看了看小安，抱歉地說。

「放心，你的事就是我的事。」小安下車時衝她笑了笑。有小安這句話，她就放心了。

兩天後，老胡開車送她娘倆到深圳灣口岸，兩人隔著口罩對視了一眼就匆匆道別，一個星期不到，一家四口硬生生被疫情分成了三地。

陪讀了一個月又一個月，一年又過了一年，女兒從四年級都升六年級了，通關還是遙遙無望，誰心裡不上火？她和女兒已經在香港待了快兩年，這兩年裡除了暑假回去兩趟，一直在香港待著。想回趟家不容易，來回隔離就去了一個多月時間，誰也折騰不起。她抱怨的時候，老胡就說：「快了，很快就通關了，新聞裡不都說了嗎？」可是，這疫情沒完沒了反反覆覆，每次新聞裡都說兩地在協商，通關在望。希望一次次變成失望後，她甚至對這類通關的新聞都避而遠之了。聖誕節後，新一波疫情的到來，盼望中的通關變成通通關了。新聞上說防控需要，飲食店、美容院、按摩店、健身房和麻雀館都暫停營業了，連中小學校也臨時停止面授課，全改為上網課。

隨著陪讀時間越來越長，她和老胡的話越來越少，兩人之間隔著的不只是一條深圳河。怎麼會這樣呢？書上不都說一日不見如隔三秋、小別勝新婚嗎？她和老胡卻是走得越來越遠。她和老胡的隔閡不是因為陪讀，不是老胡瞞著她新招一名女翻譯，是老胡一聲不響竟然將她從公司的微信群移除。怎麼說她都是老闆娘，人不在公司，業務上也不需要指點，但公司是她在深圳打拚的全部心血，她終究是不放心的。那會女兒剛回香港上學，情緒還不穩定，她幾乎把所有心思都花在女兒身上，時常感覺力不從心，和老胡吵架就多了一些，但她絕沒有一心只想當個陪讀媽媽。她打電話給老胡理論，老胡裝糊塗說不小心刪除了。既然刪了就刪了吧，公司的瑣事煩心，眼不見心不煩，她在香港專心陪讀好了，一切有他挺著呢。

她在微信裡找小安，讓她拉她重新入群，卻發現老胡已經將入群規則升級了，要通過群主同意才可以入群，群主就是老胡自己。她坐不住了，劈哩啪啦把老胡罵一頓。老胡說入群方式一直是要通過群主同意，要是隨便拉一個人就能入群，不就亂套了？她問他，她是隨便一個陌生人嗎？老胡沒吭聲，就是死活沒有再讓她入群。她和老胡鬧過兩三次，老胡乾脆不接她的電話，不回微信。她氣得跑到過關口兩次，卻一次次又坐車返回香港的出租屋，她是不可能把女兒扔在香港不顧的。後來她不鬧了，驚訝地發現沒有工作群的微信打擾，她終於可以讓自己的生活慢下來，日子倒也過得清靜。

她剛進浴室洗澡，才擰開花灑，頭髮還沒濕透，女兒就在門口不停地拍門叫她接電話。她一邊往身上打沐浴露，一邊大聲叫女兒不用理會，八成是騷擾電話。親戚朋友都知道她在香港陪讀，有事沒事時常在微信裡聊聊。微信多方便，誰還打電話呢。那個電話卻固執地響個不停，她聽到女兒還是幫她接了。接了電話的女兒到底沉不住氣，更加急切地拍打浴室的玻璃門，要不是她在裡面鎖住了，女兒肯定會衝進來。她隔著門問電話是誰打來的，找她什麼事。女兒畢竟只是一個十一歲的孩子，問不出個所以然來，聲音卻帶著哭腔，催命鬼似的叫她快點出來。幾分鐘後她才從浴室走出來，用一條白色的大浴巾簡單裹住身體，腳上還滴著水，濕漉漉的頭髮上還有沒洗乾淨的泡沫，像一朵白色的花戴在頭上。

「誰打來的電話？」她的語氣有點生硬，這澡都沒洗利索，催啥呢？說話間她隨手從門上的掛鈎扯一條藍色的乾毛巾擦頭髮。

女兒一直盯著她看，那朵白色的泡沫花瞬間就被乾毛巾吸成潮濕的水跡，她趕緊將手機遞給她。

「一個女人，讓我猜，猜到就告訴我，說有急事找你。」女兒很委屈的樣子，說著話眼淚就想掉下來。她一直站在浴室門口等她出來，臉上現出一絲惶恐。她這才注意到女兒的嘴唇哆嗦個不停，受到驚嚇似的面色慘白，心裡便一緊，聲音變得柔軟起來，微笑著勸慰女兒：「沒事，詐騙電話。」女兒聽她這麼一說，汪汪的大眼睛閃過一絲光亮，明晃晃地看她，不相信似的說道：「真的嗎？」

「當然，還猜到就告訴你？就專騙你們這些小孩子呢。」她揉揉女兒的頭髮，讓她去複習功課。她自始至終都沒有打開手機，電話一直靜悄悄的，沒有再響。騙子現在都聰明，不會戀戰。這年頭詐騙電話比正常電話還多，一會告訴你是法院的要凍結你資產，一會又是公安局的說你有一個不明包裹被攔截，還有自稱單位領導叫你到辦公室的，更有讓你猜猜他是誰的。每次接到類似的電話，她幾乎都是沒聽完就掛掉。不像女兒，太小了，又怎能知道這紛擾的人世間，總是被猜到就告訴你的騙局蒙蔽呢。

「好像是車禍，她說有人出了車禍。」女兒咬著嘴唇，小聲辯解道。

「車禍？」阿蓮皺了皺眉頭，打開手機翻看來電紀錄，國內座機打來的陌生電話號碼，顯示不是老家的區號，也不是深圳的區號。她想不起來，除了老家和深圳，其他的城市有她哪門子的親戚朋友？她將區號放到360搜索欄裡，網絡信號太差，半天沒反應，她只能等。女兒緊挨著她的身體在沙發上坐下，眼睛還盯著她的手機，緊張的神情不亞於要參加呈分試。她搜到的座機區號顯示是福建福州，她在腦子裡過濾了一遍，別說是福州，整個福建省都沒她的熟人，幾乎可以斷定這也只是一個詐騙電話，剛巧被女兒接到，把孩子嚇壞了。

「沒有人出車禍。」她給女兒吃了顆定心丸後，一個人進洗手間吹頭髮去了。

「你不打個電話過去問問嗎？」女兒還是不死心，追到洗手間問道。

「從香港打回國內很貴的，又不是打微信語音。」她搖頭，她是不會打的，明知道是詐騙電話，還要打一分鐘兩塊多錢的電話，她才不捨得。

「爸爸出差了。」女兒遲疑了一下後又小聲說道。

「那又怎樣？」她停頓了一下，沒好氣地問道。吹風機的熱風把頭髮吹熏了，一股燒焦的味道，她趕緊將熱風改為冷風繼續將頭髮吹乾。

「爸爸說他住在酒店。」女兒拿出自己的手機，打開微信通訊錄，找到爸爸的頭像後按了視頻聊天，爸爸沒有接。

「你爸哪次即時接過？」她輕嘆一口氣，催促女兒快去複習功課。這幾天她和老胡吵架後進入冷戰期，女兒看在眼裡急在心上，一心想做個和事佬，她不是不知道，她才不想這麼快跟老胡妥協。暑假帶女兒從香港回深圳時，兩人就老為雞毛蒜皮的小事吵架。隔閡從兩年前陪讀開始，他們都不願意承認，卻一直存在，橫跨兩個人心中的鴻溝就像此時封閉的關口，誰也不能像從前那樣輕易跨越。

兒子打來視頻電話，她看了一眼手機上的時間，晚上十點，當下是墨爾本實行夏令時，時差比香港時差早三小時，這個時間點，兒子一般已經睡覺了。兒子先問她和妹妹好嗎，末了又問爸爸好嗎。兒子又不是不知道爸爸在深圳，沒有和她們在一起。開學前，同一天，他從深圳回澳洲，她帶女兒從深圳回香港。兒子和爸爸的關係一向以來都很好，這會拐彎抹角地問爸爸，不像兒子的性格。

「你們沒事就好，有人加我微信讓我猜猜她是誰，猜到就告訴我。」兒子鬆了一口氣。她的臉一陣煞白，讓兒子拉黑了，這些騙子。

那一晚，老胡一直沒有回女兒的信息，她一個晚上在床上輾轉反側不能入眠。老胡和女翻譯的事沒費吹灰之力就傳到她的耳朵，追風捕影的事，老胡打死不承認。她還沒開始鬧，女翻譯就辭職不幹了。老胡罵她見識短，導致公司丟了一個大單。都什麼年代了，還少個翻譯就丟單，騙鬼呢，現在的翻譯軟件不比翻譯差，她心裡明鏡似的，老胡和女翻譯的事果然不是空穴來風。

老胡又把女翻譯請回了公司，小安在微信裡一五一十地跟她說，她卻奈何不了老胡。老胡說得有板有眼，他越口口聲聲說和女翻譯沒事，她越是急火攻心。她相信女人的第六感覺，老胡出軌了，女翻譯和老胡雙雙逛商場的照片小安早就發過給她。她和老胡二十年的夫妻，她太瞭解他了，五十歲的人了，嘴巴硬得很，只要沒有捉姦在床，老胡都不會向她低頭認錯。

老胡到底還是出事了，車禍。這回不是那個猜到就告訴你的女人打來的，而是小姑子在微信裡找的她，說她已經趕往福州，讓她直接從香港訂去福州的機票。她一下子就慌了，老胡去福州做什麼？他們在福州沒有供應商，公司所有的客戶都在國外，出差也不會去福州出差。疫情當前，沒節沒假的，老胡去福州度假？說不通啊。

「他撞了別人還是別人撞了他？他人在哪？」她問小姑子。

「你去了就知道。」小姑子嘆了口氣。她和小姑子的關係向來是客氣而又疏遠，從她嘴裡，她不可能聽到她想要的消息。她又想知道什麼呢？她沒辦法和小姑子說，那個猜猜就告訴你的女人，是不是和老胡在一起。

她沒有買到從香港到福州的機票，新一波疫情，從香港飛內地的航班、渡輪又暫停了；即使可以買到，她也不會買。小姑子是個性子急躁、沒頭腦的人，直到現在，她還不知道老胡在福州具體的車禍，老胡的電話是徹底聯繫不上了。福州當地的防疫政策，酒店集中隔離十四天，再居家健康監測七天，沒有居家條件就集中酒店隔離二十一天。不如先回深圳，帶上未滿十四歲的女兒，可以申請酒店隔離七天後居家隔離七天再居家健康監測七天。那時候，老胡應該已經從福州回到深圳了吧？如果沒什麼大礙的話。

「你就不能找人，帶妞妞直接去醫院嗎？」小姑子對她的決定顯然很不滿意。她的火氣就立即上來了，她能找誰？全國抗疫，誰又能讓她開特例從香港回內地不用隔離？

「再晚，怕就見不到人了。」小姑子哭了起來。她何嘗不想哭，到現在都沒有人告訴她老胡的車禍是怎麼一回事，有多嚴重。

她只好勸慰小姑子，讓她先去福州，到了把那邊的情況和她說說。她已經找黃牛出高價搶了當天回深圳的隔離酒店，她回到深圳也去不了福州，還得在酒店隔離。女兒妞妞一邊哭一邊收拾行李，一個勁地跟她說：「昨天晚上那個猜猜我是誰的電話說的就是爸爸車禍，你偏不信，這下好了吧，千真萬確。」

「好了，不要再說了。」她心急如焚，大聲朝女兒吼叫。女兒的臉已經哭紅，被她這麼一吼，反而不敢哭了，可憐兮兮地望著她不知所措。

她給小安打電話，電話一直沒有接。發微信，好半天，小安才回覆：「老胡出車禍，我已經前往福州。」

小安早就知道老胡出車禍了，卻不告訴她，她怔了一下，發了句：「謝謝。」

她趕緊又聯繫了公司的另一個同事，都說知道老胡在福州出車禍了，安姐也不在公司，上下都慌了。她讓公司的同事另建一個新的公司群，把所有的同事都拉入群，小安也被她拉入群了。小安那邊一直靜悄悄地沒說話，阿蓮心急如焚。小姑子終於到了福州，在家庭群裡發了老胡躺在ＩＣＵ病床上的照片，全身插滿了管子，人還昏迷不醒。雖然穿著厚重的無菌防護服，阿蓮就一眼看到了照片裡的小安。

老胡不是自己開的車，車是女翻譯開的，撞到了一輛大卡車，女翻譯當場身亡，老胡躺在ＩＣＵ病房裡還沒醒過來。她和女兒被安排住進了隔離酒店，老胡情況越來越糟糕，再也沒有比這更讓人煎熬的時刻了。她問小安，老胡真的是去福州出差嗎？

「你終究是不愛老胡的。」小安在微信裡回了一句。莫名其妙的，她的臉一陣紅一陣白。

她沒告訴任何一個人，在女兒接到那個猜猜我是誰的電話前，她已經接到過一個變音的女人聲，告訴她老胡在酒店的座機；她打過去，是女翻譯接的，聽到她的聲音立即掛掉了。大晚上的，孤男寡女，她撥通了老胡的手機，和他大吵了一架。

「不和你說了，我們現在要去見客戶，陪客戶吃飯。」老胡一邊和她說話一邊在手機那頭讓女翻譯開車。

老胡平時不喜歡女人開車，那天晚上，他要應付她的電話，讓女翻譯開的車。如果不是女翻譯開車，車禍是不是就可以避免了？她在酒店裡坐臥不安。小姑子在家庭群裡發了個消息，老胡搶救不過來，走了。她不相信老胡會這麼快就走，打電話給小安，小安一直不接。後來，還是兒子從墨爾本給她打來電話，兒子在電話裡泣不成聲，她和女兒在酒店裡抱頭痛哭。

老胡的喪禮直到一個月後才舉行，她和女兒已經隔離結束，兒子也從墨爾本回到深圳，集中隔離二十一天後回到家。老胡永遠地掛在了牆上，黑色的相框是她親手挑的。老胡最不喜歡黑色，每次看到牆上的老胡，她就害怕他從相框裡跳出來指責她選的相框，她幾乎不敢正眼瞧牆上的他。

這期間小安一直幫她料理公司事務和聯繫律師，小安也瘦了，魂不守舍的樣子。她告訴小安，老胡不在了，有她呢，天塌下來的事都有她挺著，公司還會正常運營，誰也不會餓肚子。小安苦笑著點點頭，一天到晚打不起精神來。她畢竟年長小安好幾歲，早就從老胡的過世中恢復了元氣，要不能怎麼辦呢？兩個孩子要養，公司日常業務和開支，一天也不能停擺。

女翻譯的父母找上門時，她和小安都在公司，她坐在老胡的辦公室。老胡的辦公室一直沒動，老胡的收藏，老胡的書，老胡之前處理的信件，老胡所有的私人物品，她還不想動。她在香港當了快兩年的陪讀媽媽，老胡的辦公室裡新添了不少她沒見過的玩意，甚至在抽屜裡有一支沒開封過的口紅，大概是買回來送人的。她是不會再給女翻譯單獨賠額外的錢，她是誰？她是老胡的情人，是破壞他們家的小三，她甚至不見她的父母。

「阿蓮，他們不願意走，一定要給個說法。」小安敲了敲門，走了進來，門後跟著女翻譯的父母，五六十歲的中年人，剛剛失去女兒，臉上的悲痛和落寞溢於言表。

「是不是覺得你們的女兒沒和老胡結婚就死了，很吃虧？」她冷冷地說道。

「我們家孩子不是你想像的那樣，她說過了年就辭職回家結婚。」女翻譯的媽媽氣得渾身顫抖，嘴上卻不饒人。她從她的嘴角想像她年輕時一定是個美人，女翻譯長得像她，妖裡妖氣的。

「結婚？誰告訴你我要離婚了？」阿蓮笑了起來，老胡啊老胡，你真應該睜開眼看看你留下的都是什麼事啊。

「你離婚不離婚跟我女兒有什麼關係？我女兒有未婚夫的，你瞧。」女翻譯的父親從口袋裡掏出手機，翻到相冊，女翻譯和另一個男人的合影。

「我老公還有老婆呢。」她淡淡地回一句，所有人都沉默不語。小安眼裡流出兩行淚水，老胡死後，小安流的淚比她還要多。小安是她最好的閨蜜，她時常在心裡感恩遇到了小安。

「你老公出軌，和我女兒有什麼關係？你看到了？還是抓到了？」女翻譯的母親伶牙俐齒，她不想和他們糾纏，有什麼意思呢？

「有事找我的律師談，律師和交警會處理，法律也不會虧待任何一個無辜的人。錢，我不會給。」阿蓮不再說話，他們賴著不走。她走，她一刻也不想在老胡的辦公室裡多待，她拿起包就走出辦公室。

女兒從香港轉回深圳去了兒子之前讀書的國際學校當寄宿生，每個週末回一次家。兒子也回墨爾本上學了。家裡空蕩蕩的，只有牆上的老胡嘴角微微向上揚，笑咪咪地看著她。外面疫情還沒結束。

她整夜整夜失眠，每次看到客廳裡老胡的微笑，心裡總會升起無名的怒火。直到很多天後，當她慢慢平息下來，怒火才變成了痛苦自責和不安。她越來越覺得老胡的死跟她有關，她不願意在任何人面前承認，也沒有人逼著她去認罪，所有人事後對她的遭遇只有同情。那個念頭卻讓她生不如死，除非她能找到那個晚上給她打電話的女人。如果不是那個電話，老胡應該還活著。如果那天晚上，接到那個女人電話時，她沒有把電話打到酒店，沒有後來老胡和女翻譯要去開車趕客戶的酒會時，她沒有神經質地和老胡吵架，老胡就不會讓女翻譯開車，而他還會繼續欺騙她。她寧可被老胡一直欺騙地活著，有什麼關係呢？只要活著，不是嗎？

她準備把老胡從牆上取下來，那個黑色的相框真的太醜了。她第一次久久地和老胡對視，驚訝地發現老胡眼睛裡有一個女人，女人穿著一條吊帶睡裙站在老胡面前。她被老胡的眼睛嚇到了，從兒子的房間拿來放大鏡。她想不起來，老胡這張做遺像的照片是哪來的。用了智能手機以後，手機裡全是照片，誰會去追究每一張照片背後的故事呢？她狠狠地朝老胡的臉上拍了一下又一下，老胡還是笑得這麼迷人。她徹底崩潰了，這麼多天了，她一直以為老胡在對著她笑，原來老胡的眼裡是另一個女人，一個穿吊帶睡裙的女人。她是那麼地熟悉她，如同熟悉自己的青春。

她瘋了一般將車開到蛇口，開到小安家樓下，夜已經很深了，小安早就睡了。她像幽魂一樣在街上亂竄，竟然在公園門口中看到一個公共電話亭。這個城市早就沒有公共電話亭了，突如其來的電話亭讓她不知所措，就像突然要面對已經死去的老胡和逝去的歲月一樣。電話亭的公用電話竟然可以免費打三分鐘，她的手摸到了口袋裡的變音器，那個變音器是她在小安的辦公桌上無意看到的，她以為是什麼新鮮玩意，隨手就拿了。她抬頭朝小安居住的房子看去，然後用公用電話亭給小安打了過去。

「你和老胡的事，真的沒人知道嗎？」電話接通後，她問道。

「你誰？」

「你怕比你年輕的女人和你搶老胡？」她沒有理會她，繼續說。這變音器真好，誰也不知道電話那頭是誰。

「你要幹什麼，你到底是誰？」

「你猜猜，猜到我就告訴你。」她說完最後一句話，嘴裡露出莫名的微笑，把電話掛了。

半夜遛狗的女人

我是已經熟悉她說話的聲音後，才認識她本人。她的聲音有點沙啞，說一口流利的粵語。她住在我對門，每天都能隔著門窗聽到她在自家院子或屋子裡的說話聲。她說話時，院子裡的狗就會應和著叫幾聲。有時候她的語速很快，音調高八度，聲音像從一架生了鏽的機關槍向院子裡斷斷續續地掃射，這時候除了狗叫，還伴隨一個男人低沉的回應聲。有時候語速卻是緩慢輕柔的，站在窗子這頭，你能感覺到一股暖流從窗外緩緩流入，這時候狗回應她的聲音也總是半撒嬌半嗚咽。剛開始我一點粵語都聽不懂，不知道她每天都說的啥。住的時間久了，聽懂一些簡單的粵語後才知道，大聲呵斥的時候八成是罵老公和兒子，輕言細語的時候是和狗說話。

那隻大黃狗一直被關在她家小院子裡，她家擁有這個大雜院裡唯一自帶獨立小院子的房子。我第一次見到大黃狗是剛搬進出租屋的第一天傍晚，抱著剛洗好的衣服繞過她家屋後，穿過一條窄短的巷子去公共後院晒衣服。後院和她家小院子被房東用鐵絲網隔開，偷偷朝她家小院子裡瞄一眼，心裡暗自嫉妒好大的小院子，還沒等我反應過來，一隻大黃狗猛撲過來，雙腳高高地跳到鐵絲網朝我凶狠地狂吠。要不是有鐵絲網攔著，估計我早就被撲倒在地。我懷裡裝滿濕衣服的臉盆應聲落地，我被大黃狗嚇得魂都沒了，本能地彎腰撿起地上一塊拳頭大小的石頭。

屋裡傳來男人呵斥大黃狗的聲音，大黃狗不叫了，卻遲遲不肯從鐵絲網拿開自己的爪子。我的情緒這才慢慢平緩下來，趕緊撿起掉地上的衣服重新裝到臉盆裡，回家再洗一遍，小心臟還是跳個不停。

再次穿過巷子繞過她家的院子去晒衣服的時候，我的手裡多了一根銀色金屬晒衣杆，人未到，鐵杆子先揮兩下壯膽，那狗卻不叫了，趴在鐵絲網看我。我趕忙朝牠擺擺手，輕聲說道：「狗狗乖啊，不要叫，我是你的新鄰居，以後還請多多關照。」不知道狗能不能聽懂普通話，從那以後狗再也不衝我叫了，頂多是見我繞過後院晒衣服時朝我跑過來，隔著鐵絲網吐出大舌頭張大嘴巴朝我張望，讓我不敢朝院子裡多看兩眼。

我們家廚房的大窗戶正對著她家的小院子，前一個租客將玻璃窗戶用報紙糊了起來，看不到她家的小院子，她也看不見我們，同時也擋住了陽光。我喜歡陽光灑滿屋子的感覺，喜歡從山上吹來清爽的風，屋子裡唯一能採光通風的就是廚房的大窗戶。我將窗戶上的報紙撕掉，屋子裡亮堂了許多，對面人家的小院子在我眼裡再也沒什麼可隱藏的。當然了，對面人家也可以從她的院子把我們的廚房、客廳、房間看得一清二楚。

幾個鄰居到家裡閒坐，見到窗戶紙被撕掉後，都小聲地勸我把廚房的窗戶重新用報紙糊起來，不要讓對面的人家看到我們房間裡的擺設。我嘴裡應著卻一天天地再也沒把窗戶糊上，連透光的玻璃紙都沒貼。其實我撕掉舊報紙前已經從淘寶買了一卷透光的玻璃紙，一直放在抽屜裡連包裝都沒拆開。我不得不承認，我是多麼地享受早晨起床站在廚房洗手盆刷牙、洗臉時望向窗外，如果是晴天，陽光灑在對面山頭的樹上，給綠樹紅花都披了一層朦朧的紅紗，人的心情也會好一整天。如果是雨天，看窗外雨水打在樹葉上，又是另一番美景。

窗戶外是他們家的小院子，透過鐵絲網圍欄是公共的小後院，小後院有一小半被房東用鐵皮搭了一個晾衣棚，一大半是露天的空地，幾盆花花草草隨意地在四周擺放。晾衣棚平時沒人晾衣服，除非是下雨天，前面大院子的空場地晾不了衣服，大家才會想到這個晾衣棚。後院鐵皮牆外就是後山了，高高的大樹伸過鐵皮圍牆探進晾衣棚旁的後院，紫紅色的三角梅一串串從鐵皮圍牆上懸掛下來，是住在這窄小的鐵皮房裡最美麗的風景，而這一切美景都只能通過廚房的大窗戶才能享受到。

女人是個湖南人，院子裡的人都用「湖南女人」代替她的名字。

湖南女人家一共只有三口人，除湖南女人，還有一個六十多歲的老男人，他肥胖臃腫，說話時嘴裡好像永遠含著一口痰，黏糊糊的。一個十幾歲的男孩平日裡都穿著中學生服，個子很高，皮膚白白的。剛開始我一直以為他們是祖宗三代生活在一起，後來才知道，那個胖胖的步履緩慢的老男人是湖南女人的老公。他們一家在院子裡幾乎從不與人說話，至少我沒見過老男人和湖南女人在院子裡與人閒聊，更沒見過他們的孩子和院子裡的孩子一起玩耍。男孩長得又高又帥，看著很陽光，每次從學校回來，手裡都提著一包肯德基或麥當勞，偶爾是別的便當。

他們在我們窗戶外種了幾棵辣椒，辣椒長得挺好，都有一人高了，結了很多辣椒，綠的紅的，很讓人眼饞。如果我的手長一點，就可以穿過窗戶摘他們家的辣椒了，但我不敢，我還是怕他們家的狗。有一天早上，我在廚房洗菜，準備炒菜時發現家裡沒有辣椒，抬頭看到她在給辣椒澆水，向她打招呼。本想討兩顆新鮮辣椒下鍋，不知是我聲音太小還是她真的聽不懂普通話，眼睛都沒往我這裡瞅一眼，從此以後我不得不打消索取她家辣椒的主意。

「不要和那個湖南女人說話。」我剛入住到院子裡，還沒和鄰居們混熟，就有幾個鄰居「好心」地提醒。

「為什麼？」我疑惑不解，心裡也充滿了好奇。

「她這裡不正常，神經質，見人就罵，惹不起。」鄰居朝她家看了一眼，確認她不在家，聽不見後，才用手指了指自己的腦袋壓低聲音說道。

「你是說對門住了一個精神不正常的女人？瘋子？」我腦子裡立即閃現了讀中學時，鎮上一個女瘋子時常在校門口晃蕩，見到女人就罵，見到孩子就打，見到男人就垂涎三尺，不管不顧直撲過去要親親，想到這裡不禁打了個冷顫。疫情不能正常通關後，為了照顧陪讀家長，只要打了兩針疫苗，有核酸陰性檢測報告，持有綠碼，從深圳到香港只需要居家隔離七天。為了能居家隔離，人還沒到香港就讓朋友幫忙臨時租了個房子，過了關直接打車到出租房居家隔離，要是知道對門住著一個神經不正常的女人，我是絕對不會冒著孩子的生命危險租住這裡。

「怎麼跟你說不明白呢，不是神經病勝似神經病，是人精，是妖精，每天睜開眼就算計你會不會占她的便宜。你們來之前她剛和我打了一架，那條狗凶得狠，別靠近。」鄰居不滿地看了我一眼走了。

我不好繼續追問，成年人的遊戲，再問，就不解風情了。

不知是不是因為有鄰居提前打了招呼，還是湖南女人真的不好打交道，後來的幾個月裡，不管是開門時互相撞見彼此，還是在大院外面的路上相遇，她的目光總是躲閃到一邊，從不正眼看我，也不給我和她說話的機會。

我們彼此不熟悉，我卻透過廚房的窗戶悄悄窺探她的一舉一動，觀察她家的生活，揣摩她的心思，成了我的一個樂趣，總感覺她是那麼地與眾不同。她與大院裡的人格格不入，骨子裡透著一絲對人的蔑視，走出她自家的出租屋，她就像失聲了一樣。而她其實是一個話很多的人，一個在家喋喋不休的女人，是怎麼做到不在院子裡與人家長里短地聊天呢？我們這些院子裡的其他女人，不就都有事沒事在院子裡站著、坐著八卦鄰居們的私生活嗎？

有了廚房的大窗戶，我每天都能看到她出門上班前蹲下來撫摸大黃狗，細言細語嘱咐道：「你要乖乖地在家，我嘅返工了，去做嘢才可以買雞髀返來畀你食。」[1]就憑這，我沒辦法把湖南女人

---

[1] 在粵語中，嘅返工意指「上班」，做嘢意指「做事」，雞髀指「雞腿」，返來畀你食意為「回來給你吃」。整句話意為：你要乖乖地在家，我上班了，去做事才可以買雞腿回來給你吃。

與潑婦、神經病聯繫在一起，甚至隱隱覺得我們也許是同類。

湖南女人在大院子的人緣不好，源於和劉姨吵架。那時候劉姨的大女兒還沒欠這麼多高利貸，還租的是三房兩廳，也就是我們現在租的這小兩房，後來沒錢了才將這兩房一廳單獨隔開，只租了其中的一房一廳。劉姨和湖南女人住對門時，兩人互相看不順眼，開門關門聲音，彼此炒菜的味嗆到了，都可以大吵一架，最凶的一次兩個女人在院子裡廝打了起來。這些我都沒看到，都是在我住進大院子前的事情。卻在我剛住進來兩天，湖南女人的謠言已經傳到我的耳裡。

湖南女人似乎從來沒笑過，反正我從窗戶偷看她在院子裡的一舉一動時，真的沒見過她笑，總是掛著一張苦瓜臉，用劉姨的話就是好像院子裡的人都欠了她三百大洋。我和大院裡的鄰居一樣，對湖南女人總是深更半夜還在院子裡弄出聲響感到極為不滿，甚至憤怒，特別是那隻大黃狗，似乎一到晚上十二點就特別興奮，時常在你迷迷糊糊已經睡著或睡夢中時突然叫起來，好好的覺被攪得心煩意亂。要知道，我們住的大雜院是鐵皮搭建的房子，隔音效果不好，別說是狗叫，連說夢話都有可能被鄰居聽了去，第二天當成笑話在院子裡大肆傳開。

剛入冬沒多久，天氣早晚溫差大，兒子患起了急性腸胃炎，連夜去醫院急診。從醫院回到大雜院門口，剛下出租車，看到有人牽一條大黃狗從山上的小路走下來。那晚的路燈不知怎地都壞了，月光下看不清對面的人，那大黃狗見有人開門，跑著衝上前，一閃從我腳邊鑽進院子裡。大黃狗的動作太快了，嚇我一大跳，定睛一看，原來是湖南女人在遛狗，我下意識地看手機，已經凌晨三點多了。

「不怕，我牽著呢。」藉著幽暗的燈光，湖南女人輕聲說道。

湖南女人手裡的狗繩牽得緊緊的，大黃狗又從門裡探出頭來，湊到兒子跟前聞了聞，我的心揪得緊緊的，又不敢說話，生怕嚇到牠。

「乖，回家吧。」湖南女人蹲下來拍了拍大黃狗的頭，想讓我們先進去，大黃狗卻扭頭擠在前面，她抱歉地回頭朝我看一眼，追大黃狗去了。

「媽媽，狗狗剛舔了我的褲子，牠認識我。」兒子說。

兒子每天喜歡隔著廚房的窗戶對著大黃狗叫：「狗狗，狗狗。」還經常趁沒人注意時，從碗裡撿起一塊肉從窗戶扔到湖南女人的小院子裡，狗狗大概早就把他當成朋友了。

「嗯，狗狗認識你，在跟你打招呼呢。」我打了個哈欠，這一夜被孩子生病折騰得很疲憊。

第二天中午，湖南女人敲開了我的門，半普通話半粵語地對我說：「孩子病好點了嗎？」我一驚，她知道孩子生病了？這也不奇怪，昨夜孩子急病，驚動了院子裡的鄰居們，也是鄰居相助才送的醫院。

「我上下午班，都是夜裡十二點才回到家，回到家才能出去遛狗。」她的眼睛看向我堆在客廳桌子上的書，凌亂的書快堆成小山了。

「哦哦。」或許還沒準備好和她說話，我竟然語塞起來。

「你和她們不一樣，你不打麻將，只讀書。」她又看我一眼。真是羞愧，天生痴笨，在院子裡待了三四個月，竟然學不會打麻將。她敲開我的房間前，我正在網上百度麻將規則。

原來我以為只有我通過廚房的窗戶偷窺了別人的生活，那是雙向的窗戶，別人也在偷偷觀察我的日常。我每天洗的菜、炒的菜，早餐蒸的包子、熱的牛奶，偶爾煮的螺螄粉、蒸的粉蒸肉、炒的臘肉、煲的蘿蔔湯……，每一次都會毫無保留地透過門窗飄向鄰居家，就像鄰居家炒的辣椒會嗆到我們一樣。

「這是送給孩子的巧克力，這本雜誌送你翻閱。」她遞給我兩盒巧克力和兩本時尚雜誌。

「我在酒店上班，從酒店帶回來的。」她解釋道，我一直驚得有點不敢相信，這真的是對門冷漠的女鄰居嗎？在院子裡住了三個月，二十幾戶人家，打過照面的都有打招呼聊天，如果算上夜裡在大門口的相遇說了幾句話，這一次算是我們第一次正式打交道。但我們其實一點也不陌生，我們早就暗地裡互相觀察彼此三個多月了，直到她確認我不會給她帶來麻煩，不會與她吵架，才小心翼翼地與之交往？

第二天，飯桌上多了一半包鉛筆和幾本空白筆記本，孩子說是對面的阿姨送過來的。我始終找不到給別人回禮的東西，再次在門口同時開門外出時，我都主動開口與湖南女人打招呼，發現她竟然會靦腆，會臉紅。她臉上的五官其實長得挺好看，只是不打粉底的臉上長著黯淡的雀斑，讓她的臉顯得黑。細看，不長雀斑的地方倒是挺白的，只是雀斑就像一片片不規則的樹葉遮擋了她原本光潔的面部。

「她們家以前是住洋房，一整棟，前年老公被朋友叫去日本旅遊，在郵輪上把整棟樓都輸光了，好幾千萬呢。」房東說道。

「一個星期把房子輸沒了？」我不敢相信，怎麼也看不出來老男人愛賭，每天只看到掃院子、洗院子，給辣椒澆水，就算被女人訓也很少吭聲。

「人家出老千了。他下船時都走不動了，被人抬出來的，還以為船上只幾小時，其實已經過了好幾天。真是敗家呢，現在天天被老婆罵鼻孔都不敢出氣，以前也是個包租公。」房東不是個愛說話的人，說起她家的事卻也停不下來。

「在船上就簽字畫押了，老婆哭鬧也沒用，後悔也沒用了，就給他老婆半天時間收拾東西。半天時間能收拾啥，連換洗衣服都沒收拾幾身，老婆孩子就被趕出家門，都沒地方住了。求著讓我幫忙想辦法過渡一下，這不才搬到這。說是過渡一下，卻已是一年多了。」房東搖搖頭，生怕我不相信，又指了指旁邊的鄰居說：「你不信，還是我派車去幫他搬家的。」

「好可惜，一棟樓呢。」我嘆氣道。終於知道為什麼女人的臉色總是陰暗無光，不願意搭理人，這道坎不容易過。

「以前的小洋樓，一家人住一層，二層、三層都出租出去，人家是包租公、包租婆來著，沒上過班的，現在不得不出去搵食了。」房東見我不說話，繼續說道。

又過了一個月，湖南女人不再半夜罵人了，但他們家做飯的時間總是與別人家不一樣，經常是下午四點半炒一次菜，晚上八點半炒一次菜，偶爾晚上十二點又炒一次菜。他家廚房抽風機排風口對著我們家的門，他家炒菜的濃郁味道從抽油煙機湧入我們的門簾，幾乎每一餐都有辣椒。

「好香的辣椒炒豆腐。」孩子在客廳做作業，聞到了香味，直嚥口水，我們家已經很久沒有吃豆腐了。

「這道菜是臘肉。」孩子聞著香味猜菜名，我也使勁吸了吸鼻子，臘肉炒蒜苗。

「對門阿姨家今天做了辣椒炒雞肉。」

不得不承認，孩子的鼻子很靈敏。

「媽媽，好想吃對面阿姨家炒的菜，聞著很香呢。」兒子忍不住說道。

真沒想到這樣的機會很快就實現了，那個週末我有事外出，家裡只有兒子一個人。出門前我囑咐他中午自己吃麵包喝牛奶，下午我回到家，發現麵包沒吃，牛奶沒喝，飯桌上還多出了半碟辣椒炒臘魚、一碟已經吃光只剩下兩根菜葉和蒜頭的青菜，兒子的專用碗裡還殘留幾粒白米飯。

「對門阿姨送過來的。」兒子說道。

「哦？」

「媽媽，我終於吃到他們家的菜了，果然比你炒的好吃，真香啊。」小傢伙咂咂嘴巴，還在回味著那濃郁的飯菜香味。

她是怎麼知道今天我不在家，只有兒子一個人，還做了飯菜送來？透過廚房的窗戶，看到她家的大黃狗又在拆院子，這次竟然是用爪子刨地，那幾棵辣椒的根都快要被大黃狗刨出來了。

我把碗碟洗乾淨，裝了一些水果，讓孩子敲開鄰居的門。

我與湖南女人家來往很快被和她有過節的女鄰居知道了，她們都找了我，一一數落湖南女人的劣跡。

「深更半夜人家都睡了，還在院子裡走動。」

「她上夜班，晚上十二點才回到家。」我替她辯白。

「半夜三更出門遛狗。」

「白天院子裡孩子多，知道大家嫌棄她的狗，她不敢放出來，只能大家睡著後才出門遛狗。」我說道。

「神經質，天天在家罵人。」

「她愛罵人，只罵她的老公。好端端的，房子沒了，是我也要天天罵。」我都要急哭了。

「假清高，會打麻將也不上桌。」

她老公房子都輸沒了，她這輩子估計都不會摸麻將了。

「你看她一臉的妖氣，一看就是想勾引男人。嫁了個老頭子，眼饞別人家的。」

好歹她老公在這，你們連老公都沒有。

……

我沒敢說出來，只是在心裡替湖南女人打抱不平，在這個大雜院裡，我不敢公然與任何人為敵，我怕我和湖南女人一樣被人孤立。

湖南女人和我同齡，都是八零後，都是一月分過生日。

「初中畢業，家裡窮，到東莞打工，別人介紹了香港老公，那時小，才十八歲，流水線的生活是真的苦，看不到盡頭。」那天，她半夜出門遛狗，我失眠，跟著她一起牽狗走出大院。她的大黃狗，一走出大院就奔跑起來，她穿著一件黃色的風衣，跟著大黃狗跑的時候，敞開的風衣很是拉風。

夜晚的風挺涼，我將披肩裹緊，跟緊她的腳步。要不是有她在，要不是有大黃狗，我定不會半夜出門，這一帶的治安並不好，居住著香港最底層的人和很多南亞人，犯罪率居高不下。

「你不怕嗎？」我跑得上氣不接下氣，她卻很輕鬆。

「不怕，有大黃。」她拉緊了繩子，大黃狗慢了下來。

「來，寶貝，讓你自己跑一會。」她說完，把狗繩解開，大黃狗在她身邊轉了一圈後，瘋狂朝後山跑去。後山有上山的路，全是當地人的墓地，週末天氣好時，我帶孩子爬過山，夜晚顯得陰森恐怖，我沒敢朝前走。

我們一起坐在一個木墩上仰望夜晚的星空，村子裡的狗叫了起來，那些圈養在家裡的狗遠遠就會聞到同類、異類的氣味，就會狂叫。一隻狗叫，另一隻狗也會跟著叫，狗狗們被帶入亢奮中，把夜晚的空氣攪動得不安分起來。

第二天，我坐西鐵去了趟屯門，找到了湖南女人被老男人輸掉的房子。三層樓高的獨棟村屋，門前的花圃湖南女人種的月季開得正豔，一株櫻桃樹長有兩人疊羅漢高了，是冬季，沒看到櫻桃開花也沒有結櫻桃。湖南女人告訴我，那櫻桃樹結的櫻桃可甜了，大顆大顆的，像瑪瑙石，她不捨得吃，都留在樹上給麻雀吃了。

我想像著湖南女人曾經的生活，靠著這棟房子，她已經多年沒上過班，收房租就足夠一家三口生活。從打工妹到外嫁香港，口袋裡有了點小錢，偶爾和姐妹們打點小麻將，有時輸有時贏，不過幾百上千的小錢。每年寒暑假就帶孩子去旅遊，回湖南探親，出手是闊氣的，畢竟是香港回來的。那時候的她還是水靈的，手裡拎的抱不是LV就是古馳，蘋果手機一年一換，是鄉親們羨慕的香港太太。她的老男人老公極少與她一起回湖南，年齡相差太大，她不願意讓村裡的姐妹們看到她的老公。她的孩子又可愛又聰明，只有孩子和她的香港身分才能裝點她的門面，而這棟三層樓的獨立洋房，是她炫耀的資本，是她可以隨意往臉上抹海藍之謎面霜的資本，更是發朋友圈的底氣。

命運啊，總是喜歡捉弄人，那些引以為傲的不過是浮雲。她哭過，鬧過，甚至想賴著不搬走。那明晃晃的刀亮在她面前，兒子嚇得慘白的小臉，老公連面都見不著。直到她簽了字按上手印，她屋裡的東西都沒來得及打包就被趕出了家門。

「我現在每天上班，沒時間想這麼多了。他年齡大了，也不得不去找工作，社工幫介紹了一份上夜班的工作，停車場的夜班保安。」她輕輕嘆了一口氣，我從她臉上已經看不出大起大落後的落寞，只是倔強的不甘。

「你有什麼打算嗎？」我握起她的手，尖細瘦弱卻很粗糙，每一個手指頭都長了倒刺。這雙手，以前是不用幹活的，家裡有菲傭，現在在酒店裡洗洗涮涮，回到家還不能停歇。

「上班賺錢送兒子讀大學，再過兩年，他就考大學了。他成績中等，考不上香港的大學，我想讓他考回湖南，去長沙，離老家近一些。」她說到兒子，聲音裡透著希望。誰不是呢？孩子是我們永遠的希望。

「你會回湖南嗎？」夜晚的風大，我替她把風衣扣上。

「不會，我一直在香港，不會離開香港，更不會回老家。老家，早已經沒有我的住處，連一張床都沒有了。」她的嘴角咧開著似笑非笑，一聲從心裡發出的嘆息在夜晚瀰漫。

半小時後，大黃狗自己跑回來了，伸著舌頭，哧嘶呼哧地吸著氣。

「好姑娘，我們回家吧。」她抱起大黃狗，大黃狗在她臉上舔了又舔。

「我們的家具都沒搬出來，只拿了換洗的衣服，幸好還有大黃狗陪著。」她一邊說一邊將狗繩又重新套在大黃狗脖子上。

月亮懸掛在我們頭頂上彎彎的，是上弦月，像她的眉毛，彎彎細細的。她的眉毛每天都精心描過，這眉毛讓院子裡的其他女人嫉妒。我拿出鑰匙開院子大門，大雜院裡寂靜無比，鄰居們都睡著了，只有菜地裡的蟲子在吞噬菜葉的聲音。她的狗性子急，拽著她走在我前面，又像是她刻意與我保持距離。我們誰也不說話，像陌生人，一前一後穿過小巷子，開門回自己的房間睡覺。我關上房間的燈，屋子裡漆黑一片，我像從前一樣站在廚房的窗戶向她的小院子望去，看見她蹲在院子裡和狗狗抱了抱，又說了一會話後起身關上小院的門回屋了。

美人魚

（1）

她知道他早醒了，靠在床頭玩一會手機後，一隻手有意無意劃過他臉龐。見他沒動靜，她的手繼續來回撫摸他的臉，在他的耳朵停留片刻，輕輕捏一下他耳垂。他強忍不動，繼續閉上眼睛裝睡。她在心裡暗暗嘆了口氣，你永遠無法叫醒一個裝睡的人。

她起身走進洗手間，坐在抽水馬桶上，點了一支煙狠狠吸一口，從鼻孔裡吐出裊裊煙霧，情緒方才平穩了些。她以前並不抽煙，這幾年失眠嚴重，才跟他學會了。她趁著抽煙的功夫，繼續低頭瀏覽手機，朋友圈裡一個客戶發了幾組去兩江鎮旅遊的照片。她一張張打開，細細看了一眼後保存在手機裡。

昨天夜裡，男人又做噩夢了。他在夢裡又哭又笑，大喊大叫：「洋洋快回來。月秀，月秀，你去哪了？」

她叫醒了他，他坐了起來，在黑暗裡，她聽見他進洗手間，大概一根煙功夫才出來，躺下後繼續睡著了。她卻再也睡不著，男人在夢裡的叫喊聲久久地在她腦海裡迴蕩。她在黑夜裡睜大眼睛，總感覺有一個男孩的身影在床邊忽隱忽現。男人夢裡叫的是別人的名字，她恨透了夢裡那兩個人，也恨透了做夢的男人。這個口口聲聲說愛她的男人，總會在睡著後做夢，說著和前一晚上一模一樣的夢話。

剛開始時，男人不信，說她想多了。直到她忍無可忍，他再次做夢時，她偷偷錄下視頻播給他看。他一巴掌打在她臉上，那是他第一次打她。她摸著被打的臉半天沒反應過來。火辣辣的疼。他下手有點狠，像是使盡了所有力氣。她哭了，他趕緊向她道歉。那時，他們才結婚兩個月。

「洋洋是我兒子，月秀是我前妻。」他請求她原諒，保證下次再也不會了。他向她承諾，他與他們兩人再無瓜葛，前妻和兒子更不可能影響他們的生活。

「可是，他畢竟是你的兒子。如果有一天他媽媽再婚了，他不會過來和我們一起住嗎？」她早知他離異，生有一子，卻沒有做好當後媽的心理準備。

「不會，永遠也不會有這種事情發生。只是，每年七月底，我都要和洋洋獨自去旅行。」他將散落在她臉上的幾根長髮輕輕撥到她耳後。她相信了他，也默許了每年七月底，他會離開家一個星期，手機關機，彷彿人間蒸發一般。

他們結婚後，他前妻和兒子從未到家裡找過他，甚至都未在他們生活中出現過，不承想，他的夢境卻像魔咒般折磨了她整整十年。

「我們接洋洋到家裡玩玩吧？」昨天夜裡，她把他推醒，向他提議。

「胡說八道。」男人似乎還沒從夢裡醒過來，抽完一根煙後回到床上背對著她繼續睡覺，直到天亮。

「黃小佩，這是什麼？」男人突然撞開洗手間的門，一把拽住她胳膊將她從馬桶上拉起來。

「藥。」她看到了他手中的棕色小瓶子，不禁吸了一口冷氣，那盒白色的小藥片總是被她小心翼翼藏在化妝包裡，怎麼就被他發現了，真是見鬼。

她將手裡的煙頭扔進馬桶裡，按了沖水鍵，煙頭在潔白的馬桶旋轉一圈後被沖洗得乾乾淨淨。她沒理他，推開他堵在門口的身體，徑直來到客廳給自己倒了一杯溫水。

「你成心的？你就不想給我生個孩子？」男人跟了出來，氣急敗壞瞪著她，紅紅的眼睛氣鼓鼓的。

他憤怒地將那盒寫著「炔雌醇環丙孕酮片」的藥瓶擰開，一顆顆比米粒大不了多少的藥片像瞬間獲得自由般，散落在客廳紅木地板上。那些藥片似乎與他作對似的，不安分地滾向沙發底、茶几和電視櫃縫隙裡。他瘋了一樣穿著洗手間專用的塑料拖鞋，對準地板上的藥片踩上去。她從未見過他這麼激動，藥片被他用力地雙腳碾得粉碎，白色粉末醒目地留在紅木地板上。有那麼一瞬間，她感覺全身起了雞皮疙瘩。他似乎還不死心，蹲在沙發邊翹著屁股往沙發底裡摸，要把那些漏網之魚全撿出來。她連話都懶得跟他說，帶著嘲諷的表情看他。她的嘴角莫名抽動一下，想笑又笑不出來。他氣急的樣子，讓她想起童年養的一隻螞蚱。她不太記得哪來的螞蚱了，卻一直記得牠在她面前亂蹦的樣子。

「黃小佩，你太過分了。」他又從沙發底下找到一顆白色藥片，右手大拇指和食指緊緊捏著舉到她面前向她咆哮道。

她無動於衷，內心早已波瀾不驚。她不是沒懷過孩子，要不是他，孩子現在應該上小學了。孩子流掉後，她就發誓再也不給他生孩子。他是不愛她的，也不會愛她生的孩子，她愛的不過是他夢裡的前妻和兒子。這麼子想著，她的心又硬了一些，端著杯子的手還有點微微顫抖，她有激動就發抖的毛病。她緩慢地將杯子送到嘴邊，喝了口水，眼窩子卻很淺，吞進喉嚨裡的水鹹鹹的，她轉過臉去，不讓他看見。

他拿她一點辦法都沒有，看了看手中藥片，只能乾吼兩聲。突然，他當著她的面將手裡的藥片塞進自己嘴裡，誇張地咀嚼起來。她被他的舉動嚇懵了，一把拉住他的手要制止，只感覺一股熱氣從肚臍眼往上湧。

「還有嗎？都拿給我，我全吃了。」他的樣子讓她感到害怕，她衝進洗手間，把門從裡面關上鎖死，任他在門外一遍遍問她，為什麼不願意給他生個孩子。她沒什麼好解釋的，就像他看不得藍色、不吃任何水裡產的魚呀蝦呀貝類呀一樣。他說過敏，她嗤之以鼻，聽說過食物過敏，沒聽說過顏色過敏的。

「為什麼要生孩子，孩子生下來，你能保證帶好孩子，不讓他受到一點傷害嗎？」那年，他為讓她打掉孩子，當著她的面砸掉她新買的魚缸。她以為他會喜歡，會和她一樣充滿期待。她拿著孕檢報告，喜滋滋地從醫院回家，高興得還不知道如何將這一好消息告訴他。她那天的心情好極了，給他生一個孩子，讓孩子填滿他的心，他應該就不會再做那個噩夢了吧？她特地在超市買一個小小的魚缸，三條小金魚歡快地在水裡游來游去，多像幸福的一家三口。

那三條紅色小金魚在地板上蹦了幾下，大張著嘴巴在一灘水漬裡吐泡沫。她彎下腰將小魚兒捧在手裡，不小心被玻璃刺到食指，鮮血順著指縫滴在地板上，滴到地板上的水漬裡，觸目驚心的鮮血讓她的肚子一陣陣疼痛。那三條小金魚最終沒被她救回來，幾分鐘後在洗手盆裡翻出白色的肚皮，一條條浮在水面。她沒有處理，他也沒有。直到兩天後鐘點工阿姨來，才清理掉已經腐臭的小金魚。她便賭氣似的一個人去醫院流掉孩子，等他發現時，一切已經來不及，就像三條死去的小金魚，再也不能起死回生了。

他想生孩子，是這兩年的事，她卻早已不想了。那個孩子打掉後，她再也不想給他生孩子了。他還繼續做他的噩夢，她終於明白，他內心世界裡，只有他夢裡的前妻和兒子，她，不過是他夢外的女人。她看過他從前的畫，大海是他畫得最多的，藍色是他的主調。那些畫作都被他鎖在工作室的櫃子裡，誰也不許動。她嫁給他前，他是國內小有名氣的畫家，以畫天空和海洋得名，圈子裡都叫他「藍色精靈」。他現在的畫單調沉悶，就像他的人一樣。一個不願意看見藍色天空、不願意面對藍色海洋的人，就像不願意承認自己生活在這顆藍色星球的外星人一樣。

畫商曾苦口婆心勸他再畫那些驚濤拍岸的海岸線，再畫那魔幻般的海洋，哪怕在風景畫裡畫點流水也行，都被他拒絕了，多高的價格他都無動於衷。他只畫些沒有水的風景畫，沒有水，沒有藍天，那些風景畫要麼賣不掉，要麼低價處理，好在他還有一份薪水不錯的工作，他們的生活才沒到捉襟見肘的地步。

「這是兩江鎮的街市。」他最近迷上了畫古鎮。

她瞄了一眼，她沒去過兩江鎮，對兩江鎮卻不陌生。她在谷歌地球上搜索過，兩江鎮依山傍水，他的畫上卻沒有河，沒有碼頭，只有古城牆和青石板路。

「這是她的家，姐姐打理成一家客棧，洋洋最喜歡住在二樓靠河的房間。」她順著他的目光看向畫板上掛的油畫，「青青客棧」，她記住了客棧的名字。

兩江鎮是他的故鄉。結婚後，他不曾帶她回過兩江鎮，也沒見過他的親人，包括公公婆婆都未曾見過面。這些年，他一直是一個無根的人，一個與故鄉沒有聯繫的人，沒有同學，沒有老鄉，沒有親人，也沒有牽掛。她樂得不用去理會這些家長里短的事情，閨蜜向她訴苦婆媳關係時，她甚至暗自慶幸。他的兒子和前妻一直是他們婚姻生活的禁區，他不允許她問，偶爾自己說漏嘴，在她發問前就早早轉移話題。她只知道他們是同學，是兩江鎮青梅竹馬的戀人，畢業後早早結婚，早早生了一個兒子，也早早地離婚。

這是她第一次來到兩江鎮。

前一天晚上，這個荒唐念頭在腦海裡閃現時，她差點沒被自己瘋狂的想法給嚇到。天還沒亮，她就開車從深圳出發了。這一切都要瞞著他，一點風聲都不能透露給他，否則他一定會以為她瘋了。好在是七月底，每年他和他兒子約定的旅行週。

她已經司空見慣，一個男人，每年都獨自帶上兒子出門旅遊，像閉關一樣，手機關機，一張照片也不拍。

「洋洋不讓拍。」他解釋道，明知道她不信。

她在旅遊網上預訂的民宿，小鎮山清水秀，有個5A級旅遊景區，鎮上人家都開起了民宿。她瀏覽了一下，光是旅遊網上能訂到的民宿就十幾家。她想也沒想就選了「青青客棧」。

江小魚不止一次告訴過她，他的家在江邊，早晨起床拿著牙刷、毛巾到江邊刷牙洗臉，若是夏天還會「撲通」跳到水裡洗個澡，醒醒神。

「月秀呢，你們會一起跳到水裡游泳嗎？」她假裝漫不經心地問，口氣裡卻全是醋酸味。

「又瞎說，月秀膽小，不會游泳。」他不再繼續，聊天總是在她有意無意地引向他的前妻或者兒子時就聊死。

她在他的描述裡對兩江鎮又是愛又是恨，又是歡喜又是害怕，她想像過很多次跟隨他回到兩江鎮的情景，唯獨沒有想過會一個人偷偷地來到他的故鄉。她一個人開了十個小時的車才到兩江鎮，畢竟是年過四十的女人，精力已大不如前。她把車子停在民宿門口空地上，從後車廂拿出旅行包，民宿老闆娘已經從家門口迎了出來。

「黃小姐，你的房間安排好了。」老闆娘一笑，顴骨顯得更高了。

「你怎麼知道是我？」她一驚。

「粵B牌的，這不從深圳過來？你訂房的手機號碼、身分證地址都是深圳的，一猜就猜到，又不是過年過節，還會有誰從深圳回來？」老闆娘稍微一頓，爽朗地笑了起來。

她不再說話，眼睛很快被精緻的客棧吸引住，門口的月季開得正豔，院子裡的番石榴樹上結了好多果，青的、黃的，散發誘人的香味。江小魚畫畫時說「青青客棧」是月秀的姐姐在經營，她沒有見過月秀，連照片都沒見過，她一直用眼睛的餘光偷偷打量面前的女人，想從她身上猜出月秀的模樣。

她的房間在二樓，從二樓房間陽臺往外看，一條小河流緩緩流過，河水映著岸上的竹子、榕樹、龍眼樹，碧綠碧綠的，她不知道這是不是江小魚游過泳的小河。她決定晚飯前去小鎮上走一走，她還沒想好要不要去拜訪他的父母，萬一他的前妻和兒子一直住在兩江鎮，一直和他父母住呢？她不是沒想過這種可能，要不他怎麼從不帶她回兩江鎮呢？

她很快從一個孩子嘴裡打聽到了江小魚的家。她在小鎮的地攤上買了一個淡黃色草帽戴在頭上，邊走邊逛，腳卻不由自主地朝江小魚家那條巷子走去。巷子不大，還保存著古鎮的原貌，清一色石板路，斑駁的城牆，和他筆下的油畫一模一樣。只是油畫裡總是有一男一女兩個少年的背景。傍晚的小巷子，家家戶戶門口坐著摘菜的老人，幾個孩童在奔跑玩耍，少年倒沒見到，大概少年都在家裡玩電腦、做作業吧？

江小魚家大門緊閉，她鬆一口氣，拿出手機對著大門換幾個角度拍幾張照片。她看到隔壁幾個坐在自家門口的老人好奇地停下手中的活，朝她張望，她做賊心虛地壓低自己的草帽。正想離開，門開了，一個老婦人提著一個菜籃子打開門上下打量她。

「媽——呀——」她嘴唇微微張開，不自覺地吐出了一個「媽」字，老婦人狐疑地盯著她，那個「呀」字才吐了出來，兩人似乎都鬆了一口氣。

「你這草帽……」他的眉宇和老婦人的像是一個模子刻出來的，她想過無數次的婆媳見面，即使是開車過來的路上，她對這樣的見面方式還是沒想過。

「剛買的。」她摸了摸頭上的大草帽，想蓋住自己的半邊臉，又覺得不合適，乾脆把草帽拿在手上。

「這不是旅遊編織帽，這是下地幹活的草帽。」老婦人的目光在她臉上停留片刻，將菜籃子放在門口石檻上。她用眼睛餘光看到了菜籃子裡，只有一把乾癟的空心菜和倒還算新鮮的韭菜。

「你就是那個深圳來的，剛打聽江小魚家的閨女？」老太太的目光一直停留在她身上，看得她渾身不自在。她不確認江小魚有沒有把她的照片給他兩江鎮的親人看過，結婚十年，沒生過孩子，她的體型沒什麼變化。

「他回來過嗎？」她問。

「沒。倒是月秀回來時總會過來看我們老兩口。」老人將菜籃子裡的空心菜抓在手上，將老的根莖掐掉扔在地上，面無表情地說道。

「月秀不在兩江鎮？」她問道。

「你是他們的朋友？」老人抬起衣袖抹了抹臉，又揉揉眼睛，看了她一眼。她也看了老人一眼，老人的眼角已經布滿皺紋，眼睛渾濁不清。

「嗯。」她不置可否。

「唉，這兩口子，誰也勸不動啊，脾氣都倔得很，說離就離了。」老人的眼裡浸出了淚水。

「後來呢？」她急急地問道。

「後來，我們家小魚就像斷線的風箏一樣，消失了。剛開始他的手機還通，後來手機都換了。深圳那麼大，我們能去哪找他？這狠心的孩子，總有一天他能自己走出來，只有走出來了才會回來。可憐的孩子，他不會忘記兩江鎮是他的家。」老人嘆了口氣，聲音裡透著無奈。她想安慰老人，卻無從安慰，只好蹲下來從她的菜籃子裡拿出一把韭菜，邊陪她說話邊替她摘掉爛葉子。

「他後來沒有再結婚？」她小心翼翼問道。

「月秀說他結婚了。這閨女真讓人心疼，到現在還認我這個娘。你見過我家小魚？你回深圳替我們勸勸他，我和他爸爸老了，走不動了，家裡的大門一直為他敞開。」老人拉起她的手，就好像在拉他兒子的手，捨不得她離開，她只好胡亂編了些話來安慰她。那些話，也不算是編，都是江小魚近幾年的生活，只是打死她都說不出口她是他的妻子。

她在江小魚母親家吃了晚飯，很晚才走回民宿。現在她知道了，「青青客棧」老闆娘叫月青，比月秀大兩歲，姐妹倆從小感情就好。小鎮本就不大，七拐八彎全是遠房親戚。她一個人走回「青青客棧」，月光照在石板路上，她的影子在路邊竹影裡若隱若現，夜晚的風有點涼。

「江大娘說你是江小魚和我們家月秀的朋友，我剛給月秀發了微信，她卻想不起來你的名字。」老闆娘舉起手機親密地和她拉家常。

她心裡有點不高興，小鎮上的人一定偷偷在某個地方拍了她的照片。

「你一定見過他們的孩子，那孩子多可愛，嘴巴甜得很，每回過年回到兩江鎮，都逗我們開心。」老闆娘臉上露出了笑容，不過很快就消失了。她插不上話，她沒見過洋洋，連照片都沒見過，不管是小時候還是現在的照片，江小魚手機裡竟然一張也沒有。

「洋洋死了，把他倆的魂帶走了。特別是我那個傻妹子，這都不正常了。」老闆娘用手指了指自己的頭說道。

「洋洋死了？什麼時候？」她的手明顯抖了一下，不過還是馬上故作鎮靜起來。

「十年前。月秀一直不承認洋洋死了。也不能怪她，生不見人，死不見屍的。丟在海裡，失蹤了。唉，可憐的孩子。」老闆娘轉身從茶几上拿起一壺羅漢果茶陪她上樓。

「是七月分，放暑假的時候嗎？」她再也坐不住了。她又想到了每次他做噩夢吵醒她時，她總感覺房間裡有一雙眼睛在暗處盯著她看。

「可不，放暑假，月秀帶孩子去峇厘島，孩子玩浮潛，失蹤了。」老闆娘嘆了口氣。

「他呢？江小魚呢，他沒去？」她想到了他的噩夢，一夜夜糾纏著他的噩夢，他夢裡總有一條大青魚張開大嘴巴吞掉了月秀和洋洋。原來不是夢，是真的有一條大青魚啊。

「那個江小魚，可把俺家妹妹害苦了。他敢讓我在兩江鎮見到他，我絕對饒不了他。」老闆娘情緒有點激動。她只感覺渾身酸痛，開了一天的車，真累壞了。

他的手機還是關機，沒有一個星期，他不會開機。他在陪洋洋過暑假，陪洋洋外出旅行一個星期。多麼荒唐的旅行，她嫁給他十年，他的前妻、他的兒子還一直活在他心裡，活在他夢裡，也活在他們生活裡。

（2）

他舒了一口氣，但願他沒有說夢話。那個夢總是在天亮前開始，他在夢裡悲喜交加不能自已，有那麼一瞬間他以為是真的。迷迷糊糊醒過一回，環顧四周，在心裡輕輕嘆了口氣，不過是場夢而已。夢裡的情景卻是那麼真切，他從那條大青魚眼裡看到了月秀和洋洋，月秀和洋洋的腳沒有了，只剩下長長的魚尾巴……。他瞄了一眼洗手間，繼續躺下，用想像延續那個夢中的場景，然後嘆息一聲。

去香港出差，本來是輪不到他。新冠疫情以後，香港和內地一直沒有正常通關，從深圳到香港要先在酒店隔離二十一天，辦完事從香港回深圳，還得在酒店強制隔離二十一天，這一來一回，兩個月有大半時間在隔離中度過，拖家帶口的，誰願意去出這趟差呢。

那封信是月秀現在的男人寄給他的，邀請他去一趟南丫島看看她。信有點莫名其妙，片言隻語，他完全可以不理會。月秀離開深圳後沒有回兩江鎮，而是去了香港，生活在一個叫南丫島的地方。月秀也已經結婚了，現在是別人的老婆了。他的心莫名地被什麼東西扯了一下，眼淚模糊了視線。

他在谷歌地球查了月秀居住的地方，無法想像，也無法接受，她竟然日夜與大海相伴。他以為月秀會和他一樣，遠離海洋。自從那件事情發生以後，已經十年了，他不曾靠近大海一步，就連藍色都不曾出現在他的家裡。他憎恨大海，討厭藍色，甚至不吃任何水產品，所有與大海有關的一切都被他屏蔽掉，包括月秀的信息。整整十年，他們互相刪除了彼此的聯繫方式，就連多年不曾用的郵箱也被他特地找出來，刪掉了所有從初識到熱戀的通信，然後從她生活中消失，就像他們的孩子一樣，消失在茫茫大海中。

月秀一直生活在香港，與他一海之隔，他們卻再也沒有聯繫過。

他有過一個孩子，和月秀，那孩子長得真好看，虎頭虎腦的，活潑聰明，見人就笑。

「洋洋，我的洋洋。」想到自己唯一的兒子，江小魚的心忍不住一陣劇痛。

「起什麼名字不好，非要叫江海洋，江水、河水都要流入大海，這名字給起的。」出事以後，他的老娘，去找了兩江鎮馬公公超渡孩子亡靈時，馬公公唸叨道。他老娘在電話裡哭著轉述馬公公的話，再有一個孩子，千萬起好名字了，五行裡，江姓人家不缺水。

他不信邪，更不信因為名字起不好孩子才出的事，但心裡的疙瘩再也解不開。

那年，孩子剛滿八歲，讀小學二年級，期末考試，孩子門門功課都滿分，還拿回了優等生獎狀。

「我們去一趟峇厘島玩吧。」月秀親了親兒子，去峇厘島旅遊不知道什麼時候開始成了深圳人的時髦。

「我要去巴黎。」洋洋一直沒搞清楚峇厘島和巴黎是完全不同的兩個地方。要不是興起峇厘島旅遊熱，江小魚也不會專門去查峇厘島的位置。這個在印度尼西亞的小島很符合中國人的旅遊觀念，距離不遠，來回機票便宜，跟團一個人也就幾千塊錢，還美其名曰出國了。

他對這種跟團遊沒興趣，笑她不如去惠州雙月灣，他們早兩年被地產仲介忽悠跟風去雙月灣買了一套海景公寓，就交房那個月去住了幾天，後來一直空置著。說好的海景度假房，月秀嫌遠，從深圳的家開車過去不塞車也要兩個小時，節假日八成堵在高速上。平時週末孩子要上興趣班，也抽不出時間過去居住。

這次，是為了送給兒子期末考試的獎勵，也是為了給兒子慶祝八歲生日，他們決定一家三口好好去峇厘島玩一玩。

「可以浮潛，那裡的海水湛藍湛藍的，想想就很美。」月秀不會游泳，卻喜歡海洋，結婚蜜月，他帶她去三亞住了一個星期的海景房度假酒店。

「可以看到海裡的美人魚嗎？」兒子正在讀他給他買的英文版《小王子》。兒子的英文不錯，從三歲就開始請外教一對一學習，已經可以無障礙地閱讀英文童書。

「兒子，這世界上沒有美人魚，美人魚只在童話故事裡。」他皺了一下眉頭，馬上就過八歲生日了，這孩子還分不清童話故事與現實，這讓他很著急。

「虧你還是個畫家，給孩子一點想像空間。誰說沒有美人魚？美人魚就在海裡。」月秀輕輕戳了他的腰。

「爸爸，你看，我畫的美人魚。小王子住在自己一個人的星球上，美人魚住在藍色的星球裡，不過美人魚不是一個人住，有許多的小夥伴。」洋洋已經隨手在《小王子》的扉頁上用鉛筆畫了一幅畫，他要制止，已經來不及。這孩子不好好愛惜書本，總是在書上塗鴉，讓他受不了。

本來說好的一家三口去旅行，順便帶兒子去寫生。臨出門前那個星期，他的一幅畫獲了獎，還在幾個城市參加循環畫展，主辦方希望他能出席頒獎典禮。

那個旅行社死活不願意退他的跟團費，月秀去找了旅行社的老闆娘說盡了好話，人家才勉強打五折退了一半，另一半的錢，直接轉為在峇厘島母子倆參加的收費項目。月秀興奮地跟他說：「虧我想得出的好主意，到峇厘島後第四天是洋洋生日，我和洋洋跟船出海玩浮潛慶祝八歲生日，你那一半的跟團費剛好折算給我們。」

母子倆自己跟團去峇厘島，他出門參加畫展和頒獎典禮，圖個清靜。

洋洋在峇厘島浮潛時，遇到了暗潮，被洋流捲走，消失在茫茫大海。

月秀昏厥了幾次，醒來後斷斷續續哽咽著在電話裡向他訴說。開始，他以為是玩笑，邊哭邊衝著電話裡的月秀咆哮：「這樣的玩笑不好玩。」

他匆忙從畫展現場直奔峇厘島，那個開始不願意退他團費的老闆娘哭喪著臉陪他一起從香港機場飛往峇厘島，全程兩人都不說話。他詞窮了，洋洋失蹤的消息傳來後，他的世界就被掏空了。

他到峇厘島時已是晚上，地陪在機場接到他後直接送他去酒店。月秀躺在酒店房間裡，不吃不喝，形容枯槁，見到他那一刻，她微張著嘴半天說不出一句話。

他厭惡地看了她一眼，洋洋，他們的孩子，她沒照顧好他，讓他一個人消失在茫茫大海。

「為什麼，為什麼要讓孩子玩浮潛？為什麼不看好洋洋？」他在出發前已經弄清楚了事情的來龍去脈。峇厘島玩浮潛是峇厘島最熱門的旅遊項目，每天上午，由郵輪帶上一船的人開到峇厘島附近海水最湛藍、能見度最清晰的印度洋上。那裡離海岸線幾十海里，以郵船為中心開展各種收費娛樂的海上項目。

「說好的一家三口出來旅遊，你為什麼不來？」月秀張開的雙臂愣在半空，她是想要抱住他的，他卻離得遠遠的。她放聲大哭，眼裡早已經哭乾，淚水都沒有了。

「為什麼？為什麼不看好洋洋？」他的心痛到了極點，卻不願意靠近她，把背上的行李包扔在房間的沙發上，哭著、喊著使勁地揪自己頭髮。

「洋洋想玩，想看海裡的美人魚，想看海裡的珊瑚。」月秀聲音嘶啞。

「愚蠢，又是美人魚。」他一把將茶几上的杯子摔到地上。

月秀閉上眼睛，不再看他。

「洋流來得太突然，才幾秒鐘的時間，就找不見人了。全船的人都在尋找，派了好幾隻救生艇，圍著郵輪方圓十幾海里尋找，都找不到我們的洋洋。」月秀支撐著從床上坐起來，洋洋出事以後，她昏厥過幾次，死活不肯離開洋洋出事的地點，直到幾個小時前才被送回酒店休息。

他這才看到月秀懷裡一直抱著洋洋從深圳帶到峇厘島的胖柴犬小抱枕，這小抱枕是洋洋一週歲時他送給兒子的生日禮物。後來又給他買了很多玩具，他最鍾愛的還是這個胖胖的小柴犬抱枕，每個晚上都抱著才睡覺，不管去哪他都帶著這個抱枕。他鼻子一酸，眼淚再次噴湧而出。

「你先好好休息吧，洋洋只是失蹤，等天亮了我再去找洋洋。」他冷冷地對她說道，一個人躺在房間沙發上，翻來覆去一夜沒合上眼。

他一個人在旅行團老闆娘陪同下坐快艇到了洋洋失蹤的地點，洋洋失蹤後，郵輪出海玩浮潛的項目被當局暫停了。蔚藍的海面上，看似風平浪靜，乾淨的海水如兩江鎮的山泉水一樣清澈透明。他穿了救生衣，戴上浮潛裝備。

「一定要下海嗎？」老闆娘不安地問道。

「一定要下海。」他決絕的語氣容不得半點置疑。

和來時說好的一樣，老闆娘叫船員在他腰上繫一根長長的繩子，這一帶暗潮洶湧，看似平靜的海面上，稍不留神就被暗潮帶走了。這是洋洋看過的海洋，他水性不錯，卻還是感覺到了海浪的力量。好幾次，他的手腳幾乎沒一點用，身體不由自主地隨波逐流。他清楚地看到幾十米下的海洋生靈，除了洋洋，海底下的珊瑚、沙子、石頭和各種魚兒都一清二楚。陪他前來的快艇停在海中央，看不到岸，要不是有太陽，根本分不清東西南北。海面上連一隻海鳥都沒有，四周除了海浪聲，什麼都沒有，他的心裡早就寂靜一片。

洋洋失蹤了。回到深圳的家裡，看到洋洋的照片、洋洋的玩具、洋洋的衣服、洋洋的床都讓他痛得喘不上氣。他叫月秀收拾洋洋的東西，月秀偏不。她將家裡能找到的洋洋從小玩到大的玩具全拿出來，擺在家裡客廳地板上、茶几上和沙發上，滿滿一屋子全是洋洋的玩具。他悲哀地發現家裡被洋洋的玩具占滿了，他連落腳的地方都沒有了。

孩子出事後，他和月秀時常在家裡坐上一天兩人也無話，他們都渴望談談洋洋，卻每每說出口的全是刀光劍影，每一句話都是一把利劍向對方刺去，誰也不肯原諒誰。後來，洋洋成了他們彼此間的一個隱形炸彈，他越想逃離，她就恨不得時刻提醒他洋洋失蹤了。

「求求你，把洋洋的東西都收起來吧。」他再也受不了，從月秀手裡奪過洋洋的肥柴小抱枕扔在地上後摔門而出。等他回到家，發現陽臺上晒滿了洋洋的衣服，月秀坐在洋洋的房間，拿著洋洋的《小王子》輕聲朗讀，就像洋洋在家時給他讀故事一樣。

他的精神幾近崩潰，簡單收拾幾套換洗衣服後逃出了家門。一個三十多歲的大男人離家出走了，空蕩蕩的家裡，只有月秀一個人守著洋洋的玩具。說是離家出走，不過是躲到了離家不遠的一個出租房裡，從出租房可以看到自己家陽臺上乾枯的花花草草。

他們迅速辦理了離婚手續。從民政局出來，她問他，能最後抱抱她嗎？他搖搖頭，轉身走了。洋洋出事後，他不曾抱過月秀，也不曾安慰過她。誰能安慰得了誰呢？兩顆創傷都很深的心，無法溫暖彼此的靈魂。

月秀將洋洋所有東西打包放進一個大大的旅行箱裡，洋洋的玩具、洋洋小時穿過的鞋子、洋洋小時用過的汗巾、洋洋的作業本……

他不想給生活一絲反悔的機會，月初和月秀離的婚，月底就和現在的妻子閃婚了。他不僅把手機號碼換掉，連工作都辭了，和月秀有關的一切，包括兩江鎮的親友都被他屏蔽掉，月秀徹底從他生活裡消失得無影無蹤。他故意忘掉了從前的生活，煙酒不碰的他也已經變成煙不離手，酒不離口。他在清醒時只想眼前，想未來，只有在喝多的夜晚，在夢裡，才會偶爾想想過去。過去的生活是那麼地遙遠，遙不可及。他和月秀的過去、曾經的山盟海誓、曾經一家三口回兩江鎮的愉快情景，再也不可能回來了。他們曾經是兩江鎮飛出的一對金鳳凰，是兩江鎮年輕人的偶像，兒子沒了以後，他再也不敢回兩江鎮。生活，多麼戲劇化啊！

沒有人可以理解他為什麼要這樣做，甚至他自己也不知道為什麼要這樣做，月秀沒有問他，也沒有機會再問過他，他不給她訴說任何懺悔的機會。

「那個孩子，真的來過嗎？」無數次醉酒後，他問自己。那過去的日子、抱著熟睡的孩子在懷裡、給孩子講各種有趣故事的夜晚，真的存在過嗎？他企圖忘記的，最終總會以翻江倒海的方式向他湧來。

他又夢見洋洋了，還夢見月秀。十年了，這些夢像魔咒一樣久不久又詛咒他一次。黃小佩是他抓住的一道屏風，嚴嚴實實地幫他擋住過去的生活。他一心想投入和黃小佩的新生活，卻總是在他以為自己已經和過去隔開時，過去生活的場景就會回到他的夢裡。那時候他還年輕，頭髮還沒有禿，還沒有啤酒肚，還有夢想，還為孩子的學習操心，還為孩子的未來做各種規劃。

妻子只知道他離婚了，並不知道洋洋葬身海底的事情，要不然也不會與他認識一個星期後就閃婚。「你的心缺了一角，我們要一個孩子吧。」妻子無數次在他耳邊嘮叨。她嫁給他時，她剛和前任分手，正是空窗期。他失去孩子到酒吧買醉，她失戀到酒吧買醉。兩個都喝醉的人攙扶著到了他的出租屋，一個星期後兩人賭氣似的到民政局領了證。

「缺的那一角，一個孩子就可以填滿嗎？」洋洋剛死那兩年，他不願意和任何人談孩子的事情，他甚至相信月秀說的話，洋洋還活著，只是失蹤了。

對於生孩子，他一點也不熱衷，甚至害怕，那小小的生命從無到有，再從有到無，只是一瞬間的事情。他可以創造一個小生命，卻不能讓一個消失的生命再回來，有什麼意思呢？妻子意外懷孕了，從醫院回家的路上，她卻買了一個魚缸和三條小金魚，他見到魚缸時嚇壞了，焦慮不安讓他一度失控。魚缸被砸壞，妻子傷心流產，等他反應過來，一切都來不及了。

前兩年，過了四十歲生日，他從來沒有如此渴望過，渴望再生一個孩子。那個孩子可能是洋洋的替身，也可能是和洋洋完全不一樣的孩子，那又有什麼關係呢？他是過了而立之年突然才想明白的，他需要一個孩子，需要一個完整的家。妻子口頭答應給他生一個孩子，肚子卻一直不見動靜，直到他發現她一直口服避孕藥。

他已經十年沒有坐過船，在中環碼頭上船時，他有點眩暈，船還沒開就吐了。洋洋失蹤後，生活發生翻天地覆的變化，他用十年時間來忘記和接受新的自己。十年裡，他沒有回過一次兩江鎮，也沒有和親朋好友聯繫過。剛開始他害怕別人問他月秀和洋洋，害怕別人同情他，再後來卻是害怕他們會告訴他月秀的消息。他始終是有負於她的，如果時光可以倒回，他一定會在孩子出事時第一件事不是責怪她，而是抱抱她。如果當初抱抱她，折磨自己十年的噩夢是不是就沒有了？月秀的男人在郵件裡不僅留了他自己的手機號碼，還留了月秀的手機號碼。他每天都翻出手機通訊錄，看一眼她的手機號碼，卻一次也沒有給她打過。

月秀住在南丫島榕樹灣碼頭附近靠海的小房子裡，日夜與大海為伴。

南丫島不大，榕樹灣碼頭更小，他到時是傍晚，榕樹街市大大小小的酒吧、海鮮酒樓、茶餐廳都坐滿了不同膚色的人。有人喝啤酒，有人品紅酒，有人灌洋酒，人們三三兩兩聚在一起，要麼高聲談笑，要麼低頭私語。這是香港的南丫島，不是異國小鎮，他提醒自己。他在一個舊書櫃前停留下來，那些英文書籍塞滿了舊書櫃，書櫃擺放在一家水吧門口的行人路上，在小小的巷子裡，有點擋了行人的去路，行人經過時只能小心翼翼從書櫃旁側身而過，但並不突兀，似乎它應該一直在這裡。

一個長得很結實戴著水手帽的男人坐在水吧門口的藤條椅子上，旁若無人閱讀一本英文小說。有個小女孩從包裡拿出一本書塞到書櫃，又拿走了另一本書。這是一個免費借閱的書架，顯然，這和普通的圖書館自助借閱櫃不一樣，這是小島上私人書籍對外免費借閱的書架。他的英文並不是特別好，也沒有養成閱讀英文書籍的習慣，但他還是很好奇，駐足書櫃前。那本英文版的《小王子》引起了他的注意，他記得他給洋洋買過一本一模一樣的《小王子》，另一個星球上的小王子的故事從他嘴裡讀出來，年幼的洋洋聽得入迷。他從書櫃最底層取出那本封面有點破舊的《小王子》，扉頁上被畫上了一幅兒童畫，他像被電擊倒似的，手一滑，書本掉到地上。

「你沒事吧？」那個男人抬頭關切地問道。

他努力擠出一點笑容朝他笑笑，那個男人繼續低頭看書，落日的餘暉照在男人乾淨的衣服上。

這是洋洋的書，洋洋畫的畫，他記得一清二楚。洋洋有喜歡在書上隨便亂畫畫的習慣，被他說了很多次，一直屢教不改。

「爸爸，我的美人魚住在自己的藍色星球上。」洋洋稚嫩的童聲在他耳邊迴蕩。

「叔叔，這本書你要借嗎？我想借回家。」一個男孩的聲音打斷了他的回憶，他出神地看了男孩一眼，搖搖頭又點點頭。

男孩怪異地看了他一眼後，拿上另外一本書走了，他這才發覺他的眼鏡片早就模糊了。他掏出紙巾擦了擦眼睛，又用衣角擦拭鏡片。他沒有把書放下，手裡一直拿著書，繼續在街市行走。南丫島與中環不過半小時船程，卻彷彿進入另一個世界。他總能看到好幾個自助售貨攤，每一件物品都標了價格，一個舊紙箱做成的收銀箱。還有分享舊衣物、舊包、舊書、舊玩具的，擺在家門口的石階上，寫著免費索取。

有了《小王子》，他覺得小島上所有的一切都與他有關，與洋洋有關。他在每一個免費索取的門口都停留片刻，努力尋找藏在記憶裡洋洋的物品。沒有，他鬆了一口氣。

月秀的房子並不難找，小島上每一家的標識都不清楚，但卻沒有一家一模一樣的房子。月秀住的房子坐落在離碼頭不遠的海邊，從街市拐過一條小巷子後就是大海，幾個大小不一的院落建在海灘上。他憑著感覺走到月秀家門口。小島上的每一間屋子都不大，卻都帶著一個小小的庭院。他不知道月秀在不在家，不知道她的男人在不在家。他拿出手機，在通訊錄裡找到月秀名字，她的香港手機號碼很好記，就八位數字，他早就熟記在心。他猶豫一下後把手機又放回貼身的褲子口袋裡。

她的家門上，用藍色的油漆寫了三個字「江海洋」。纖秀的字體，一定是她寫的，字跡已經模糊，她在這住了好些年了吧？他在庭院的秋千旁站了一小會。她的家門是虛掩著的，屋裡亮著燈，透過玻璃窗可以看清屋裡的擺設。他乾脆坐在秋千上。屋裡沒有人，他的電話響了起來，是妻子打來的，問他什麼時候回去，告訴他從香港回大陸的隔離政策改了，現在從香港回深圳只需要到酒店強制隔離七天，然後就可以居家隔離了。

他坐了好一會，月秀屋裡沒動靜。期間他多次想站起來朝門口走去，又拿起手機看一眼後又坐下。海面上停泊了好多小船，夜色斑爛。十年來，他第一次離大海這麼近，夜晚的海風鹹鹹地吹撫過他的臉龐。他的心情慢慢平靜下來。他從秋千上站起身，向月秀的屋子走去。他敲了三下門，屋子裡靜寂無聲。他遲疑了一下後推開虛掩的門，屋子乾淨整潔，只有簡單的家具，並無太多擺設，連電視機都沒有。桌子上擺著一本相冊，全是兒子洋洋的照片，從剛出生時到在峇厘島失蹤前的照片。他第一次看到洋洋在峇厘島時拍的照片，洋洋的笑容是那麼可愛，他忍不住在照片上輕輕親吻了一下。

「美人魚。」他驚叫道。

洋洋在大海裡浮潛的最後一張照片，他看到了洋洋的腿變成了魚尾巴在歡快地甩動海浪，藍色的尾巴，和海水融為一體。他落荒而逃，他逃出了她的小庭院，重新回到熱鬧的街市，因為走得急，他能聽見自己心臟跳動的聲音。他走進一個酒吧，坐在吧臺上，給自己要了一杯酒。這才發現，從月秀家跑出來時，他把《小王子》落在桌子上了，兒子洋洋的相冊被帶了出來。

他只喝了一杯，就暈了。人到中年，酒量越發不如以前了，身體也每況愈下。如果兒子洋洋還活著，現在已經讀大學，是個小夥子了。他和月秀談戀愛的時候，也不過十七八歲。他要見她一面，哪怕什麼都不說。但他的腳卻軟得站不起身來，只能坐在吧臺上要了一杯水，抱著兒子的相冊喃喃自語。酒吧裡一個人也沒有了，服務員坐在櫃檯上打瞌睡。他一個警醒，把自己嚇一跳，看了看時間，凌晨兩點。

還好，相冊還在。

「先生，您需要加水嗎？」服務員好心問道。

他點頭道了聲謝。

他錯過了最晚從榕樹灣碼頭開回中環碼頭的船，只能坐等到天亮了。他還是決定離月秀近一點，從酒吧出來，喧鬧的街市上一個人也沒有，只有幾隻流浪貓神出鬼沒地從他眼前一閃而過。深夜的小島安靜，星星點點的燈火映照著每一家緊鎖的大門，除了海浪聲，偶爾從房間裡傳出一兩聲男人女人的呻吟和打呼嚕聲。他睡覺愛打呼嚕，月秀睡覺愛磨牙，不知道現在她睡覺時還磨牙嗎？她的男人打不打呼嚕？他站在她屋後聽了片刻，什麼聲音都沒有。她的庭院門沒有鎖，他輕輕一推就進去了，屋子裡漆黑一片。他還是坐在秋千上，望著她的窗戶，聽大海沉睡的聲音。

「吱呀！」一聲，黑暗裡，月秀家的門打開了，一個女人穿著潛水服悄無聲息溜出了家門。他差點叫出聲來，是月秀。他潛意識地看了看手機上的時間，凌晨兩點過一刻。她這是要去哪？月秀似乎冷冷地掃視了庭院一眼，卻沒有看到坐在秋千上的他。她面無表情地提著兩隻腳蹼徑直推開庭院的木門，朝沙灘走去。他正想悄悄跟上，月秀房間裡的燈突然亮了起來，庭院裡的照明燈也跟著亮了起來。他驚愕地從秋千上站起來，一動也不動地看著屋裡的人。屋子裡的人顯然沒想到門口竟然有陌生人，同樣驚慌失措地瞪著他。

的男人。

「是你？」

「是你？」

兩人異口同聲。他們已經在傍晚的小島見過一面了，那個戴水手帽的男人，坐在書櫃前閱讀的男人。

「噓！」那個男人回過神後，朝月秀的背景指了指，對他搖搖頭，食指放在嘴邊，壓低聲音。

「走。」男人連門也不關，披一件睡袍走出家門，帶著命令的口吻對他說道。

「去哪？」他嘴裡問道，腳步卻已經跟了上來。

「大海。」男人看了他一眼。

「月秀去哪？」他以為自己表達不清楚，重新問道。

「大海。」男人皺了一下眉頭。小島暗黃的路燈下，男人臉上的表情很嚴肅，好像江小魚是半夜來討債的。

「半夜三更的？你不攔著？」江小魚對月秀的男人沒半點好感，誰會讓自己的女人在黑夜裡去游泳，還是在大海裡？

「小聲點，不要讓她聽見。」男人一把拉住他，用警告的口吻對他說道。這讓江小魚很不爽，心裡是不樂意的，怎麼說他也是她的前夫。

「這海水多涼，浪大，她不會游泳。」江小魚急了，更快地去追月秀。

「沒事。」男人盯著黑色的海面，不打算再往前，冷冷地說道。

江小魚打了男人一拳，男人冷不防地挨了一拳，惱羞成怒也給他一拳，兩人很快在沙灘上扭打起來。

他終究不是她男人的對手，很快就被打趴下了，躺在沙灘上直喘氣。

月秀還在海裡游泳。這個海灘的水不深，她游得不遠，兩隻腳蹼在海裡像魚的尾巴甩動浪花。他藉著月光看呆了，這是月秀嗎？明明是一條魚。

月秀大概游累了，向沙灘上游回來，好像沒有看到打架累倒躺在沙灘上的兩個男人，自顧自地脫掉腳蹼，站在沙灘上對著大海嘴裡喃喃說道：「洋洋，媽媽也要變成美人魚來陪你了。」

「月秀！」他再也控制不住，朝她撲過去緊緊擁抱她，大聲地叫她的名字。

「啊！」幾乎異口同聲，月秀和他的男人都驚叫起來，月秀的臉在月光下白得嚇人，回頭朝他看了一眼後身體像一根煮爛的麵條一樣攤倒在他的懷裡。

「你又害她。」她的男人一把推開他，抱起她的頭，使勁地按她的人中。

「為什麼會這樣？」他不肯鬆開抱著她的身體。他聽見了，她剛剛對著大海呼喚洋洋的名字。十年了，他欠她一個擁抱，欠她一個道歉，他的擁抱來得太晚了，嚇到她了嗎？他看著她驚嚇後煞白的臉，眉眼間已經有了魚尾紋。

「你嚇到她了，她夢遊。你嚇到她了，你會害死她的。」她的男人向他怒吼。他怎麼沒想到呢？

他早就應該想到了，他恨不得搧自己兩巴掌。

「怎麼會這樣？她從前是不夢遊的。」他又驚又悲。

「她從前還有兒子，還有一個幸福的家，還有你，如果我沒說錯的話。」她的男人白了他一眼，冷嘲熱諷道。

「現在怎麼辦，要不要送醫院？」他把自己的上衣脫掉，蓋在她身上。

「讓她睡一會，一會醒了就好了。」她的男人狠狠地剜了他一眼。

月秀躺在沙灘上，黎明前的海風涼涼地吹撫著他們。南丫島還寂靜一片，人們還在睡夢中。他給自己點了一支煙，又遞給她男人一支，男人接過煙狠狠地吸了一口。

「你們的兒子出事以後，她瘋狂地愛上了潛水，我們是在潛水的時候認識的。」男人打開了話匣子。

「她每年夏天都去一趟峇厘島，在你們孩子出事的海域潛水。那裡的海域暗潮多，水深。那片海域只適合浮潛，並不適合深潛，沒有人願意陪她去。她太可憐，我便一次次陪她去深潛。她一次比一次潛得深，有好幾次，氧氣瓶都快沒氧氣了還不捨得上來。她說她不需要氧氣了，她已經變成了一條美人魚。」一根煙很快就吸完了，男人輕輕地拈兩根月秀的頭髮反覆在手裡摩挲，緩緩地說道。

「每年都去？那個地方？」江小魚忘了吸煙，直到煙燒到手指頭才發現自己就這麼愣愣地看著熟睡中的月秀。

「她一直活在十年前的陰影裡，始終走不出來。洋洋出事，你離家出走，混帳。」她的男人把手裡剩的半截煙扔進大海裡。

他以為他又要給他一拳，這次他想好了，讓他打吧，權當替月秀打的，他絕不還手。但男人卻沒有多看他一眼，而是輕輕地拍打月秀的臉。

「我怎麼會在這裡？我好像剛做了一個夢，我聽見洋洋爸爸原諒我了，好像還抱了抱我。」月秀醒了，對她的男人說道。

「親愛的，你做夢了。」男人扶她起來，她好像很累，一點力氣也沒有。他記得夢遊的人如果在夢裡被驚嚇，輕則大病一場，嚴重則會嚇死。謝天謝地，她只是被他嚇到了。

「月秀。」他在一旁早就哽咽了。

月秀再次被他嚇到了，揉了揉眼睛，想朝他撲過去，遲疑了一下後躲在她男人的身後。

「不要怪我，洋洋已經變成一條美人魚了，就在那深海裡。我每年都去看他，你看，我很快也變成美人魚了。」月秀語無倫次地訴說，

「你抱抱她吧。」男人對江小魚說。

他的上衣還披在月秀的身上，他赤裸上身一把緊緊地擁抱月秀，她怔了一下後撲在他的懷裡嚎啕大哭。他能感受到她的心臟激烈地跳動，他有許多話要對她說，卻一句也說不出來。他把月秀送到她家門口，月秀身體太虛弱了，緊緊地依靠著他。恍惚間，他覺得回到了十年前的峇厘島，從那間酒

店出來時，她那麼虛弱，他卻沒有扶她，遠遠地和她保持著兩米的距離，甚至她的行李箱，他碰都不碰。

「如果那時候你能拉一下我的手，該多好。」她進門前，回頭對他說道。她的男人提著她的兩隻腳蹼一直跟在他們後面，一句話也不說。

「讓她再睡一會吧，她這裡出現幻覺了。」她的男人送她進屋，他沒有跟進去，而是又坐在他們庭院的秋千上翻看包裡兒子的相冊。

她的男人同情地看他一眼後搖搖頭，輕輕地替她關上房間的門。隨後，屋裡一片黑暗，庭院靜悄悄地，只有不遠處海浪輕拍海岸聲。

他在這個小島上無處可去，除了酒吧。兩個男人一前一後朝小島的酒吧走去。

（3）

「阿偉，我有江小魚的消息了。」天還沒亮，月秀的姐姐就給他打來電話，隔著屏幕，他都能感覺到電話那頭她的興奮和激動。

有那麼幾秒鐘的時間，他真的想不起來江小魚是誰，這個人又跟他有什麼關係。

「我想找個機會讓他倆見一面，說不定月秀的病就好了。月秀太苦了，心病還得心藥治，你說是不？」姐姐見他沒出聲，猶豫了一下後小聲說道。

他沒吭聲，心口隱隱作痛。江小魚是月秀的前夫，月秀是他老婆。

「他也不容易，聽說做了十年噩夢，到現在還沒走出來。可憐的人，要不是她的妻子懇求我，我也想不出這一個兩全其美的辦法。」姐姐是個話嘮，如果他一直不表態，姐姐怕是一天要打十次電話跟他說個不停。

月秀又要出去潛水，天氣預報說這兩天有三號風球，他攔著不讓她去，她不肯，可憐巴巴地看他，說就在家門口，不會游太遠。他拗不過她，帶上自己的潛水裝備陪著她一起出海。他們的小船就停靠在後院自己修建的私家小碼頭，這條小船帶他和月秀到過很多地方。只要適合潛水的地方，月秀就喜歡；月秀喜歡，他就願意默默地陪著。

海面上風浪有點大，月秀已經脫掉身上的裙子，從潛水包裡拿出潛水服。她的身材還是那麼好，肚子上一點贅肉都沒有。她身上的皮膚早就被海水浸泡得黑裡透著紅，他想起第一次見到她時，她的皮膚白嫩嫩的。她迅速換好衣服背上氧氣瓶，她已經是個潛水高手，這一套動作下來，比他還嫻熟。

「阿偉，我想一個人下去。」她抱了抱他，半撒嬌道。

「你會讓我失業的。」他點點頭。誰讓他愛她呢？在她面前他永遠是一個不合格的潛水教練員。

他給她繫上安全繩，他不放心她獨自潛水，熟悉的海域也不行。這個女人越來越瘋狂，一潛到海裡就不管不顧了，只恨不得朝最深的海底游去，要是見到大魚，連命都不要了，拚著命去追，非要說那是美人魚，說一定知道洋洋在哪，讓大魚帶她去找洋洋。

「謝謝你。」她在他的嘴唇上輕輕地留了一個唇印，那雙迷離的眼睛變得明亮起來。只有要下海潛水前，她的眼睛才會如此明亮。他在她的眼裡看到了自己的影子，他緊緊抱住她，她的身體光滑如同一條大魚。他幫她穿好腳蹼，又檢查了一遍氧氣瓶。

「我這腳蹼像不像美人魚的尾巴？」她的半個身子已經游到海裡，雙手趴在船椽仰頭問他。

「你就是我的美人魚。早點上來。」他囑咐道。

「牠們會不會也認為我是美人魚？」她下海前半是自言自語半是向他詢問道。

「會吧。」他看了她一眼，望向茫茫大海。

她心滿意足，消失在他視線裡。海面上只有他和他的小船，他看了看手錶，她的氧氣瓶是滿的，他用手機設置了時間提醒後，靜靜地躺在小船上聽音樂。

「如果大海能夠喚回曾經的愛，就讓我用一生等待，……」

月秀喜歡這首老歌，他也喜歡。認識月秀前，他從不聽國語歌曲。作為一個香港人，他的國語講得很不好。月秀談不上漂亮，在潛水俱樂部裡，瘦瘦弱弱的她並不能引起別人的注意，要不是穿上潛水服，一定會以為她只不過是俱樂部裡請的服務員。他是她的教練，第一次教她潛水，她很緊張，穿著潛水服趴在岸邊好久不敢下水。她竟然不會游泳，把他嚇一跳。

「客服說不會游泳也可以潛水。」她紅著臉解釋道。

「為什麼要玩潛水？」他一時間找不到詞反駁她，沒好氣地問道。剛剛帶她試潛，在水下十米的地方，她太緊張了，緊緊抓住他不放。這只是俱樂部的室內潛水區，給初學潛水的學員練習，如果是在深海裡，後果不堪設想。

「我想去深海裡看看。」她低著頭像做錯事的孩子，讓他又好氣又好笑。他看過她的資料，比他大三歲。三十多歲的女人竟然還有興趣來玩潛水，一口氣報了好幾個班，連海底夜潛班都報了，真是不要命。

「你可以教我游泳嗎？」上完課，她還不肯走，給他買了瓶橙汁，遞到他手裡。

「我收費很貴。」他不知道她葫蘆裡裝了什麼藥。

「我知道，按潛水的課時費交給你，可以嗎？」她輕輕咬了咬嘴唇，受了委屈的樣子。

「我幫你介紹一個教游泳的教練吧？他收費便宜。」他喝了一口橙汁。俱樂部裡好多有錢富婆，他早就司空見慣了，逢場作戲的遊戲，他不感興趣。那些女人不是傍了有錢的大款，就是拆遷徵地後成了暴發戶，來玩潛水，只不過是求刺激，大家玩玩就散了。

「你願意教我嗎？」她固執地再次問道。

「你很有錢嗎？」他又打量她一眼，連耳洞都沒打，指甲油也不塗，怎麼看都不像富婆。

「不是這個意思，我只想去海裡衝浪，不是游泳池。」一說到大海，她的眼裡總會流露出惹人心疼的東西。他說不上來是什麼，直到後來，他才知道那是她特有的既痛苦又充滿希望的複雜眼神。

她練習得很認真、很刻苦，業餘的愛好被她當專業課來學習，骨子裡有一股執拗勁，只為潛水而潛水，只為衝浪而衝浪。她話不多，也不與人打情罵俏，除了潛水，好像沒什麼能提起她的興趣。俱樂部會定期舉辦各種海上深潛活動，費用不菲，幾乎每一次她都報名。他不放心她，畢竟只是個初潛者，便一次次陪著她出海深潛。在塞班島藍洞深潛時，她旁若無人地向一群群魚群游去，好幾次氧氣瓶快沒氣了，還不捨得浮上來。他在海底抱住她柔弱的身體，又生氣又心疼地拉她上岸。

「你不要命了嗎？如果不是我硬拉你回來，你就打算葬身海底了？」他第一次朝她發火，那一刻他是真的害怕了。這個看起來弱小的女人內心裡積蓄了多少力量，才可以讓她義無反顧地一次次潛入海底。

「這裡不是峇厘島，我看花眼了。」她沒有回答他，卻喃喃自語道。

晚上，他陪她在海邊散步，她還為白天深潛沒追上那條大魚鬱鬱寡歡。

「下次我帶你去峇厘島潛水吧。」他忍不住說道。

「七月，可以嗎？你七月帶我去。」她驚喜地在他臉上親一下，他順勢抱住她。

「我要去看洋洋，我知道他一直在那。」她在他懷裡溫柔得像一隻貓，那個讓她心痛的故事，早讓他對她憐愛不已。

「洋洋沒有死，洋洋也沒有失蹤，只是變成了美人魚，他一定希望媽媽能回到他身邊。」她第一次在他面前流淚。他默默地替她擦掉臉上的淚水，輕輕地親吻了她。這個女人太像自己的媽媽了，二十多年前，當海員的父親在海上失蹤後，母親就把家搬到了海邊，日夜遙望大海，直到眼睛看不見了，還讓他扶著坐在海灘上苦苦地守候。

每年七月底，是她最期盼的日子。他答應她的，便年年七月帶她去峇厘島，回到印度洋上洋洋失蹤的地方。

她懷孕了，卻沒有告訴他。在峇厘島海底深潛時，她突然不舒服，捂著肚子。他跟在她後面，看到她像一條美人魚一樣奮力地朝一條青色的大魚追去，他想攔都攔不住。那條大青魚，連他都不得不相信，那是一條年年等她回來看牠的大青魚。她追上牠，緊緊地抱住牠，牠一動也不動，任她抱，還回過頭用嘴巴挺她的肚子。他看得一清二楚，那條魚的嘴巴太大了，直挺得她差點就撞到旁邊的海底礁石。她捂著肚子痛苦地看了大青魚一眼，大青魚不走，在她身邊轉了一圈又一圈。他這才發現她身後的海水變紅了。她受傷了，流血了，一條鯊魚聞到了血腥味，正朝他們游過來。

他嚇壞了，拉著她向海面上游去。她掙扎著不肯，用手指了指那條大青魚搖搖頭。他在心裡罵道，不過是一條普通的大魚。他幾乎用盡了全身力氣，才拖著她往海面游去，鯊魚游得更快，他倆險些葬身海底。

「那是洋洋，那眼睛就是洋洋。我看到他了，孩子在叫我，他說帶我去一個地方。」她推開他，要重新潛回海底。

「不要命了。」他指了指她流著血的褲腿。

「啊，怎麼會這樣。」她這才發現自己身上流了血，尖叫道。

他替她脫掉潛水服。

「孩子沒了。」她痛哭起來。

「聽話，那不是你的孩子，那只是一條大青魚，洋洋早就沒有了。」他朝她咆哮。

「不是洋洋。是肚子裡的孩子沒有了。洋洋還在，洋洋已經變成了大魚。」她語無倫次，他的腦袋「轟」的一聲炸開了。

從峇厘島回來，月秀添了個夢遊的毛病，幻覺也越來越嚴重了。

那個男人出現在院子時，他一眼就認出來，是月秀的前夫江小魚。沒想到他真的會來，疫情期間呢，連商務簽都還沒有正常辦理，來回隔離二十多天，要不是真的有急事，誰會特地從深圳跑一趟香港呢？他見到他的那一刻就想狠狠揍他一頓，要不是他當初的決絕，月秀不會變成這樣。他抱住月秀的瞬間，他原諒了他，心卻是莫名地疼痛，他不想失去她，只想幫她找回迷失的自己。

那個不眠的酒館，兩個大男人喝得醉醺醺的。

「在深潛的時候，我時常以為月秀是一條美人魚。」他喝多了，舌頭有點大。

「她瘋了，你也跟著瘋了。」江小魚苦笑著搖搖頭。

「她沒有瘋，瘋的是我們自己。瘋的是你，是我，是我們這些人。你敢說不是你害的她？你沒有一點責任嗎？」他瞪了他一眼。

「我瘋了，你也瘋了，你的妻子瘋了你找她前夫來幹什麼？」他也喝多了。

「你來了，她就回來了。洋洋回來了，她就回來了。洋洋變成了大魚，月秀看見了，我也看見了。那條大魚蹭在她身邊就是不肯走。真他媽的見鬼，我怎麼趕都趕不走，我只能拉月秀。」他繼續將黃色的液體往嘴裡灌，半夜的酒館，只有他們兩個人在說著瘋話。

「你說我們是不是特別傻，為一個女人坐在這裡，我們打一架吧。」江小魚用力扯他的衣領。

「不打了，在海灘上還沒打夠嗎？我們都打傷了，誰照顧月秀？」他喝掉杯子裡最後一口酒。

「誰能照顧月秀？」他跟著附和了一句，兩人都沉默了，然後互相對視哈哈大笑起來，笑著笑著眼裡就有了淚水。

「你走吧，我回去陪她了。」阿偉從椅子上站起來，搖搖晃晃走出酒吧門外，頭也不回地走了。酒吧裡出奇地安靜。

（4）

他不放心他，喝了這麼多酒，要是他有個三長兩短，月秀可咋辦。他不知道是誰攙扶著誰走進了他的庭院，喝醉酒的男人互相抱著睡在月光下的庭院裡。遠處，海浪拍打海岸的聲音像女人的夢中私語，更像男人的醉話。

早晨，天剛濛濛亮時，近處碼頭的船鳴聲響起，小島上的人家斷斷續續打開了燈，人們要起床了，新的一天又要開始了。月秀家的燈也打開了，隔著窗簾，他只能看到有人影在屋子裡走動，看不到人。那披著長長的頭髮穿著睡裙的影子，一定就是月秀了。折騰了大半夜，他的男人從酒吧回來後，此刻躺在家門口的庭院裡睡得正香。他沒有叫醒她的男人，心莫名地急促跳動，差點呼吸不上來。

他趕緊從地上爬起來，拍了拍身上的沙土，走到她的門口。他聽到門裡有桌椅挪動的聲音，然後是一聲清脆的金屬碰撞地板的聲音，像是刷牙的杯子掉到地上，但沒有人說話。他猶豫了一下，最終還是沒敢敲門。一會月秀換好衣服，該把窗戶的窗簾打開了。她喜歡明亮的陽光，在一起住時，月秀起床第一件事就是把窗簾打開，讓早晨的第一縷陽光照進房間。

他彎下腰從她窗前再次落荒而逃，他推開庭院的門走出小巷子，聽到身後屋子裡窗簾「哇啦」拉開的聲音。這是月秀平時打開窗簾的聲音，乾脆利落。他走到南丫島郵局門口，從包裡拿出一個大信封，將那本相冊放進信封裡，想了想，又取出來，拿走了兒子最後的那張照片。他在信封上寫月秀的地址、電話，慎重地寫上「月秀收」三個字時，淚水再次模糊了他的視線。

他多想告訴全世界，洋洋沒有失蹤，洋洋是真的變成了一條美人魚，回到了屬他自己的藍色星球。但他悲哀地發現，除了月秀，不會有人對洋洋的一切感興趣，這個世界上，只有他和她才會時常想起叫江海洋的男孩。他將信封投遞到郵筒裡，回頭看了看身後的榕樹街，他的目光穿不進那條窄窄的巷子，看不到月秀的窗戶，卻看到好幾隻流浪貓綠瑩瑩的眼睛正好奇地盯著他。這時，手機電話響起，一個陌生的電話號碼，他遲疑了一會後才接。

「兒子，是你嗎？」電話裡傳來的竟然是母親的聲音，母親的聲音更加蒼老了。

「娘，是我，小魚。你怎麼給我打電話了？」他趕緊將手機聲音調到最大聲，鼻子酸酸的，哽咽著叫了娘。

「你不是說過幾天就回來了嗎？現在到哪裡了？」他懵了，娘這是怎麼了，他什麼時候說要回家了？

「黃小佩這閨女真不錯，兒啊，你可得好好待人家。」母親繼續解釋，他才知道，自己的妻子去了兩江鎮。

「娘，過幾天我從香港回深圳，隔離好後就回兩江鎮。」他心急如焚地向碼頭跑去。

「我帶咱爸咱媽回深圳了，等你在酒店隔離期滿，我們仨一起去接你。」電話不知什麼時候又傳回了妻子的手裡，他頓時淚如雨下。

元朗女孩

第一次見到她，是兒子晚飯後突然腸胃炎，又拉又吐。家裡沒有腸胃藥，從出租屋到元朗的藥店，走路來回也得一個小時，情急之下，只好敲門找鄰居借。開門的是她外婆，這是我搬到大雜院後第一次正式登門。她家的房間很小，客廳靠牆的角落裡放了一張上下鋪鐵架床。一隻白色的小貓見到生人，喵了一聲後，從客廳躺椅上鑽進下鋪床上躲起來。下鋪床上拉了一塊綠色風景的床簾，橙黃色檯燈透過床簾，隱約看到一個女孩坐在床上做功課。她躺在客廳的上鋪，背對著我，短短的頭髮，胖胖的腦袋深深陷入枕頭裡，我趕緊壓低聲音向她外婆說明來意。

外婆在抽屜裡翻箱倒櫃都沒找到腸胃藥，倒是拿出一大堆感冒藥，說平時外孫女腸胃不好，家裡倒是有腸胃藥的，不知道放哪了。她大概沒睡熟，翻了個身，看我一眼。暗黃的燈光下，我小心翼翼地與她對視一眼。那是一雙冷漠又疲憊的眼睛，是我在香港慣常見到的彬彬有禮卻時刻與人保持一米距離的眼神。

「我包裡有。」她坐起來，打著哈欠，從床頭掛的黑色雙肩背包拿出一盒保濟丸扔給外婆。

我一直站在門口，著急、焦慮不安，雙手不自覺地做出拜託的動作。她外婆將那盒保濟丸遞給我，我想對她說聲謝謝，她已經躺下，臉又面朝牆壁睡著了。

外婆把藥遞給我，小聲解釋道：「阿雅明天一大早要去上班。」

我趕忙拿藥回家給兒子服下。我搬到這個院子有三個星期了，一直以為鄰居家就祖孫三個人，阿婆帶著一個上中二的孫子和一個上中一的孫女。這個被阿婆叫做阿雅的女子，第一次見到，我尋思著是不是阿婆的女兒。

第二天，我去藥房買一盒一模一樣的保濟丸，提一袋水果再次登門答謝。兩個孩子上學了，那個睡在上鋪的女子也上班去了，屋裡只有阿婆和白色的小貓。

「家裡這麼小，人都住不下，還要弄隻貓回來讓我照顧。」阿婆正給白貓餵食，從藍底白花的陶瓷碗裡挑一條小魚放在手掌心，小貓伸手抓起小魚放進嘴裡小口小口地吃。

「你女兒？」我指了指空空的上鋪，問道。

「我大外孫女阿雅。」她笑了。不知是我的問題讓她覺得好笑，還是被白貓逗樂了。她拍了拍手，把剩下的魚連同陶瓷碗又放回冰箱。白貓還沒吃夠的樣子，喵喵叫兩聲，伸出腳掌輕輕拍了拍阿婆。

「這貓就是阿雅的，每天囑咐我要餵三次魚，每次只許吃一條。」她指了指白貓。

「畢業上班了？看不出來你有這麼大的外孫，都能上班了。」我羨慕地說道。自從來香港，因為沒有香港身分證，不能去找工作，我羨慕所有能光明正大出去上班的人。

「要替她媽媽還債，中六畢業沒去讀大學，出來打工了。」外婆嘆了口氣後接著說道：「這孩子要強，現在做三份工作，一個月才回來一次，平時都住員工宿舍。」

「一個人做三份工作？」我和院子裡的鄰居們聊家常時，知道一些她們家的情況，便識趣地放下水果和藥走了，卻滿腦子裡浮現阿雅疲憊的眼神和拒人千里的冷漠表情。

再次見到她，不是在院子裡，而是在旺角。我與朋友週末約了晚上一起去逛旺角，累了進一家奶茶店，她遞給我奶茶時，我的眼睛和她對視了一下。就這一下，兩人都觸電般迅速移開，不約而同望向手裡的奶茶。

「你是阿雅？」我不太確定，那天晚上的燈光太暗。

「阿姨，真是你。」她衝我笑了笑。她繫著藍色的圍裙，頭戴店裡藍底白花的棉布沙灘帽，嬰兒肥的臉上肉嘟嘟的。

「這是你的第幾份工作？」我接過奶茶，她幫我把吸管紙撕開插進奶茶杯裡。

「這是今天的最後一份。」她看了看奶茶店掛的鐘錶，我瞄了一眼手機，晚上十點半。

「還有半小時就可以下班了。」她手裡拿著乾淨的抹布開始整理工作臺。這麼晚，沒幾個人逛街了，進來喝奶茶的更是寥寥無幾。

「要等你一起回家嗎？朋友有車送。」我喝完奶茶，她還有二十分鐘就可以下班。

「不了，我在附近住，明天早上要早起幫早餐店賣早餐。」她搖頭，想了想，從錢包裡拿了六張五百的港幣託我帶回去給外婆。

「外婆沒錢交房租了，你幫我帶回去給她。我電話裡跟她說，這幾天我就不回去了。」她數錢的動作並不嫻熟，顯得笨重，六張薄薄的紙幣被她數了兩次才交給我。

「嗯，你多少歲了？」我看到她的錢包已經空了，只有幾張十塊、二十塊的零錢，心裡突然疼了一下。

「十九。」她又衝我笑了笑，她的笑容讓我無法與那晚她疲憊冷漠的表情混為一人。

「幹活悠著點，別太累了，撐不住就少打一份工。」我拍拍她的肩膀，這年紀的孩子大多都在學校裡上課。

朋友是香港第三代居民，上世紀四〇年代，祖父輩從福建移居香港，朋友的女兒今年中六畢業後去新加坡留學了。我們開車從旺角回元朗路上，她感慨不已。

阿雅的DSE成績並不理想，中六畢業的孩子只有少部分能通過DSE被香港的大學錄取。大部分落榜的孩子，有錢的家裡早早就做了出國留學的計劃，再不濟也會考慮報名參加「內地高校免試招收香港學生」的計劃。阿雅早就想好報讀國內的大學，媽媽卻不屑地說回國內的普通大學畢業了一樣找不到工作，還要回香港讀研究生才認學歷，浪費幾年時間，不如中六就出來工作。那時候，她還不知道媽媽已經欠了高利貸，直到追債的人拿刀追到家裡，她終於知道自己的學業止於中六了，別說回國內，即使有香港的大學錄取，她也不可能去上學了。

香港的工作並不好找，沒有工作經驗，沒有文憑，只能打零工。阿雅白天在一家茶餐廳做服務生，茶餐廳上班前幫早餐鋪賣早餐，茶餐廳晚上下班後去奶茶店上兩小時的夜班。她打的是零工，按小時計算工時，一個月最多休息兩天。

媽媽逃跑了，追債人只給她一個月時間，她們家的家底她是知道的。爸爸雖然是香港人，卻是最窮的香港人，沒有固定工作，一直打零工賺錢養家，租最低廉的房子。媽媽嫁到香港後沒有正式上過一天班，二十年裡除了生養孩子，做做家務活，就只有打麻將了。剛開始，媽媽打的只是小麻將，幾塊錢的，不打紅中，不會輸到哪去，贏也贏不了幾毛錢。每天有輸有贏，基本收支平衡，就當娛樂消遣了。媽媽沒上過幾天學，嫁來香港又沒親戚朋友，後來認識的朋友也都是湊在一起打麻將的外來媳婦。誰又能想到，媽媽後來越打越大，不再滿足打幾塊錢的小麻將了，不打紅中的麻將她還不樂意打了。媽媽輸過最多的一次，把她和弟弟妹妹的書本費和功課補習班的費用全輸光了。媽媽就發誓再也不打了，卻沒想到媽媽第二天又上桌，一心只想贏回那幾萬塊錢的補習費。媽媽紅了眼，還借上高利貸，手氣一直不好，翻本的機會沒有，還賠得更多。

後來的一個月，我都沒在院子裡遇到過阿雅，阿雅的事情是通過外婆斷斷續續傳到我耳裡的。阿雅的媽媽更是沒在院子裡現過身，她除了借高利貸，還借了院子裡另外兩個老鄉的錢。

「你可以帶我去旺角找阿雅嗎？」週日早上我還賴床不起，阿婆推開我的房門急切地對我說道。

我不知道發生了什麼事，趕緊起床穿上衣服。他們只知道阿雅在旺角打工，只知道阿雅找到了三份工作，並不知道阿雅具體在哪打工，我也不知道阿雅打工的早餐店和茶餐廳，那間奶茶店是她上夜班的地方。

「阿雅不接電話，不回信息，一個月沒有給我轉過錢了。我們沒錢交房租了。」阿婆說到阿雅忍不住罵起來。

「上次讓你帶回三千港幣到現在了，三千港幣都不夠我們交房租。這房租、水電一個月就要五千，她又不是不知道我們現在只能靠她。」阿婆拍著大腿，恨鐵不成鋼的樣子。我倒是舒了一口氣，以為是阿雅出事了。

「她媽媽呢，一直不和你們聯繫？她爸爸不也一直打零工嗎？」我慢騰騰地梳著頭髮，鏡子裡那個四十二歲的中年女人，前額的頭髮早就已經發白。我想像不出來阿婆的女兒長怎麼樣，她比我小兩歲。

「沒，不敢和我們聯繫。她爸爸賺的錢要替她媽媽還高利貸，這利息都還不上，她還不體貼一下家裡！一個月不給家裡寄錢了，給她打電話就掛。」阿婆拿出手機，大清早地給她打了幾十個電話都被她掛掉了。

「她沒事吧？」我遲疑了一下。

「她能有什麼事？住老闆那，不愁吃、不愁喝的，每個月滿打滿算能有一萬五的工資。說好一個月給我們一萬二的，三千自己留著用。這倒好，反了她，一個月就給三千，連消息都不回。」阿婆是十年前在內地從工廠退休後才來香港幫女兒帶孩子，本來就是客家人，說客家話的學起粵語來很快，一著急就忘了我聽不懂客家話也聽不懂粵語。

「姐姐銀行轉二千五百給我了。」我們正說著話，阿婆的小孫女走了進來，舉起手機對阿婆說道。

「才二千五百？三千都不到，仆街[1]。」阿婆不滿地又罵。

「不知道阿雅還夠不夠錢吃飯？」我在心裡暗自嘀咕。

阿婆收到阿雅的錢後，沒有叫我帶她去旺角。她本就不關心阿雅在旺角的工作，只關心是不是收到錢，錢收到便不再提了。我有點後悔沒要阿雅的電話號碼，想來她是不用微信的。我在香港認識的本地人，極少人用微信，問他們要個微信，只跟你說Facebook。

我還沒去旺角看阿雅，兒子叫我去大院門外看上海阿婆養的橘貓，說長得和他深圳的貓很像。在門口，竟然和阿雅撞了個滿懷，她風塵僕僕地左手提一袋水果，右手提一袋兩手指寬的小魚，好像是

---

[1] 仆街：原意是「路倒屍」，是早期的黑道術語，在加入幫會儀式中發毒誓時用的。現今，「仆街」一詞實際應用時主要有四種意義：（1）指陷入絕境：今次呢獲仆街啦！（這次的禍大了！）（2）咒罵別人：仆街啦你！（你去死吧！）（3）作名詞用，指特定的人：你係一條仆街。（你是一個混蛋。）（4）發洩用：仆你個街！（等同「混你的帳！」）

剛從碼頭漁民那買來，很新鮮。才一個月不見，阿雅瘦了一些，臉還是圓臉，雙下巴不見了，頭髮也長了，用一個黑色的髮夾夾住前額的頭髮不讓頭髮遮擋眼睛。

「阿姨，你見到我的貓嗎？」阿雅迫不及待地問我。

我搖頭，好像最近幾次去她家串門都沒見到那隻白貓。這不奇怪，那隻白貓怕生人，可能我還沒進家門就先躲起來了。

「妹妹說白貓不見了。」她的臉漲得通紅，眼睛一閃一閃的。從西鐵站走回我們這個大雜院，再快也要二三十分鐘，我尋思阿雅是小跑著回來。

「不會走丟的，你快回家看看。」我也跟著著急起來，養過貓的人都知道貓不再是貓，是我們的家人。

「那是他的貓，不見了，怎麼跟他說？」她已經推開大院的門，門口上海阿婆的橘貓聞到了魚腥味，興奮地往前竄幾步，被擋在大門外有點不甘心，睜著兩隻黃褐色的眼睛眼巴巴看著我。

阿雅和外婆吵了一架，外婆答應過阿雅，她賺錢寄回來替她媽媽還債，她負責幫她照顧白貓。

「一個月才三千塊錢，連房租都不夠交，哪還能照顧你的貓？我這不也得自己出去搵工嗎？」阿婆覺得自己更委屈，本來嗓門就大，只恨不得讓院子裡的人都聽到替她打抱不平。

「憑什麼要我替她還債？我還要讀書的阿婆，我的錄取通知書被你藏起來了，我都知道的。」阿雅哭了，弟弟和妹妹站在旁邊低著頭不敢哼聲。弟弟妹妹都比她高，只是她胖一些，弟弟妹妹抽條子，高高瘦瘦的。

「怎麼說是我藏起來了呢，我這不幫你保管嗎？又不是香港大學的錄取通知書，內地的大學，香港不認的文憑，你自己又不是不知道。」阿婆氣急敗壞地從枕頭底下掏出那封錄取通知書就要撕，被阿雅撲上前搶了過來。鄰居們都圍上前勸，我偷偷看了阿雅手裡的錄取通知書，廣州暨南大學。

「我就知道我被錄取了。」阿雅一屁股坐在地板上放聲大哭，那哭聲帶著絕望和悲傷，蓋過了阿婆的哭罵聲，蓋過了鄰居們的竊竊私語聲。

這次沒有人敢勸阿雅，鄰居們都識趣地紛紛退出房間走了。那袋早上她提回來的水果被扔在客廳散在地上，一個個圓溜溜的蘋果和橙子滾落在地板上。那袋新鮮的小魚放在進門口的水槽裡，海裡的魚離開了海水早就死了，魚腥味在窄小的屋子裡充斥著，小白貓卻不見蹤影。

「她養了你十八年，從你一歲時就養的你，你不替她還誰替她還？」阿婆聲音小了，撿起地上的蘋果和橙子，勸著，哄著。

「你說，如果我是你的親外孫女，你會藏我的錄取通知書嗎？她四十歲了，她是你的女兒，你疼她，愛她，寵溺她，就因為她嫁了個香港人，給你臉上爭了光？我要讀大學的呀，阿婆，爸爸說只要我能被錄取，國內的大學也會拿錢供我讀。」阿雅撕心裂肺地哭著喊著。自始至終，她卻都沒有拆開那封錄取通知書，什麼專業已經不重要了，早就過了註冊時間。我扶起癱坐地上的阿雅。兒子剛說在院子外面的草叢裡，有一隻白色的流浪貓和上海阿婆的橘貓搶食物，被橘貓追打往山上跑了。

「我的貓？」阿雅一個激靈站起來朝院子外跑去。

「魚。」我隨手在水槽裡捏了兩條小魚跟出去。

「往那裡跑了。」兒子指了指上山的小路。

「牠跑了一會就跳到草叢裡不見了。」兒子說道。

「小寶貝，出來吧，我回來了，帶了小魚魚給你。」阿雅輕輕地呼喚。從這條路上山的人並不多，只有上墳時才會有人走這裡。路的盡頭是一片斷壁殘垣，偌大的花蚊子嗡嗡作響。

阿雅的貓就這樣失蹤了。阿婆說是從家裡跑出來的，阿雅不信，說是阿婆故意扔的。白貓走丟後，阿雅就極少回來了。阿婆時常罵阿雅忘恩負義，是隻養不熟的貓。

有好幾次我在院子外面見到一兩隻白貓，我學著阿雅叫牠：「小雪球，小雪球。」沒有一隻白貓理我，每一隻白貓都警惕地遠遠地看我一眼就溜了，有時鑽到停在路邊的車底下，有時候通過別人家院子門口的狗洞鑽進去，有時候乾脆往旁邊的草叢裡一撲躲了起來。我不認識阿雅的貓，卻總感覺肯定有一隻是阿雅的。我講給阿婆聽，阿婆從鼻子裡哼了一聲，根本不願搭理我。她再也沒有要我陪她去旺角找阿雅，阿雅的貓不見了，阿雅也不再寄錢回來。

我沒有去找阿雅，阿雅卻找到了我，她從哪裡拿到我在香港的電話，我沒有問，也不奇怪，隨便問院子裡的一個人就知道我的電話了。

「他在廣州上學，我們約好的一起回內地讀大學，我報了他的學校。」我們坐在旺角街邊的小食店，她要了一碗牛雜，我要了一碗雲吞麵。她在茶餐廳的工作已經由臨時工轉為正式工，工資也高了一些，兩班倒，有時候上早班，有時候上晚班，她不得不辭掉奶茶店的工作。

「他很愛他的貓，貓丟了，他生我的氣了。」她用勺子喝牛雜湯，把牛雜撥到一邊，牛雜上灑的葱花、香菜也被她一一挑出來，放到桌上的紙巾。

「明年再報。」我安慰她。

「嗯，我好好打一年的工，攢學費，明年要是再被錄取，我就回內地讀大學。我媽媽她沒有拋棄我，她一直在廣州，也一直和我聯繫。我沒有告訴任何人，包括我爸爸，除了姑姑。」我驚愕地張大嘴巴看她，嘴裡的雲吞燙到舌頭了。

「你報的什麼專業？」我很好奇。

「臨床醫學。他讀的也是臨床醫學。」她訕訕地笑。

我頓時語塞了。如果不出意外，五年後阿雅臨床醫學畢業，可以穿上白大掛坐在主治醫生旁的實習生位置，也可能繼續攻讀醫學碩士。現在她卻錯過了上學的機會，在香港的早餐店、茶餐廳和奶茶店端盤子。我伸手想撫摸一下面前的女孩，我的手停在半空中，叫老闆給兩杯去冰去糖的檸檬茶。

「你直接說要一杯熱的檸檬茶就好了。」她笑了笑。我的粵語現在只能勉強聽懂，點餐還是說普通話。我來香港大半年，還沒辦法融入這個香港社會。我想阿雅回內地上學，會比我從內地來香港融入更快一些。這麼子想時，我甚至想念廣州的下午茶。廣州的下午茶和香港的下午茶差不多，各種廣式包子、點心、粉腸。

「我聽妹妹說元旦你會帶小朋友去簡頭圍村？」她終於說出了找我的目的。

我其實不確定，只是開玩笑。疫情不能通關後，有報導說在蓮塘／香園圍口岸旁的一處鐵網，可以隔著深圳河，讓陸港兩地的家人遙遠見一面。但我還沒能從地圖上找到準確的位置，我和老公都開玩笑說要是還不能通關，我們就元旦相見深圳河，他帶大兒子在深圳那頭，我帶小兒子在香港這頭，拿著望遠鏡隔著鐵欄互相看一眼，以解相思之苦。雖然平日裡也都微信視頻聊天，思念總在關掉鏡頭前一刻就開始了。

「我想和你一起去，我約了他。之前說我會帶他的貓去和他見一面的，現在貓不見了，我不知道他會不會來。從廣州到深圳，並不遠。」她喃喃說道。

「是不遠。從香港到深圳其實也不遠，一步之遙，卻真的遠，已經閉關兩年多了，這疫情，唉。」我說完，兩人沉默了半天。

我想跟阿雅說，如果只是丟了他的貓，他就生氣不理你了，不去也罷。但我沒說出口，我不忍心再傷害她一次。離元旦不過一個星期了，心存念想，總是好的。

臨走時，她還是託我帶三千元港幣給她妹妹。她沒說給外婆，只說給妹妹就好了，妹妹知道怎麼辦。

「你是元朗最堅強的女孩。」我抱了抱她，在她耳邊低聲說道。

釀小說130　PG2882

不如跳舞

作　　者　阿婭達妮娃
責任編輯　廖啟佑、孟人玉
圖文排版　黃莉珊
封面設計　吳咏潔

出版策劃　釀出版
製作發行　秀威資訊科技股份有限公司
114 台北市內湖區瑞光路76巷65號1樓
電話：+886-2-2796-3638　傳真：+886-2-2796-1377
服務信箱：service@showwe.com.tw
http://www.showwe.com.tw
郵政劃撥　19563868　戶名：秀威資訊科技股份有限公司
展售門市　國家書店【松江門市】
104 台北市中山區松江路209號1樓
電話：+886-2-2518-0207　傳真：+886-2-2518-0778
網路訂購　秀威網路書店：https://store.showwe.tw
國家網路書店：https://www.govbooks.com.tw
法律顧問　毛國樑　律師
總 經 銷　聯合發行股份有限公司
231新北市新店區寶橋路235巷6弄6號4F
電話：+886-2-2917-8022　傳真：+886-2-2915-6275

出版日期　2023年8月　BOD一版
定　　價　380元

讀者回函卡

Printed in Taiwan

國家圖書館出版品預行編目

不如跳舞 / 阿娅達妮娃著. -- 一版. -- 臺北市 :
釀出版, 2023.08
面 ; 公分. -- (釀小說 ; 130)
BOD版
ISBN 978-986-445-814-1(平裝)

857.7 112006460